Contato de Emergência

Contato de Emergência

MARY H.K. CHOI

TRADUÇÃO DE ANA RODRIGUES

2ª EDIÇÃO

TÍTULO ORIGINAL
Emergency Contact

PREPARAÇÃO
Paula Di Carvalho

REVISÃO
Rayana Faria
Luiz Felipe Fonseca
Alanne Maria

PROJETO GRÁFICO ORIGINAL
Brad Mead

ARTE DE CAPA
Lizzy Bromley

LETTERING ORIGINAL DA CAPA
Brian Kaspr

ADAPTAÇÃO DE CAPA, LETTERING E DIAGRAMAÇÃO
Julio Moreira | Equatorium Design

CIP-BRASIL. CATALOGAÇÃO NA PUBLICAÇÃO
SINDICATO NACIONAL DOS EDITORES DE LIVROS, RJ

C473c
2. ed.
Choi, Mary H. K.
Contato de emergência / Mary H.K. Choi ; tradução Ana Rodrigues. - 2. ed. - Rio de Janeiro : Intrínseca, 2023.
416 p. ; 21 cm.

Tradução de: Emergency contact
ISBN 978-65-5560-493-1

1. Romance coreano. I. Rodrigues, Ana. II. Título.

22-81593 CDD: 895.73
CDU: 82-31(519.5)

Meri Gleice Rodrigues de Souza - Bibliotecária - CRB-7/6439

[2023]

Editora Intrínseca Ltda.
Rua Marquês de São Vicente, 99, 6º andar
22451-041 — Gávea
Rio de Janeiro — RJ
Tel.: (21) 3206-7400
www.intrinseca.com.br

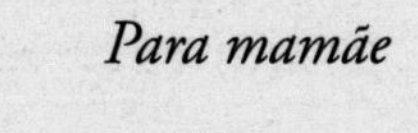

Para mamãe

PENNY.

— Me diz uma coisa, Penny…

Penny sabia que não ia gostar da pergunta que viria a seguir, fosse qual fosse. Madison Chandler aproximou o rosto do dela com um sorriso nos lábios e os olhos redondos semicerrados. Penny prendeu a respiração.

— Por que a sua mãe é assim, tão *piranha*?

A mais alta das garotas encarou intensamente a mãe de Penny, que conversava perto dali com o pai de Madison.

Penny conseguia ouvir o coração pulsar.

Possíveis reações ao ouvir Madison Chandler chamar sua mãe de piranha:

1. Socar a cara dela.
2. Socar a cara do pai pervertido, nojento e neandertal dela.
3. Ficar quieta. Chorar de raiva mais tarde na privacidade do seu quarto, ouvindo The Smiths. Você é uma verdadeira pacifista. Namastê.
4. Manifestar os dons pirotécnicos que lhe foram legados no nascimento para incendiar o shopping com o fogo de um trilhão de sóis.

Penny examinou os olhos azuis salpicados de verde da oponente. Por que aquilo estava acontecendo? E logo na Apple Store? Aquele era um espaço seguro. Um refúgio. Ela já estava quase dando o fora para sempre daquela cidade insuportável. Faltava *tão pouco*.

— Eu te fiz uma pergunta.

Madison sugou o ar por entre os dentes. Ela usava um daqueles aparelhos transparentes que não enganam ninguém.

Socar a cara dela seria terapêutico.

— Alô! Tem alguém aí?

Extremamente terapêutico.

Meu deus, quem Penny estava tentando enganar? Ela escolheria a opção 3. Sempre tinha sido a opção 3. Naquela altura do campeonato, não havia necessidade de bancar a heroína. Especialmente quando se tinha 1,55m de altura, um gancho de direita "bonitinho" e reflexos sofríveis, para dizer o mínimo.

Não tinha importância. Em quatro dias, Penny partiria para a universidade, e a opinião daquelas pessoas que só eram famosas microrregionalmente não faria mais diferença.

Bem no momento em que Madison recuou para olhar feio de outro ângulo, supostamente mais ameaçador, o funcionário da loja que estava atendendo Penny se materializou na frente dela com um novíssimo celular.

Deus materializado na forma do moço da Apple Store.

Penny segurou a caixa, que cintilava com promessas e parecia luxuosamente pesada. Olhou de relance para a área dos notebooks, onde o "Papai da Maddy", como ele se apresentara (eca), estava ocupado lançando olhares sensuais e se jogando para cima da mãe de Penny, Celeste. Ela suspirou. Vinha insistindo para ganhar um celular novo desde o Natal, e aquele momento não estava sendo nem de longe como planejara. Penny imaginara mais empolgação. Ou ao menos alguma ajuda para escolher uma capinha.

— Sério, que roupa de gueixa puta é essa da sua mãe?

Madison Chandler podia até ter ganhado uma bolsa Chanel de couro caviar aos catorze anos (era usada) e um Jeep Wrangler aos dezesseis, mas, minha nossa, existiam sanduíches mais inteligentes do que aquela garota.

Para começar, gueixas não são prostitutas. É um erro comum. Cometido pelos ignorantes por opção e pelos desprovidos de curiosidade intelectual. Algumas gueixas seduzem os clientes com danças e conversas ardilosas, como em *Memórias de uma gueixa* — um romance que Penny adorava até descobrir que foi escrito por um cara branco aleatório. Em segundo lugar, como qualquer pessoa com uma mínima capacidade de observação notaria, o quimono cobre o corpo de forma exemplar. É um parente da burca, ou talvez do xador, já que quimonos não escondem o rosto nem o cabelo.

Ainda assim, ela desejou, não pela primeira vez, que a mãe parasse de usar blusas cropped. Principalmente com legging. O resultado era quase um exame ginecológico. Penny, é claro, estava com seus trajes pretos e largos de sempre, apropriados para que ela fosse ignorada por todos a qualquer momento do dia.

— Somos coreanas — sussurrou Penny.

Madison mordeu os lábios, confusa, como se tivesse acabado de descobrir que a África não era um país.

— Gueixas são japonesas — explicou.

Se a pessoa fazia tanta questão de ser racista, deveria tentar ser um pouco menos ignorante, embora isso talvez fosse uma contradição…

O sr. Chandler gargalhou de alguma coisa dita por Celeste, que, só para constar, era gata, mas não tão engraçada assim.

— Papaizinho — gemeu Madison, aproximando-se dele.

Papaizinho? Eca.

Penny apostava que eles eram o tipo de família em que as pessoas davam selinho umas nas outras. Ela também foi até lá.

— Se quiser passar no meu escritório, eu dou uma olhada no seu portfólio — dizia o sr. Chandler.

Ele tinha pelo menos 1,95m de altura, e Penny veria os pelos de suas narinas se olhasse para cima.

— Como digo para os meus clientes, não se faz uma omelete sem quebrar alguns ovos.

Ele sorriu para Penny.

— Droga — continuou ele, tateando os bolsos com um ar experiente. — Não estou com nenhum cartão aqui, mas se você quiser…

Ele ergueu o celular e fingiu digitar algo, com um sorriso cheio de dentes.

Penny interrompeu a cena, agarrando a mãe pelo pulso.

— Mãe. Temos que ir.

• • •

Tudo no modo como a mãe interagiu com o sr. Chandler — de aliança cintilante no dedo e camisa polo rosa-shocking — enfureceu Penny. Era sempre a mesma história quando se tratava de Celeste e homens. Que ingenuidade pensar que a mãe daria um tempo na paquera para dar atenção à única filha na semana antes de ela ir embora para a faculdade. Claro que não. Celeste estava ocupada demais batendo os cílios postiços para um babaca qualquer de bronzeado artificial.

Já no carro, Celeste ajeitou os peitos na blusa de listras cinza e colocou o cinto de segurança. Ter uma mãe que todos achavam gostosa era um saco.

O silêncio entre as duas se tornava mais pesado e desconfortável.

Já na estrada, o gato da sorte japonês preso ao painel do carro começou a chacoalhar. Penny o encarou. Era do tamanho de um brioche, com a cabeça presa ao corpo por uma mola e os olhos inexpressivos de um personagem de desenho animado. Era uma adição recente, havia usurpado o lugar da Hello Kitty de plástico que desbotara com o sol. Celeste insistia em espalhar bugigangas por tudo que era canto. Era uma necessidade patológica. Esse hábito lembrava Penny das "Super Seis", as idiotas riquinhas de seu colégio: Maddy e Rachel Dumas, Allie Reed e as três outras sádicas de cabelos sedosos que usavam uma tonelada de anéis e pulseiras e apareciam com uma nova capinha de celular cintilante a cada semana. Dava para saber que eram elas avançando no corredor pela barulheira que aquelas bostas de penduricalhos nas bolsas faziam. A verdade era que, se Celeste tivesse frequentado a Ranier High, seria amiga das seis.

Penny ansiava por pertencer a um grupo. Ela trocava alguns "E aí" com um monte de gente na escola, mas sua amiga mais próxima, Angie Salazar, tinha sido transferida para a Sojourner Truth High antes do segundo ano, deixando Penny socialmente à deriva. Se houvesse um alçapão abaixo do porão que levasse a um nível de completa invisibilidade, Penny teria encontrado uma forma de cair nele. Sua posição social no momento era inexistente.

O gato ainda chacoalhava. Se continuasse daquele jeito, estaria frito antes de chegarem à rodovia. Era uma bugiganga darwinista. Um animal frágil como aquele não deveria estar plantado no painel de um veículo em alta velocidade. Ainda mais um veículo em alta velocidade conduzido pela mãe dela, que não deveria ter direito de conduzir nada em todo o…

— Por que você faz isso? — explodiu Penny.

Ela queria dar um soco na janela, quebrar o vidro e tacar o gato lá fora. E provavelmente se jogar logo atrás dele. Aquele dia deveria ter sido diferente. Penny se permitira ficar empolgada por semanas. A mãe havia tirado a tarde de folga, por isso Penny ficou chateada por ter sido deixada de lado assim que os Chandler apareceram. Não que ela fosse admitir o que a estava incomodando. Garotas solitárias e patéticas também tinham orgulho.

— O que foi? — perguntou Celeste, revirando os olhos.

A reação adolescente da mãe irritou ainda mais Penny, que quis sacudi-la até soltar suas obturações.

— Por que você precisa flertar com todo mundo o tempo todo?

Celeste era o equivalente materno de um boá de penas. Ou uma purpurina humana.

— Isso está perdendo a graça, sabe.

— De quem você está falando?

— Ah, você sabe muito bem…

— Matt Chandler?

— Isso, o "papaizinho" nojento e asqueroso da Maddy, que, por acaso, é casado!

— Eu sei que ele é casado — respondeu Celeste, bufando. — E quem disse que eu estava flertando com ele? Só fui educada, algo que você podia tentar ser às vezes também, ninguém ia morrer. Você e suas caras feias e seus olhares de deboche. Sabe como isso é constrangedor…?

— Constrangedor? *Eu*? Constrangendo *você*? — Penny fez uma pausa, indignada. — Inacreditável — continuou, cruzando os braços com exagero. — Mãe, ele é nojento, e você estava lá toda derretida daquele seu jeito sorridente, ridículo…

O gato fez um barulho, como se concordasse.

— Nojento por quê? Porque queria me dar dicas de investimento?

Penny não conseguia acreditar em como a mãe podia ser tão tapada. Estava óbvio para qualquer um que "Matt" queria dar a ela muito mais do que dicas de investimento. Caramba, até a Madison percebeu o que estava acontecendo.

— Como você consegue ser tão idiota?

Celeste abriu e fechou a boca. Uma expressão magoada tomou seu rosto. Até seus cachos pareceram murchar.

Penny nunca dissera nada tão explícita e propositalmente cruel para a mãe. Sentiu-se mal assim que as palavras saíram de sua boca — por mais que a mãe não fosse burra, com frequência era vista como, bem, meio cabeça-oca. Celeste era responsável pelas operações regionais de uma agência multinacional de produção de eventos, falava por meio de hashtags e na maioria das vezes se vestia como se estivesse a caminho do show de uma boy band. Era o jeito dela.

Penny estava sempre em seu encalço tentando protegê-la. Os homens da vizinhança a cercavam feito tubarões, sempre se adiantando para ajudá-la a alcançar prateleiras altas no supermercado ou oferecendo explicações condescendentes e não solicitadas sobre diversos tópicos. A maneira como eles a cercavam, os olhos cintilando como se esperassem alguma coisa, tirava Penny do sério. O comportamento da mãe, que invariavelmente se mostrava receptiva a tais atenções, também não ajudava.

Só um exemplo: no último Dia dos Namorados, o sr. Hemphill, o carteiro ancião delas, deu a Celeste uma caixinha comprada na farmácia com quatro bombons velhos e esbranquiçados, e o sr. Hemphill não parava de mencionar a Guerra do Vietnã, como se por acaso aquele assunto fosse do interesse delas. Era óbvio que estava obcecado por elas, e Penny não achava nada bom que *aquele* tipo de cara soubesse seu endereço. Celeste não deu ouvidos à filha.

Penny olhou pela janela do carro. Brigar com a mãe se tornara rotina. Mas ela partiria em poucos dias, e Celeste *precisava* melhorar a forma como transitava pelo mundo. E ficar longe de babacas insistentes era um começo. Penny estava exausta. De se preocupar com Celeste. De se ressentir. Os restaurantes fast-food e os postos de gasolina por que passavam depressa estavam embaçados. Penny secou as lágrimas quentes com a manga da blusa para que a mãe não visse.

• • •

Mais tarde, o namorado de Penny passou na casa dela. Não que a garota já tivesse se referido publicamente a Mark como seu "namorado". Ele funcionava mais como um tapa-buraco para o isolamento completo depois da mudança de Angie — o que era algo bem horrível de se pensar. Em especial porque, na verdade, Mark era areia demais para o caminhãozinho dela. Ao menos considerando o aspecto físico. Isso não teria grande importância em circunstâncias normais, mas eles estavam no ensino médio. Na maior parte do tempo, Penny não conseguia acreditar que eles estavam ficando. Quando Mark demonstrou interesse por ela, Penny achou que ele tivesse algum problema ou que estivesse de sacanagem com a cara dela. Mesmo percebendo que não era o caso, sua desconfiança só aumentou com o tempo. Ela tinha noção de sua aparência, que não mudara em nada desde o primeiro ano. Olhos pequenos, nariz arrebitado e lábios gigantescos — a mãe havia jurado que eles ficariam mais proporcionais com a idade, mas isso não aconteceu. Ela e Mark *pareciam* esquisitos juntos. Sem contar que Penny já aprendera que, com frequência, os relacionamentos tinham um significado oposto ao de seu título. Era possível ter centenas de "amigos" nas redes sociais e não ter ninguém com quem se abrir de verdade. Assim como acontecera com Angie (até tu, Brutus), que chamava Penny de *melhor* amiga até desaparecer por completo. E por mais que Mark se referisse a Penny como "mozão", o que a deixava extremamente desconfortável, porque é um apelido nojento, ele *também* se referia a pizza não apenas como "mozão", mas como "mozão *do coração*", o que, sim, faz sentido, mas aí estava o problema: os dois pareciam gostar bem mais de pizza do que *um do outro.*

— E aí, recebeu a parada que eu te mandei?

Penny desejava do fundo do coração não ter recebido.

Sabia que parte de sua má vontade em relação a Mark se devia ao fato de ele ser o tipo de cara que Celeste escolheria para a filha. Ele tinha cabelo louro-escuro e a beleza arrumadinha de um modelo da Hollister. Não os que apareciam no outdoor, mas na foto de grupo do catálogo. Posicionado na frente, porque ele era baixo.

Mark também era um ano mais novo do que Penny, o que era providencial quando se estava meio-que-namorando-mas-não-exatamente-mas-talvez-sim, porque eles tinham horários de almoço diferentes. O grupo dele era o dos populares, por incluir caras razoavelmente conhecidos do time de futebol, embora o restante do grupo fosse de maconheiros. Mark também fumava muito, e seu cérebro parecia uma peneira, o que era uma pena. Até mesmo coisas fofas que dariam boas piadas internas entre eles eram esquecidas, como o fato de o celular dele sempre trocar "que bosta" por "que bolo". Todas as vezes em que Penny mandava um emoji de bolo para ele no lugar de um xingamento, Mark achava que ela estava com fome.

Ele permaneceu inabalável.

Penny desviou o olhar.

— Quer beliscar alguma coisa?

Ela abriu a geladeira, pegou uma jarra de chá gelado e serviu dois copos. Era a única coisa que Celeste sabia "cozinhar".

Penny se lembrou do primeiro dia em que Mark conversou com ela, depois do quinto tempo. A questão era que, de certa forma, Mark tinha *mesmo* um problema. Todos sabiam que ele sofria de "febre amarela". Sua ex-namorada, Audrey, era uma vietnamita megassexy cujo pai tinha sido transferido para a Alemanha pela aeronáutica, e no ensino fundamental ele também tinha saído por um tempo com Emily, que era metade tailandesa.

— E aí?

Mark não desistiria.

— Você *recebeu* a parada?

Ele abriu um sorriso empolgado.

Penny levou o copo à boca com tanta força que bateu o vidro no dente.

— Bebê… — disse Mark.

Depois de "mozão", Penny detestava o uso da palavra "bebê" direcionada a uma mulher adulta. Era tão normativo. Como usar uma fantasia sexy no Halloween.

Mark se sentou do outro lado da bancada da cozinha e gesticulou de forma sedutora para que ela se aproximasse. Uma mecha de cabelo caiu sobre o olho direito.

Meu Deus, que cara gato.

Ele abriu os braços, e Penny se aconchegou em seu peito.

— Podemos nos acostumar a esse tipo de comunicação — sussurrou, fazendo cócegas na orelha de Penny. — Nós dois detestamos falar no telefone, e você sabe o que dizem sobre imagens, Penny.

Ele fez uma pausa dramática, e ela não conseguiu acreditar que ele terminaria aquela frase.

— Elas valem mais do que mil palavras.

Nossa…

Penny apoiou o queixo no ombro dele. Mark tinha um cheiro bolorento. Era reconfortante, de certa forma. Ele exalava com frequência um fedor de quem não lava as roupas há algum tempo. Penny considerou as opções.

Possíveis estratégias para distrair um namorado propenso a distrações:

1. Terminar com ele. Um relacionamento a distância baseado em níveis cataclísmicos de "blé" era um devorador de alma.
2. Transar com ele para mudar de assunto.
3. Cair no choro e não explicar nada.

— Sim. — Penny suspirou. — Eu recebi. — Então acrescentou, tentando soar sincera: — Obrigada.

Na verdade, "a parada" era "as paradas", e "as paradas" eram nudes. Penny se lembrou dos pepperonis que eram os mamilos do namorado e estremeceu por dentro. Mark achava que mensagens safadinhas eram um jeito apropriado e divertido de batizar um celular novo. E Penny pensava o exato oposto.

Tudo bem, não se tratavam de nus frontais — ainda bem. Mark tinha só dezesseis anos, e a última coisa de que Penny precisava era que o FBI aparecesse em seu dormitório na faculdade acusando-a de consumir pornografia infantil. Mas as fotos estavam no limite do aceitável. Todas paravam logo acima do caminho da felicidade. Com alguns filtros diferentes. Inclusive, Penny tinha certeza de que ele editara ao menos uma delas, algo que ela simplesmente não respeitava num homem. Sabia que a resposta mais adequada e bem-humorada seria a reciprocidade. Um peito (no máximo uma sugestão de mamilo) seria suficiente. Mas ela não queria fazer isso. De jeito nenhum. Tudo o que queria era apagar as fotos, fingir que nada daquilo tinha acontecido e ir embora.

Então estaria livre. Ao menos em teoria. O estatuto para retribuição de nudes certamente não se estendia para além dos limites da cidade. Mesmo assim, Penny deveria ter considerado mudar de estado.

SAM.

Sam fazia um caminho curioso para ir e voltar do trabalho. Um único lance de escada e cerca de nove metros de corredor. Por um lado, ele tinha a vantagem de pegar zero engarrafamento. Por outro, tinha a sensação de que estava sempre no trabalho. O Café House, onde Sam era gerente, era uma instituição de Austin. Ficava numa pequena casa cinza de ar rústico, com uma varanda ao redor e um grande balanço branco na frente. Era, por ausência de melhor descrição, aconchegante, e o estabelecimento ostentava pisos de madeira que rangiam, janelas amplas, estantes embutidas e sofás surrados com poltronas que não combinavam.

O andar de cima contava com quatro quartos e dois banheiros, e parecia a casa de um acumulador excêntrico. Logo que se mudou, Sam vasculhou o lugar em busca de tesouros escondidos que pudessem valer uma fortuna em algum leilão. Mas o que encontrou era menos adequado aos programas de TV nos quais especialistas descobrem antiguidades inusitadas e mais àqueles especiais meio obscuros em que irmãos gêmeos morrem tragicamente — os dois soterrados por uma avalanche de fitas VHS —, e é encontrado na casa deles o equivalente a quarenta e seis dólares em selos, além de milhares de latas vazias de macarrão cujos rótulos indicavam a passagem do tempo. Com exceção de um, todos os cômodos estavam entulhados de caixas de arquivos, livros, roupas e tudo o mais que Al Petridis, o proprietário do lugar, não conseguiu fazer caber na própria casa. No menor quarto, o mais distante da escada, havia um colchão no chão.

Era ali que Sam dormia.

Como se fosse um órfão. O que ele não era, embora pudesse muito bem ter sido.

Sam continuou deitado, organizando as ideias. Estava escuro lá fora. Ainda. Outra noite insone significava mais um dia difícil, mais um dia passado como se ele estivesse embaixo d'água.

Sam olhou de relance para seu iPhone. Eram 4h43 da manhã. Tinha ido dormir pouco antes das duas. Ele se lembrou da época em que seria impossível tirá-lo da cama antes do meio-dia. Ah, a juventude.

ARGH.

Pelo menos tinha café. Um café confiável, delicioso e revigorante. Ele desceu a escada.

Uma hora mais tarde, o aroma de grãos recém-moídos se misturava ao de carboidratos fritando na gordura.

— Meu Deus, Sammy. Donuts?

Al Petridis, chefe e senhorio de Sam, pairou acima dele. Era um grego enorme, vinte centímetros mais alto do que Sam e uns setenta quilos mais pesado, com braços da largura de barris. Al lembrava vagamente o Donkey Kong, mas isso não era o tipo de coisa que se dizia a outro homem. O chefe era o primeiro a comer as criações de Sam na confeitaria, as quais o benfeitor corpulento invariavelmente alegava estar "provando". Mesmo se já houvesse comido um mesmo muffin mil vezes, diria: "Sammy, posso provar um muffin?", como se não soubesse com exatidão como seria a experiência. Como se houvesse alguma dúvida de que acabaria comendo tudo.

Spoiler: Al sempre acabava comendo o muffin inteiro.

Para Sam não tinha problema. Al não cobrava aluguel. Nem um centavo. Nunca. O chefe chegava a lhe pagar um pouco mais do que o salário mínimo e, por esse valor, Sam faria doces, cozinharia, limparia e até rasparia as costas do homem deixando pequenos círculos de pelos, se ele quisesse.

— Esse é de quê, nozes? — perguntou Al, enfiando o dedo grosso num doce que havia acabado de receber cobertura.

Desde criança, Sam adorava cozinhar e fazer doces, preparando pratos cada vez mais complexos, fazendo substituições de ingredientes sempre que necessário — o que acontecia com frequência, porque a mãe quase nunca ia ao mercado, e ele passava muito tempo sozinho. Aos doze anos, Sam descobriu que era possível chegar a um resultado muito convincente de comida tailandesa usando manteiga de amendoim e molho mexicano pronto — ao menos com base no paladar de um pré-adolescente texano de ascendência alemã que até então nunca havia provado comida tailandesa de verdade.

Al dera livre acesso a Sam na cozinha mais de um ano antes, desde que o rapaz entregara silenciosamente ao chefe um bolo chiffon de limão para o aniversário de sua esposa (era o favorito dela), com um post-it no topo no qual se lia: "Para a sra. Petridis." Ela declarou que aquele era o melhor bolo que já comera e, embora o marido achasse melhor não fazer muito alarde a respeito, a sra. Petridis insistira em entregar a Sam folhetos de uma escola de culinária. No aniversário de Sam, o casal comprou uma pequena pilha de livros de receitas para ele, um gesto que comoveu tanto o rapaz a ponto de impedi-lo de fazer contato visual com Al por uma semana. Por insistência dos Petridis, Sam obteve o certificado que lhe autorizaria a manusear alimentos e se tornou o responsável pela criação do cardápio semanal de sanduíches, sopas e saladas do café, assim como dos doces. Ele levantava às cinco da manhã para preparar tudo, enquanto Finley, seu braço direito e assistente, um mexicano magro, de pele escura, com uma enorme barba hipster e um nome escocês, chegava às oito para assumir o caixa e servir as mesas.

— Esse é de pistache — informou Sam. — Tem também de baunilha com hibisco, espresso e chocolate amargo com flor de sal.

Sam tinha visto aquela receita num blog de culinária. A autora alegava que as mulheres achavam o doce irresistível e descrevia com detalhes suas façanhas comprovando o fato.

— Quer?

Sam estendeu a bandeja, já certo da resposta.

— Sim, vou provar um pedacinho.

O pequeno círculo foi devorado pelo rosto redondo de Al com uma única bocada.

— *Namazinnn*, Sammy! — exclamou, com a boca cheia.

A sombra de Al pairou ainda mais perto, querendo degustar os outros sabores. Além da mãe de Sam, seu chefe era a única pessoa que tinha permissão para chamá-lo de Sammy.

Al inclinou a cabeça.

— E então, Sammy, tudo bem com você?

Ele também era o único a perguntar com frequência sobre seu humor.

Sam geralmente dava uma pista sobre seu humor. Na verdade, duas. Não era uma ciência exata, mas dava para se ter uma noção. Uma delas era o cabelo. Sam tinha muito cabelo. Era preto e mais comprido no topo, o que sua ex-namorada — cujo nome ele mudara para "Mentirosa" nos contatos do celular — chamava de cabelo *irresponsável*.

Se estivesse baixo e atrás da orelha, significava que Sam estava tranquilo. Se estivesse penteado para trás e cheio de pomada, era sinal de que o tempo tinha fechado. Se estivesse ondulado e desgrenhado — o que era raro —, indicava que Sam confiava plenamente em quem estivesse por perto no momento. O cabelo de Sam não andava ondulado havia algum tempo.

Naquele dia, seu cabelo estava atrás da orelha, mas também meio penteado. Com uma camada visível de pomada. Era indecifrável.

Era hora de os observadores atentos de Sam, em especial se o monitorassem em seu habitat, passarem para a próxima pista. A felicidade de Sam, de algum modo, estava atrelada ao seu desejo de fazer doces. Se, ao entrar no café, a vitrine exibisse apenas um scone solitário e frio e um trio anêmico de pães doces comprados numa padaria qualquer, era melhor manter certa distância. Nesses casos, Sam deveria ser tratado como um homem com uma cicatriz no lugar de um dos olhos e as palavras NOT TODAY, SATAN gravadas em letras garrafais em sua testa: com cautela.

Ao contrário dos pães do House, comprados na padaria Easy Tiger, os doces normalmente eram território de Sam. Se a vitrine e as prateleiras estivessem resplandecentes com bolo de café fresquinho, whoopie pies ou porções de pudim de pão e banana caramelada com cobertura de cream cheese, Sam estaria disposto a dar um beijo em quem quer que entrasse na loja. E mais, a pessoa ia gostar. Sam tinha um ótimo papo. Naquele dia, ele havia preparado uma dúzia de minitortas, os donuts e mais nada… Poderia significar qualquer coisa.

— Sim, Al. Estou ótimo.

Com cuidado, Sam molhou a frente dos donuts num prato fundo cheio de cobertura de baunilha e hibisco e depois, também com cautela, os arrumou numa grade para secarem.

Seu sorriso talvez fosse a parte mais irritante do enigma. Às vezes, nas raras ocasiões em que sorria, Sam parecia ligeiramente desequilibrado. Como se seu rosto tivesse esquecido como se fazia aquela expressão. Mas ele também não fazia cara feia. Não chegava nem a franzir a testa — seria explícito demais. Na maior parte das vezes, Sam simplesmente encarava as pessoas como se olhasse através delas.

— Tudo bem, então — disse Al.

Enquanto se afastava, o homem deu uma olhadinha para trás. Só para garantir.

Sam mergulhou outro donut na cobertura. Suas mãos eram ossudas, ágeis e com veias saltadas. Os braços, esguios, bronzeados e cobertos de tatuagens, ficariam perfeitos num presidiário russo. Sam tinha muitas tatuagens. No peito todo, nas costas e panturrilhas.

Ele limpou um pouco da cobertura fúcsia com a mão esquerda e continuou a mergulhar os três donuts restantes com a direita. Ficou satisfeito com o resultado.

Alguns caras não diriam que confeitaria ou ter a habilidade de desenhar um Pikachu na espuma do cappuccino eram talentos masculinos típicos, mas Sam não era um homem comum. Ele não dava a mínima para a opinião de caras de fraternidade que se cumprimentavam com soquinhos, cheios de problemas com a própria masculinidade e sem pescoço nenhum.

Fin entrou e, na mesma hora, encarou os doces. Havia seis bandejas com quatro donuts imaculados esfriando em cada uma.

— O que é isso, edição limitada? — perguntou ele. — Vamos vender todas essas merdas em uma hora.

— Que nada, eles não estão no cardápio. São para uma pessoa — falou Sam.

Fin inalou o aroma doce.

— Você não pode cozinhar para essas garotas logo de cara, Sam. Senão cria expectativas altas demais.

Sam abriu seu sorriso vacilante.

Fin o examinou com cautela.

— Cara. Por favor.

Fin prostrou os ombros.

— Calma aí, não vai me dizer que são... Por favor, me diz que você não está saindo de novo com a babaca da Mentirosa — disse ele, levantando as mãos, indignado. — Tá, eu entendo. Ela é gata... com todo o respeito... mas da última vez em que vocês terminaram, eu não sabia se *eu* ia sobreviver.

Sam ignorou qualquer menção ao Grande Amor da Sua Vida.

— É sério, Sam, você ficou mal por um tempão — lembrou Fin. — Com fumaça de ódio radioativa saindo pelas orelhas, cara.

— Os donuts não são para ela — explicou Sam.

Fin pendurou a mochila, colocou o avental e lançou um olhar para a grade com os donuts que não saíram perfeitos.

— Posso matar esses?

Sam assentiu, e Fin engoliu um doce torto de uma só vez.

— Hummm — falou, enfiando a metade de outro na boca. — De qualquer forma, esses são bons demais para ela.

PENNY.

Era o grande dia. Penny considerou a possibilidade de se sentir triste. Deveria ser um momento agridoce, não? Sair de casa para a universidade era "O momento". Ela piscou para ver se os olhos ficavam úmidos… nada. Junto com aquelas vontades de espirrar que nunca passam, ou aquelas coceiras que parecem dar embaixo da pele, a universidade lhe provocava uma sensação surreal, uma ideia fora de alcance. Até o processo de inscrição pareceu acontecer com outra pessoa. Era inimaginável que houvesse qualquer consequência do preenchimento daqueles formulários e da entrega da carta de apresentação. Penny só havia se candidatado a uma faculdade — a Universidade do Texas, em Austin — e tinha entrado. Pelo regulamento. Todos os dez por cento dos alunos com as melhores notas na escola dela entraram.

O novo celular de Penny tocou em cima da cama. Era Mark.

Boa sorte, bebê!
Me manda uma mensagem quando chegar lá!

De bruços, Penny rolou a barriga para cima e sorriu. Pensou no que responder. A tela sob seus polegares era tão reluzente. Meu Deus, seu celular era lindo. Ouro rosa, com uma capinha preta emborrachada na qual se lia *Tanto faz, Tanto faz, Tanto faz*; era sem dúvida a coisa mais legal que já tivera. Penny limpou uma mancha na tela com a camiseta. Seu celular era lindo demais para ser maculado por nudes. Ainda mais com uma resolução de 2.436 x 1.125 pixel e 458 ppi. Penny respondeu com uma carinha sorridente qualquer.

Ela desceu a escada. Ao contrário das paredes do quarto de Penny, que eram lisas, sua mãe cobria com objetos decorativos todas as superfícies da casa, assim como seu carro e sua mesa de trabalho.

Penny não achava que Celeste se comportava como uma mãe, menos ainda como uma mãe asiática. Não só por se vestir igual a uma blogueira de moda ou por ser mais nova do que as outras mães. Celeste não monitorava os deveres de casa nem insistia que a filha fizesse aulas de piano. Tudo bem, talvez a ideia de Penny sobre mães asiáticas viesse dos filmes, pois ela não havia crescido com muitos asiáticos. Muito menos com outros descendentes de coreanos. Penny tinha um nome coreano, mas era uma completa farsa. Tratava-se de seu apelido, "Penny" — nem ao menos Penelope —, soletrado foneticamente em caracteres coreanos, então na verdade não significava nada.

Quando tinha três anos, ela visitou os avós em Seul, mas era pequena demais para guardar qualquer lembrança da visita, e ela e a mãe nunca mais tinham voltado. Mas Celeste tinha criado um "cantinho coreano" em casa. Uma espécie de altar. Ele incluía uma miniatura da bandeira nacional da Coreia e um pôster emoldurado das Olimpíadas de 1988 em Seul, com o tigre que fora a mascote. Também contava com uma pequena foto plastificada do astro pop Rain em um terno branco, tirada anos antes de ele entrar para o serviço militar obrigatório. Na primeira vez em que Angie visitou a casa delas, perguntou se aquele era o irmão de Penny.

Pelo restante da casa havia diversos globos de neve, Torres Eiffel de vários tamanhos e reproduções emolduradas de obras de arte mundialmente famosas — duas de *A noite estrelada*, do Van Gogh (uma delas impressa numa toalhinha de chá), as ninfeias do Monet e várias bailarinas embaçadas do Degas. Penny chamava a coleção de "arte de ímãs de geladeira": imagens que todo mundo já vira tantas vezes que dava para imaginar os operários de uma fábrica chinesa revirando os olhos por ter que continuar a produzir objetos estampados com elas.

O único objeto estimado por Penny era uma foto emoldurada dos pais, que ela tinha enrolado numa camiseta e guardado na mochila para levar consigo para a faculdade. Era a única foto que tinha deles, provavelmente a única existente, e era muito preciosa para Penny. Constituía cinquenta por cento do seu dossiê "pai". Outras informações incluíam:

1. Dentre tantas possibilidades, a mãe e o pai de Penny haviam se conhecido numa pista de boliche, onde ambos estavam tendo um encontro com outras pessoas.
2. O pai dela tinha uma bundinha bonita (palavras de Celeste) por ter jogado beisebol no ensino médio.
3. Os dois eram inseparáveis. Até, é claro, não serem mais.
4. Ele também era coreano!
5. Seu nome era Daniel Lee e, até onde Penny sabia, ele morava no Oregon, ou em Oklahoma. Poderia ser em Ohio também. De qualquer modo, começava com O.

6. Nesses três estados combinados havia 315 caras chamados Daniel Lee. Alguns provavelmente eram brancos. Ou talvez negros.

Na foto, os pais de Penny estavam na praia, em Port Aransas. Eram bem jovens. Celeste não mudara quase nada ao longo dos anos (asiáticos parecem não envelhecer), a não ser pelo rosto, que era mais redondo antes, mais cheio nas bochechas e nos lábios. Os dois estavam sentados numa toalha de praia preta e amarela do Batman. Daniel Lee usava um chapéu de palha de caubói e estava sem camisa. Celeste usava um boné no qual se lia ESTRELA PORNÔ e um biquíni vermelho-vivo e estava com as pernas cruzadas, sorrindo por trás de enormes óculos escuros de armação branca enquanto tomava uma raspadinha. Celeste jurava que a raspadinha devia ter sido um desejo de grávida, já que framboesa azul normalmente lhe provocava ânsia de vômito. Para Penny, era uma injustiça cósmica que a barriga da mãe pudesse ser tão chapada durante a gravidez, mas também não era nada justo que o pai tivesse sumido da cidade dois meses antes de ela nascer.

— Ele era o cara mais engraçado que eu já conheci — contou Celeste quando Penny desembrulhou a foto em seu oitavo aniversário. — E fazia as melhores perguntas.

Na época, Penny vinha perguntando muito sobre o pai para um trabalho sobre genealogia. Queria saber tudo (principalmente o que tivesse a ver com si própria): se o pai perguntava sobre ela, se tinha outra família com irmãos e irmãs com quem ela poderia brincar, quando poderia vê-lo. Mas percebia que Celeste odiava falar sobre Daniel. Ela se retraía e se recolhia no quarto dizendo estar com dor de cabeça. Por isso, Penny havia empurrado todas as dúvidas para um canto da mente e nunca mais trazido à tona o assunto. Mantivera a foto dentro de uma gaveta.

No andar de baixo, Celeste fungava na cozinha, assim como na noite anterior, quando a filha estava indo dormir. Penny suspeitava de certo exagero cênico no choro da mãe. Meio como YouTubers soluçando em vlogs de desabafo editados ao extremo, Celeste chorava copiosamente durante semifinais de programas de competição musical e em qualquer filme que envolvesse animais. Penny preferiria comer meio quilo de cabelo a ter que revelar suas verdadeiras emoções. Para não mencionar o fato de que não tinha certeza de que conseguiria parar depois que começasse.

— Mãe?

Celeste ergueu o olhar dos lenços de papel amassados que tinha nas mãos. Seus olhos estavam inchados como se *realmente* houvesse chorado a noite toda.

— Oi, bebê.

Ela sorriu por um segundo antes de voltar a desmoronar.

— Posso *por favor* ir com você? Eu poderia pagar seu almoço. Ajudar a decorar o seu quarto?

— Posso pagar meu próprio almoço — disse Penny. — Além do mais, você teria que me seguir no seu carro e dirigir todo o caminho de volta sozinha. E aí *eu* teria que seguir você de volta no *meu* carro para garantir que chegasse em casa em segurança. Seria um círculo vicioso.

Celeste engoliu em seco.

— Eu não imaginei que doeria tanto, sabe?

Ela parecia verdadeiramente surpresa. Seus ombros estreitos se sacudiram como os de um Chihuahua hiperativo. Penny suspirou e abraçou a mãe. Sentiria saudade.

Ai, merda. Será que eu vou chorar?

Ela fechou os olhos com mais força em busca de qualquer lágrima de reciprocidade.

Nada.

— Bem, estou orgulhosa de você — disse Celeste, afastando-se e abrindo um sorriso corajoso.

Penny olhou para ela de cima. A mãe parecia pequena. Realmente frágil. E triste. Sob a luz da tarde, de jeans e uma camiseta na qual se lia ARRASA, AMIGA, Celeste parecia tão caloura quanto a filha.

Era triste que as coisas tivessem dado tão errado entre elas. Quando Penny era mais nova, ela e a mãe eram muito próximas. Naquela época, quando o evento mais empolgante da vida de Penny era pedir de café da manhã na Starbucks um café mocha de caramelo com flor de sal, ela achava que era muito sortuda por ter uma mãe que era sua melhor amiga. Ela podia ficar acordada até tarde, se maquiar, pegar as roupas da mãe emprestadas e pintar o cabelo de qualquer cor do arco-íris que desejasse — a vida era uma bagunça —, como se estivesse em uma interminável festa do pijama. Conforme crescia, Penny começou a ver as coisas de forma diferente. Já não mandava mensagens para a mãe milhares de vezes por dia pedindo opinião sobre um look ou algum conselho. Celeste e Penny se tornaram um perfeito exemplo de contrastes. Celeste se orgulhava da filha estudiosa e educada, e a ensinou a falsificar a própria assinatura em circulares da escola. Também lhe deu um cartão de crédito para "emergências de moda". Celeste encorajou a filha a tirar uma carteira de motorista especial, aos quinze anos, não por necessidade, mas porque achava que seria bom para a popularidade de Penny poder dar carona aos amigos. Quanto mais a mãe tentava, mais a filha se distanciava. Acima de tudo, ela se ressentia por Celeste, em algum momento, ter decidido que a filha podia se cuidar sozinha.

Penny abriu a porta e foi até a entrada de carros, com a mãe logo atrás. Ao chegar, parou e se virou para um meio abraço. Em sua cabeça, ela era parte de uma unidade de controle animal prestes a laçar uma píton num pequeno apartamento, por isso manteve o olhar fixo no de Celeste durante todo o tempo. Então, sem qualquer movimento brusco, abriu com agilidade a porta do carro com a mão livre e entrou.

Penny prendeu o cinto de segurança e saiu da garagem em direção à liberdade. Uma parte dela temia ir sozinha para a universidade. Numa versão Instagram, o pai teria colocado os pertences encaixotados dela num caminhão. Eles discutiriam sobre que músicas escutar no caminho, e o pai abriria mão de escolher a playlist porque sentiria muita saudade da filha. Quando ele fosse embora, segurando o choro, entregaria cinquenta dólares a ela, balbuciando alguma coisa sobre terem chegado rápido demais, e Penny saberia, no fundo do coração, o quanto ele a amava.

— Amo você, meu bebê! — uivou Celeste, arrancando Penny de seus devaneios.

Ela abaixou o vidro.

— Também te amo, mãe. Ligo mais tarde. Prometo.

Daquela vez, Penny realmente sentiu uma pontada de tristeza. Seu nariz ardeu com aquela típica sensação de quando estamos prestes a chorar. Olhou pelo retrovisor e viu a mãe, já pequena, ficar ainda menor, acenando freneticamente.

• • •

Uma hora e meia mais tarde, Penny estacionou na entrada em curva do prédio Kincaid.

— Meu Deus — sussurrou, inclinando-se sobre o volante para olhar a construção.

O Kincaid estava entre os prédios de alojamento mais antigos da Universidade do Texas e era horroroso. Penny se perguntou se conseguiria *sentir* a feiura do lado de dentro.

Com oito andares pintados em camadas alternadas de azul e salmão, o lugar parecia mais um hotel em Miami nos anos 1970 do que um dormitório universitário. Oitenta acomodações feias de doer constituíam a parte mais brega na vista do campus. Os tons vívidos lembraram Penny dos jalecos fofinhos com estampas de animais usados pelos oncologistas pediátricos. Era a alegria forçada que tornava a coisa toda deprimente.

Uma multidão de pais e calouros ansiosos se aglomerava ao redor de caminhonetes descarregando caixas enormes, cestos de roupa e luminárias de chão. No momento em que Penny abaixou o vidro para observar melhor a cena, uma garota de cabelo preto e rosto sardento enfiou o rosto dentro do carro até quase colar o nariz com o dela. A garota tinha olhos esbugalhados, cintilando com uma expressão tão prestativa que quase se tornava ameaçadora.

— Nome? — vociferou a garota.

Penny sentiu cheiro de Doritos em seu hálito.

— Lee — respondeu. — Penelope.

— Humm… Lee?

Ela correu o dedo pela prancheta, então deu uma batidinha ao encontrar o que procurava.

— Ah — disse, em tom triunfante. — Aqui está você, meu bem.

Credo. *Meu bem*. A garota tinha dezenove anos, no máximo.

Ela reparou no batom vermelho que Penny usava — encontrado no bolso da mochila com um bilhete dizendo "sorria mais!". Celeste tinha o hábito de enfiar entre os pertences de Penny cosméticos e recortes de matérias sobre os efeitos do pensamento positivo. Presentinhos sorrateiros que eram uma crítica mais do que qualquer outra coisa.

— Meu bem? — cantarolou Penny de volta. — Pode se afastar um pouquinho? Você está com a cara praticamente grudada na minha?

Penny usou o tom exato que imaginava que a garota usaria, finalizando cada frase como se fosse uma pergunta.

De jeito nenhum permitiria que a Pequena Miss Doritos do Texas fizesse pouco dela com aquele “meu bem”.

A garota afastou a cabeça depressa.

— Ai, meu Deus? — chilreou ela, os dentes clareados cintilando. — É que tantos pais literalmente não conseguiam me ouvir? Estou gritando há horas?

A garota voltou a examinar o batom de Penny.

— Meu. Deus. Estou obcecada por esse batom mate. Qual é o nome?

— Não é fabuloso?

Penny se entusiasmou e pegou o batom na mochila.

— “Gata selvagem ataca”? — leu na etiqueta na base do batom.

Meu Deus, ela tinha a sensação de que só de dizer nomes de maquiagem em voz alta os direitos das mulheres regrediam várias décadas.

— Affe! Eu sabia! *AMO* os kits labiais da Staxx? Você sabia que esse batom está esgotado em tudo que é lugar? Por que os bons vermelhos sempre acabam rápido?

— Affe, não é mesmo?! — exclamou Penny, sem fazer a menor ideia do que estava falando. — Péssimo, não?

A garota revirou os olhos de forma dramática, concordando.

— Muito bem, você está no 4F — informou, tamborilando com as unhas pintadas na prancheta. — Os elevadores ficam lá no fundo. Você pode descarregar o carro em qualquer lugar onde tenha uma placa azul. Maaaaaaaas…

Ela colocou um cartão roxo plastificado no painel do carro de Penny.

— *Isso* garante uma vaga pelo resto do dia. É só devolver na recepção quando terminar.

— Obrigada? — disse Penny, animada. — Você é um anjo?

A garota abriu um sorriso.

— Né?

O rosto de Penny estava dolorido de tanta felicidade forçada. Era impressionante que o vício de Celeste em maquiagens da moda e uma interação com uma tonta que achava que ela era um filhotinho abandonado pudessem lhe garantir privilégios no estacionamento. Mais tagarelices e algumas gargalhadas exageradas após piadas de tiozão garantiram a Penny o carrinho de transporte da vizinha no fim do corredor. As regras da cordialidade eram pura falcatrua. Em pouco tempo, a Penny universitária seria tão adorada quanto Celeste. Acabaria precisando fazer uma lobotomia para conseguir manter aquele tom de voz, mas talvez as vantagens que receberia em troca valeriam a pena.

Quando Penny abriu a porta do quarto, percebeu o seguinte: o cômodo cheirava a Glade, com um toque de carpete mofado. Era tão pequeno que chegava a ser desanimador imaginar que teria que dividi-lo com outra pessoa. Além disso, ele já estava habitado por uma garota de cabelo preto sentada na cama perto da janela. Uma garota que não era sua colega de quarto. Penny e Jude Lange haviam se falado duas vezes via Skype durante o verão, e aquela garota de óculos escuros e um chapéu de aba larga estilo Coachella não era Jude. A garota não fez qualquer menção de levantar os olhos do celular.

— Oi?

Penny começou a arrastar suas coisas para dentro.

A garota continuou a digitar em silêncio.

Penny pigarreou.

Finalmente ela desviou da tela os óculos escuros enormes e ofuscantes para dar uma olhada em Penny. Tinha sobrancelhas grandes e contornadas no estilo das famosas e usava um colete de camurça castanho com franjas até os pés.

— Cadê a Jude? — perguntou a garota, de um modo que sugeria que Penny trabalhava ali.

— Hum, não sei.

A garota revirou os olhos e voltou a atenção para o celular.

Penny a encarou com raiva e, mais uma vez, desejou que sua hostilidade tivesse o poder de incinerar pessoas.

Possíveis reações a uma possível invasora de quartos que possivelmente era uma louca com um possível canivete escondido embaixo do chapéu:

1. Brigar com ela.
2. Começar a gritar e puxar o próprio cabelo para mostrar que era ainda mais louca e que deveria ser temida.
3. Se apresentar e conseguir mais informações.
4. Ignorá-la.

Como esperado, Penny escolheu o caminho mais fácil. Pegou a nécessaire na mala e seguiu direto para o banheiro. Era minúsculo. Daria para lavar o cabelo enquanto estava sentada na privada, bastaria se inclinar um pouquinho para dentro do boxe. Penny colocou a nécessaire em cima da caixa de descarga, então se deu conta de que estava perigosamente próxima do que poderia ser um respingo de xixi e a transferiu para a pia.

De outra bolsa, tirou um rolo de papel higiênico, uma cortina livre de germes para o chuveiro, um porta-escova de dentes que não acumulava água no fundo, um tapete novinho e toalhas. Penny arrumou tudo de uma forma que fazia perfeito sentido. O papel higiênico estava pendurado na direção correta (para ser puxado "por cima", obviamente; "por baixo" era coisa de psicopatas).

Quando terminou, voltou para o quarto e escolheu a opção três.

— Penelope Lee. Penny — falou, estendendo a mão para a garota.

A intrusa se levantou e examinou com aversão a mão estendida, até Penny se ver forçada a baixá-la. Seus olhos batiam na altura dos peitos da garota (de modo que a opção 1 não seria lá muito agradável).

— Mallory Sloane Kidder — respondeu a garota, ainda olhando para o celular. — Embora eu esteja no processo de mudar meu nome para Mallory Sloane. Por razões profissionais.

Mallory usava um delineado gatinho feito com perfeição, tinha quadris largos e unhas pontudas pintadas com um esmalte metalizado. Penny não sabia o que significava "por razões profissionais".

— Atriz — explicou Mallory Sloane (ex-Kidder), com rispidez.

Ela voltou a se sentar e cruzou as pernas. Suas unhas tamborilavam furiosamente enquanto ela digitava no celular.

— Já fiz peças off-off-off-Broadway.

Penny se perguntou qual seria a jurisdição de off-off-off-Broadway. Provavelmente não tinha nada a ver com a Broadway de verdade em Nova York. Com bastante criatividade, hifens e preposições, a esquina da East César Chávez com a Chicon, ali em Austin, provavelmente se qualificava como off-Broadway.

— Ah, maneiro — comentou Penny.

Mallory levantou um dedo para indicar que a outra esperasse.

— Estou falando com a Jude — disse, voltando a digitar. — Sua colega de quarto.

— Legal.

— Ela é minha melhor amiga, sabe. — *Tap, tap, tap, tap.* — Desde os seis anos.

Penny revirou os olhos. Bem rápido, para não correr o risco de apanhar da gigante.

— Está tudo bem? — perguntou Penny.

Mallory voltou a levantar o dedo. Penny se perguntou quanta força seria necessária para quebrá-lo em três lugares.

— Jude quer que a gente vá encontrar com ela num café na Drag.

Tinha que haver uma regra que impedisse alguém de ir de um lugar para o outro com um estranho. Até onde Penny sabia, sua nova colega de quarto e aquela garota insuportável poderiam ser "melhores amigas" que se conheceram em um fórum especializado em fatiar garotas asiáticas para rechear cachorros-quentes. Era tudo tão típico… Penny estava na universidade havia dez minutos e já era a vela.

— Vamos.

Mallory recolheu suas coisas e encarou Penny, que estava parada como uma idiota.

— Tem donuts lá.

Penny pegou a mochila.

Mallory Sloane Kidder podia ser uma babaca, mas tinha argumentos incontestáveis.

SAM.

Jude sorriu para Sam.

Sam sorriu para Jude.

O sorriso de Jude foi melhor do que o de Sam.

Sam se lembrou da primeira vez em que Jude sorriu para ele. Era Natal, uma década antes, e ele estava de péssimo humor quando abriu a porta. Já era horrível ser obrigado a vestir uma calça que dava coceira e apertava sua virilha, mas, para piorar tudo, a mãe dele, Brandi Rose, o fizera usar uma gravata.

— Ponha uma gravata — dissera ela.

Só isso. A mãe tinha bobs nos cabelos e cheirava ao perfume do frasco em forma de gota que aparecera misteriosamente sobre a bancada do banheiro.

— Rápido.

Ela deu um tapinha no braço de Sam enquanto se espremia para passar no corredor comicamente estreito. Sam a examinou enquanto ela rebolava para dentro da cozinha, tentando olhar para ela como um homem olharia para uma mulher. Ela parecia abatida. Os vasinhos rompidos ao redor do nariz haviam sido cobertos com um pó grosso que deixava sua pele envelhecida.

— Que gravata? — perguntou Sam.

Em nenhum momento de seus onze anos de existência alguém pensara em comprar uma gravata para ele. Em um gesto irritado, a mãe tirou uma peça das coisas do pai de Sam, que estavam guardadas em sacolas de mercado no armário do corredor, e jogou na direção do filho. Era uma gravata verde e marrom com notas musicais na base.

— Você pelo menos sabe como dar o nó? — gritou a mãe, ligando o aspirador de pó.

— É claro — respondeu Sam, no mesmo volume.

Ele tinha procurado no YouTube.

A mãe de Sam quase sempre passava os dias de folga enfurnada no quarto, morta para o mundo. Mas as últimas semanas haviam sido assustadoramente diferentes. Ela passara os dias fazendo doces, limpando a casa e comprando enfeites natalinos que eles não tinham como pagar. A aura de nervosismo em torno da mãe deixou Sam apreensivo, embora fosse estranhamente tranquilizador ver os kolaches de ameixa e damasco arrumados nos tabuleiros. Também havia estrelinhas com especiarias, *Zimstern* em alemão, que perfumavam o ar com aroma de canela e lembravam Sam de tempos melhores. Como o único Natal que eles passaram em família, com uma árvore de plástico horrorosa e alguns discos de vinil do pai embrulhados em jornal na base da árvore, um presente para Sam.

Fazia anos que eles não comemoravam o Natal, e vendo a impaciência de Brandi Rose e o tremor em suas mãos, Sam podia afirmar que ao menos ela estava sóbria.

Ele afrouxou o nó da gravata ao abrir a porta. Brandi Rose não era muito boa em se comunicar, e a não ser pela alfinetada sobre a gravata e as instruções para se arrumar, Sam não sabia o que ela planejara. Não imaginou que teriam companhia. Muito menos de uma criança. Menos ainda de uma menina de sete anos, loura e sorridente, de vestido azul de veludo e rabo de cavalo. Ela tinha a mesma cara de cavalo do homem sério de cabelo castanho ao seu lado, com olhos escuros e frios como se fossem meros buracos, e atrás dele estava o novo namorado de Brandi Rose, o sr. Lange. Ele estendeu uma sacola vermelha de cetim com o topo de uma garrafa de champanhe despontando. Seu sorriso vacilou por um segundo quando ele percebeu que era Sam à porta.

— Feliz Natal, garoto — cumprimentou o sr. Lange.

— Oi — disse Sam.

O sr. Lange era um jovem de sessenta e nove anos. Foi assim que ele se descreveu para Sam quando os dois se conheceram, sorrindo e arqueando as sobrancelhas ao dizer a sua idade. Tornara-se noivo de Brandi Rose havia um mês. Sam o encontrara apenas uma vez durante o namoro alarmantemente curto. Os três tinham saído para comer no Texas Land & Cattle, e o homem com cara de caveira não parava de acariciar o joelho de sua mãe. Sam se perguntou se ela tinha a sensação de estar sendo tocada por gravetos e folhas secas, ainda mais porque o sr. Lange tinha pelos brancos e grossos nos nós dos dedos.

— Essa aqui é uma esquentadinha — disse ele a Sam, voltando a acariciar a coxa de Brandi Rose.

Eles haviam se conhecido na recepção do Hotel Marriott, onde Brandi Rose trabalhava e o sr. Lange costumava se hospedar.

— E também uma mulher à moda antiga. Não me deu bola até ver que eu era um homem sério.

Ele levantou a mão dela para que Sam visse. Uma esmeralda em forma de gota cintilava no anular. Sua pedra de aniversário. Brandi Rose deu uma risadinha, um som estranho e vazio que deixou Sam horrorizado.

— Esse é Drew, meu filho — disse o sr. Lange, dando tapinhas no ombro do outro homem. — E minha neta, Jude.

Sam apenas assentiu.

— Ah — murmurou Brandi Rose, chegando por trás de Sam. A voz dela saiu estrangulada e mais aguda do que o normal. — Você disse que nos buscaria...

Era evidente que ela também não esperava companhia.

— Você não é o Sam — interrompeu a menina.

Ao que parecia, ele e a mãe estavam na presença de três gerações de gênios. Os homens usavam ternos. Sam voltou a apertar o nó da gravata.

— É culpa minha — disse Drew, estendendo a mão de repente na direção de Brandi Rose para cumprimentá-la. — Eu insisti que viéssemos.

Ela apertou a mão de Drew, e Sam por instinto deu um passo na direção do homem, para proteger a mãe.

— Fizemos nosso almoço de Natal no Driskill — explicou Drew, casualmente destacando o fato de que Sam e a mãe não haviam sido convidados para o restaurante no hotel chique. — E, como pode imaginar, a ideia de uma completa estranha se casando com meu pai não me caiu muito bem. Tive que vir conferir quem é essa nova dama.

Ele disse tudo isso num tom agradável que camuflava sua insinuação. Que ele desconfiava que Brandi Rose fosse uma golpista.

— Ah — disse ela de novo.

Sam teve que se controlar para não bater a porta na cara deles.

— Você é pequeno demais para ser meu tio — sussurrou Jude.

Era incrível como a memória funcionava. Sam não conseguia se lembrar de um único detalhe do Dia de Ação de Graças de dois anos antes, ou de como passara o último Ano-Novo, mas se lembrava com perfeição de quando conhecera Jude.

A garotinha não calava a boca. O sr. Lange e Brandi Rose acabaram depressa com o champanhe, e Drew instalou Jude no quarto de Sam com um prato de biscoitos enquanto "os adultos conversavam".

A família de Jude era cheia da grana. Aos sete anos, a menina já tinha o próprio iPad e um celular, assim como uma bolsa cheia de jogos para levar em viagens. E por mais que Sam quisesse ignorá-la, ela não parava de tagarelar.

— Você sabe jogar gamão?

Ela arrumou as peças em cima da cama de Sam, que, em resposta, aumentou a música nos fones de ouvido vagabundos e virou de costas. Até a gritaria começar de verdade. Aquele era o problema de morar num trailer. As paredes eram ridiculamente finas. Jude arregalou os olhos.

Sam suspirou, conectou os fones de ouvido ao iPad de Jude e encaixou-os no ouvido dela, buscando alguns vídeos. Tocou aqueles de sucesso garantido, como cãezinhos corgi rebolando em cima de uma cama elástica e pandas bebês se agitando ao som de uma música dançante. Também mostrou uma compilação de uma cacatua que tocava piano com os pés. Quando Jude estava concentrada no tutorial de uma mulher que fazia cupcakes parecidos com jeans desbotados, Sam foi checar como estava a mãe.

Pela fresta da porta, viu Brandi Rose sozinha em frente à pia da cozinha, tomando um copo de suco de laranja que muito provavelmente continha partes iguais de suco e vodca. Os homens estavam fora de vista, mas suas vozes eram audíveis. Durante a hora seguinte, Sam e Jude assistiram a vídeos. No fim da tarde, ele percebeu que algum tipo de decisão fora tomada. Torceu para que o casamento tivesse sido cancelado.

Para que o pedido precipitado do sr. Lange não passasse do ato de um homem senil e que seu filho babaca na verdade houvesse salvado o dia. Mas eles não tiveram tanta sorte. O feliz casal oficializou a união poucas semanas depois, seguindo para uma lua de mel de cinco dias em um cruzeiro na Riviera Maya. Apesar das núpcias felizes e das infinitas promessas, o marido de Brandi Rose não conseguiu tirá-los do trailer em que moravam; assim como não passou sequer uma noite na cama dela.

Quando chegou a hora de a família partir, o pai de Jude foi buscá-la no quarto. Tirou quatro notas de vinte dólares da carteira e jogou em cima da cama de Sam, sem nem olhar na cara do garoto.

Então saiu e fechou a porta sem dizer uma palavra.

• • •

— Tio Sam! — cantarolou Jude.

Cinco anos de aparelhos nos dentes e uma engenhoca usada na cabeça conhecida como tração reversa maxilar haviam corrigido os aspectos mais equinos do rosto dela.

— Oi, Jude — disse Sam.

Era perturbador revê-la. Os dois haviam tomado café juntos um mês antes, quando Jude estivera na cidade para a orientação vocacional, mas em nenhum momento das semanas que se seguiram Sam acreditou que ela sairia da Califórnia para estudar a seis quarteirões de onde ele morava.

Jude agora media 1,78m contra o 1,83m de Sam (tudo bem, 1,81m), mas enquanto Sam era magricela, Jude tinha o corpo definido. Ela exalava saúde daquele modo bronzeado das pessoas da Costa Oeste dos Estados Unidos. Era bem capaz que ela conseguisse levantá-lo no supino se quisesse. Sam se sentiu protetor de um modo estranho, quase primitivo — como imaginava que pessoas de famílias normais se sentissem em relação umas às outras —, e ao mesmo tempo profundamente desconfortável por tê-la por perto.

— YAY! — gritou Jude, sufocando o rapaz num abraço. — É o tio Sam!

Ela já vinha chamando-o assim nas inúmeras mensagens anunciando sua chegada. Achava o trocadilho engraçadíssimo, já que Sam estava longe de ser o tio Sam dos cartazes patriotas. Além disso, não era mais tio dela. A união predestinada ao fracasso entre Brandi Rose e o sr. Lange durara menos de dois anos. Um mês antes de precisar começar a pagar pensão, ele pediu em casamento uma funcionária de vinte e cinco anos que trabalhava numa lanchonete da rede Cracker Barrel, em Buda. Ele era mesmo um homem respeitável.

A pressão dos braços bronzeados de Jude era agradável, reconfortante. Já fazia vários meses que não recebia um abraço como aquele, um gesto de afeto descomplicado, e sua ex-sobrinha era como um enorme golden retriever.

— Está com fome? — perguntou Sam, se contorcendo para escapar da garota. — Como foi o voo? Seus pais vieram? O que está achando da vida de caloura? — Então uma pausa. — Você *ama* fazer perguntas?

Constrangido, Sam ajeitou o cabelo e deu um longo gole no café, só para ter o que fazer com as mãos.

— Cafeína é droga das boas — comentou Jude, encarando o copo dele.

Sam riu.

— Respondendo à primeira pergunta: estou faminta — continuou Jude. — O voo foi bom. Meus pais não conseguiram chegar a um acordo sobre quem deveria me trazer, por isso combinamos que nenhum dos dois viria. Eles estão se separando.

— Nossa, que merda.

Sam só encontrara a mãe de Jude uma vez — uma mulher bronzeada que usava roupas de ioga para jantar —, e nunca foi com a cara do pai da garota.

— Tudo bem — disse Jude, com um sorrisinho torto. — O casamento deles estava péssimo. Aliás, te mandaram um oi.

— Não mandaram nada — disse Sam.

Jude riu.

— Bem, minha mãe mandou — admitiu. — Mas meu pai de fato perguntou sobre você. Se tinha planos de voltar a estudar.

Sam deu de ombros.

— Vamos ver — retrucou.

Sam *voltaria* a estudar, só que não na Universidade do Texas.

— Bem. — Ela agarrou o braço dele. — Pelo menos ele não vai aparecer aqui para me visitar. Meu pai nasceu em Dallas, mas ainda acha que Austin só tem drogado e hippies de butique.

Sam deu um sorriso amarelo.

— Ah, sim — continuou Jude. — Não sei o que acho de ser caloura, adoro perguntas, e minha primeira missão aqui foi vir te dar um oi.

Ela abriu outro sorriso de um trilhão de watts e acenou bem na frente do rosto dele.

— Oiiiii!

Jude parecia um personagem de desenho animado.

— Oi para você também — respondeu Sam, pegando um prato de doces. — Fiz para você.

— Uau! Para mim?

— Donuts e tortinhas de cereja — explicou.

— Calma aí, você fez esses doces?

Sam assentiu.

— Caramba, vou vir aqui o tempo todo — declarou Jude. — Não acredito que você passa o dia colocando e tirando doces do forno.

— Bem, na verdade esses são fritos — explicou Sam.

Ele se perguntou o que ela quis dizer com "o tempo todo".

— Melhor ainda.

Jude sacou o celular.

— Vou chamar minhas amigas para cá.

Sam assentiu.

Jude era boa naquele tipo de coisa. Compartilhar... às vezes até demais. Ela e Sam haviam sido jogados em mais alguns eventos familiares após aquela primeira ocasião, e Sam acabou se afeiçoando ao fluxo constante de conversa da menina. Era um descanso bem-vindo do rancor dos adultos. E mesmo depois da separação, Jude nunca permitiu que eles perdessem contato. Bem que Sam tentou. Jude se lembrava dos aniversários e mandava mensagens bobas no Natal com atualizações não solicitadas sobre a vida dela. Sua simpatia era imperturbável. Sam, por sua vez, não tinha ideia de quando era o aniversário de Jude desde que deletara todas as suas contas em redes sociais.

— Quer café ou alguma outra coisa? — perguntou ele.

— Gelado, por favor.

— Com leite e açúcar?

Outra informação que Sam não sabia sobre ela.

— Toneladas — confirmou, com um sorriso radiante.

• • •

— Aeeeeeeeeeeee!!!!!

Uma garota alta, de cabelo castanho, vestida como se estivesse a caminho de um festival no deserto, entrou galopando, seguida por alguém que guardava uma semelhança inquietante com a garotinha asiática do filme de terror japonês *O grito*.

— Aeeeeeee!!! — gritou Jude de volta.

Ela abraçou a garota morena, fazendo as franjas de sua blusa balançarem.

— Finalmente, sua piranha! — berrou a mais alta.

Os braços ossudos das duas fizeram Sam imaginar caranguejos envolvidos num abraço.

A garota asiática sorriu para ele por um segundo, então mudou de ideia. Sam franziu o cenho em resposta.

Jude desenlaçou os braços bronzeados e se jogou na direção da garota mais baixa.

— Oiiiiiiiiii — cantarolou, com o rosto afundado no cabelo dela, praticamente erguendo-a do chão. — Yay, você é a Penny.

Penny deu dois tapinhas nas costas de Jude — *tap, tap* — e encarou Sam com uma expressão desamparada.

— Essa é a minha melhor amiga, Mallory — apresentou Jude. — E minha colega de quarto, Penny.

— Então você é o tio Sam — disse Mallory, estendendo a mão.

Ela tinha um aperto de mão firme. Do tipo que logo se tornava uma queda de braço.

— Prazer, Mallory Sloane — disse Mallory Sloane.

— Prazer — respondeu Sam, recusando-se a fazer qualquer comentário sobre a força do aperto de mão da garota.

Mallory mordeu o lábio inferior de um jeito sedutor. Sam sorriu e deu um "oi" rápido para a outra menina. Ela acenou para um ponto levemente à esquerda da orelha dele.

— Então, o que posso servir às damas hoje?

— Pode me preparar um *flat white*? — perguntou Mallory, ainda usando óculos escuros mesmo dentro da loja.

Sam abominava a taxonomia arbitrária das bebidas de café, mas aprendera a prepará-las havia muito tempo, só de raiva.

— Claro — garantiu, moendo os grãos para uma pequena dose.

— Você sabe o que é? — desafiou a garota.

— Aham — confirmou Sam. — Um *Latte* com uma proporção alterada entre espresso e leite. E microespuma.

— Boa tentativa, Mal — debochou Jude.

— E você? O que vai querer? — perguntou Sam. — Penny, certo?

Ele seguiu o olhar dela, que estava fixo nos próprios sapatos. Por coincidência, eram exatamente iguais aos de Sam, só que menores.

— Excelente gosto — comentou ele, acenando com a cabeça para os pés da garota.

Penny abriu a boca, mas não emitiu qualquer som.

A loteria dos dormitórios acabava criando os grupos mais curiosos. O antigo colega de quarto de Sam da época de calouro, Kirin Metha, era sonâmbulo e fazia xixi num canto da sala de estar deles todo fim de semana. Sam torcia para que as duas garotas — a muda e a sexy — conseguissem conviver em paz, para o bem de Jude.

— Deixa eu adivinhar — continuou Sam. — Você quer um cappuccino semidescafeinado com pouco leite, muita espuma e gotas de caramelo?

Penny pigarreou e assentiu.

— Quem diria? — perguntou ele, com bastante certeza de que não era nada daquilo que ela queria.

Sam a examinou pelo canto dos olhos. Os cabelos bagunçados conferiam a ela uma aparência cômica. Parecia um desenho rabiscado em grafite.

— Na verdade, pode ser um café gelado? — pediu Penny finalmente.

— É claro que *pode* — disse Sam, de forma incisiva.

— Ah, tio Sam?

Ele se virou e viu Mallory inclinada em sua direção, com os cotovelos apoiados no balcão. Seus peitos nada insignificantes saltaram a ponto de quase baterem no queixo. Mallory abaixou os óculos escuros com a unha longa e prateada. Estava claro que já fazia tempo demais desde que alguém lhe dera atenção.

— Diga.

— É verdade que você faz doces?

Ele assentiu.

— Talvez um dia desses você possa fazer alguns para mim — disse ela, inclinando a cabeça para o lado de maneira sugestiva.

Ele imitou o movimento.

— Sem "talvez" em relação a isso, Mallory — retrucou Sam. — É só comer do prato de Jude que eu já terei feito doces para você. Aproveita.

— Você é engraçado — disse Mallory com uma risadinha, então se afastou para seguir a amiga.

Sam meneou a cabeça. De jeito nenhum se envolveria com uma caloura. Muito menos uma amiga de Jude. Nem mesmo ele seria burro a esse ponto.

PENNY.

As três garotas se sentaram num sofá de estampa floral mais ao fundo do café, com Jude no meio. Quando pousaram as bebidas na mesa de centro, Penny notou que as pernas de Jude eram infinitamente mais compridas que as dela.

— Então. — Mallory se inclinou na direção de Penny. — Jude mencionou que você também é filha única.

— Aham.

— Eu tenho duas irmãs menores — continuou Mallory, dando um gole no café. — Já a Jude nunca teve que compartilhar nada na vida, muito menos um quarto.

Jude deu uma cotovelada na amiga e pegou outro donut.

— O que a Mallory está tentando dizer desse jeitinho sutil é que eu sou desleixada. — Ela deu uma mordida no donut e derrubou farelos no colo, como se para confirmar que a acusação era verdadeira. — Olha só, estou ocupada demais vivendo minha vida para ficar perdendo tempo com uma coisa tão chata quanto arrumação. Além disso, todo mundo sabe que gênios são pessoas bagunceiras.

Mallory prosseguiu.

— É que eu reparei mais cedo que você é muito organizada — comentou. — Essa convivência vai ser bem interessante. Moro no Twombly, mas pode contar que você vai me ver muito.

Ah, Twombly. O lar das riquinhas nojentas.

Penny se perguntou por que Jude não poderia se contentar em visitar Mallory no Twombly. Lá eles tinham um estúdio de pilates no porão e uma sala de exibição onde passavam filmes que ainda nem haviam estreado nos cinemas.

Sam se aproximou com um espresso e o deixou na mesa de centro.

— Senta um pouquinho com a gente, vai — pediu Jude.

— Daqui a pouquinho — disse Sam. — Já volto.

As meninas o observaram se afastar.

— Caramba… — sussurrou Penny, ao se dar conta do que devia ser óbvio. — Não são só os tênis.

— O quê? — perguntou Mallory, num tom de voz mais alto.

Penny chegou mais perto.

— Eu e o seu tio estamos usando a mesma *roupa*.

Jude e Mallory viraram a cabeça para olhar. Era verdade. Penny e Sam estavam de camiseta preta com manga três quartos, cinto preto com fivela de prata escura e calça jeans skinny preta com rasgos nos dois joelhos, além do All Star preto de cano alto.

— Ai, meu Deus — disse Jude. — Sam era todo skatista quando éramos crianças. Não tinha percebido que ele tinha entrado nessa fase gótica.

Mallory bufou.

— Lembra no sexto ano, quando você usava aquela corrente presa no bolso e aquela calça cargo enorme e horrorosa? — perguntou Mallory. — Meu Deus, você era obcecada pelo tio Sam. Espera só, Jude agora vai começar a se vestir como se fosse para um enterro.

Sam estava arrumando xícaras sujas numa bandeja. Ele tinha um redemoinho na cabeça. Um redemoinho pequeno e rebelde que arrepiava uma mecha de seu cabelo, que, fora isso, era *muito estiloso*. Ele provavelmente odiava aquele redemoinho. Penny adorava esse tipo de coisa. Quando um simples detalhe se rebelava contra o resto do pacote. Ela queria tocá-lo. Afastou rapidamente os olhos antes que alguém a flagrasse encarando.

Mallory mordeu um dos donuts.

— Eca — reclamou, fazendo uma careta e colocando a língua para fora como um bebê. — Odeio pistache.

Ela tirou o alimento ofensivo da boca com a ponta da unha e deixou a maçaroca babada em cima da mesa.

Penny gritou por dentro.

— Então por que escolheu um que era obviamente de pistache? — perguntou Jude. — Os pedaços de pistache são visíveis, Mal. O donut é verde!

Jude pegou a maçaroca da discórdia *com as mãos* e procurou um lugar para colocá-la.

Penny quis morrer.

Num instante, tirou um pacote de lenços umedecidos da mochila e entregou um a Jude. Então passou um pouco de álcool em gel nas mãos, já que não seria possível desinfetar o cérebro. Melhores amigas era uma coisa, mas aquilo era quase uma perversão. Quem toca na comida mastigada de outra pessoa? E, em primeiro lugar, quem cospe comida mastigada em público?

— Obrigada — disse Jude, embrulhando a maçaroca no lenço umedecido. — Como está a torta?

— Boa.

Penny passou o resto adiante e pegou metade de outro donut antes que fosse maculado por Mallory.

— Merda.

Jude se levantou de repente. Um jorro de recheio vermelho-vivo escorreu na blusa branca dela.

Com a mão livre, Penny ofereceu a Jude outro lenço umedecido e uma caneta tira-manchas.

— É sério?

Mallory pegou o kit do colo de Penny antes que ela conseguisse protestar.

— O que é isso, um carro de palhaço? Você vai tirar uma escada e uma van daí de dentro da próxima vez?

Penny queria perguntar quem colocaria uma van dentro de um carro, mas se distraiu tentando lembrar se havia alguma coisa constrangedora em sua bolsinha para emergências.

— Meu Deus, parece que você está se preparando para enfrentar o apocalipse.

Mallory revirou o conteúdo da bolsa.

— Band-Aids, protetor labial, absorventes... Já ouvi falar de mães adolescentes, mas você está mais para avó ou algo assim. Deixa eu adivinhar... Você também anda com pacotinhos de adoçante e cupons de desconto? Que fofo.

— Muito fofo — repetiu Jude, enquanto esfregava a caneta tira-manchas na blusa.

Penny desprezava a palavra "fofo". Tornava tudo tão banal.

Mallory continuou a dispor as tralhas da bolsinha para emergências de Penny em cima da mesa como se fossem instrumentos cirúrgicos. Álcool em gel, tampões de ouvido, um pen-drive, Advil, cotonetes, grampos de cabelo, um kit de costura, uma caneta minúscula...

— Aaaaah, e um único preservativo.

Com um sorriso malicioso, Mallory ergueu o pacote quadrado entre o polegar e o indicador.

Lá estava.

Penny arrancou o preservativo e a bolsinha das mãos dela e começou a recolher suas coisas da mesa.

— Amiga — repreendeu Jude, ajudando a juntar o resto dos itens. — Deixa de ser babaca.

— Ué, não posso ser curiosa? — retrucou Mallory. — Estou dizendo coisas gentis, poxa.

Ela se recostou com uma expressão presunçosa de satisfação e encarou Penny.

— Você é tão organizada. Aposto que é um gênio da matemática ou algo do tipo. Deixa eu adivinhar… Você é uma dessas crianças asiáticas superdotadas que pularam dez anos no colégio? Na verdade, você tem doze anos e já é caloura na universidade?

Penny a olhou de cara feia.

— Tudo bem, pode me contar — continuou Mallory.

Respostas razoáveis para um ataque verbal levemente racista que, de algum modo, foi também elogioso:

1. Meter a porrada nela com a outra metade do donut de pistache.
2. Dizer calmamente que você é um gênio *e* uma bruxa, e que seus feitiços de proteção têm o efeito adicional de deixar os inimigos carecas. Especialmente os babacas racistas.
3. Gritar com Jude, banir Mallory do quarto delas. Meter a porrada em todo mundo.

— Ah, vai, Penny — disse Mallory depois de um tempo. — Eu só estava implicando um pouquinho.

— Sabe de uma coisa? — Penny se virou para Mallory. — Só estou sendo legal por educação. Você não tem o direito de ser babaca comigo sem motivo, nem de ser racista. Muito menos desse jeito genérico e preguiçoso.

Penny sentiu o familiar ardor de lágrimas nos olhos. Ela quase nunca chorava por coisas tristes, mas sim por raiva. Era um jeito fácil e divertido de perder uma discussão. Penny respirou fundo e expirou lentamente, tentando manter a calma.

— Racista? — reagiu Mallory. — Quem é que você está chamando de racista? Que coisa ofensiva de se dizer para...

— Meu Deus, Mallory — disse Jude. — Fica na sua.

— Eu posso ser muitas coisas — concluiu Mallory, bufando. — Mas não racista.

— É o que todos os racistas dizem — retrucou Penny, revirando os olhos com tanta vontade que quase viu o próprio cérebro.

As três garotas terminaram seus cafés. Penny se perguntou se o restante de sua experiência na faculdade seria tão divertido quanto aquele momento. Era igual ao ensino médio, com a diferença de que o problema não terminava quando você fechava a porta do quarto. Que ótimo.

Finalmente, Mallory quebrou o silêncio.

— Meu namorado está com uma caminhonete nova. — O comentário foi recebido com mais silêncio. — Essa é a minha tentativa de mudar de assunto — completou ela depois de certo tempo.

Penny cedeu.

— Que tipo de caminhonete?

— Uma Nissan.

— A Mallory namora o Benjamin Westerly — disse Jude, num tom sugestivo.

— Quem?

— Ele é superconhecido na Austrália — comentou Mallory.

— Nunca ouvi falar — disse Penny.

— Ele é de uma banda bem famosa — explicou Mallory. — É idolatrado por centenas de pessoas. Tem um exército de fãs muito apaixonado. E só tem vinte e um anos. A Austrália é megaprogressista. Eles já tiveram uma mulher como primeira-ministra.

Para Penny, australianos eram britânicos bizarros e genéricos. Se bem que, pensando melhor, ela não conhecia nenhum australiano. Mas havia algo duvidoso no fato de todos os lugares do planeta terem animais placentários enquanto os australianos ficavam com os marsupiais. Caramba, talvez Penny também fosse racista.

— Legal — respondeu ela com certo atraso.

— O que eu perdi?

Sam se juntou a elas, pousando outro espresso ao lado do anterior. Penny ficou olhando para as duas xícaras, intrigada.

— Tépido — explicou ele, enfim se acomodando na poltrona ao lado.

Penny amava aquela palavra. Era o modo mais perfeito de descrever a temperatura. Assim como "tenro", que sempre a lembrava do interior carnudo das laranjas.

Sam se esticou por cima dela para pegar um pacotinho de açúcar.

— Desculpa pela invasão.

Penny prendeu a respiração e chegou para trás. Não queria baforar no rosto dele e parecer uma louca. Ela notou parte de uma tatuagem quando a manga da camiseta dele se ergueu. Dava para ver algo parecido com uma mão, ou um conjunto de mãos. Aquela cena poderia facilmente entrar para a lista das três coisas mais eróticas que ela já vira na vida.

— Estava tudo delicioso, Sam — disse Mallory, num tom sedutor.

A poltrona de Sam era um pouco mais alta do que o sofá delas, e ele cruzou as pernas com elegância. Seu joelho direito roçou no esquerdo de Penny, e ela quase desmaiou. Enquanto o observava segurar a xícara de espresso comicamente pequena nas mãos finas, Penny se perguntou por um segundo se ele era gay. Não que fosse da conta dela.

— Então, em que aulas está matriculada, J?

— Estamos me chamando de "J" agora? — perguntou Jude, visivelmente satisfeita.

Sam riu.

— Foi um teste.

Ele coçou o bíceps, revelando a sombra de mais uma tatuagem embaixo da outra manga. Tratava-se de algum animal. O joelho de Penny estava quente no ponto onde encostara no dele, e ela enrubesceu, se perguntando qual seria o desenho no braço de Sam. Provavelmente uma cabeça de cavalo. Uma peça de xadrez, talvez. O cavalo preto.

Se Penny fosse tatuar uma peça de xadrez, provavelmente escolheria o bispo. Eles eram comedidos e eficientes. Se moviam com discrição. Mallory e Jude escolheriam rainhas. Assim como a mãe de Penny, a propósito.

Tio Sam.

Sam poderia muito bem fazer parte de uma banda. Uma banda cult e melancólica. Penny achava que cigarros eram inúteis e que tinham um cheiro horrível, mas imaginou que Sam fumava, e que o fazia de um jeito estiloso.

Nossa, ela com certeza fumaria se ele lhe oferecesse um cigarro. Seriam uma dupla e tanto com suas roupas idênticas, apoiados contra um muro e fumando, muito estilosos.

Tão estilosos quanto glaucoma e câncer de pulmão.

Penny nunca tinha fumado um cigarro na vida, e, se eles fumassem juntos, ela provavelmente teria uma longa crise de tosse que culminaria num peido alto.

Meu Deus, recomponha-se.

Sério, o que estava acontecendo com ela? Além disso, Penny tinha um namorado. Tentou invocar a lembrança do rosto de Mark e não conseguiu passar da curva do nariz e dos cabelos. Mark, que fizera trancinhas afro no cabelo no quinto ano, mesmo sendo branco, e que usava o mesmo agasalho azul-marinho o inverno todo, sem lavar.

Sam era diferente. Esguio. Taciturno e anguloso. Um retrato de Egon Schiele. Se ela lembrava bem, Schiele fora um *protégé* de Gustav Klimt e gostava de se desenhar nu.

Nu.

— Então — disse Sam, se recostando e cruzando os braços. — Que curso vocês vão fazer? Qual é a parada de vocês?

Mas Schiele provavelmente não dizia "parada".

— Comunicação — disse Mallory, afofando o cabelo. — Tenho talento pra coisa.

— Marketing — respondeu Jude. — Era o curso menos chato pelo qual meu pai estava disposto a pagar...

Sam assentiu, passando a bola para Penny. Ela odiava aquele tipo de pergunta. Sua resposta sempre parecia pretensiosa. Resolveu rebater:

— Que curso você fazia?

— Cinema — respondeu ele.

— Ah, o programa da Universidade do Texas é excelente — comentou Penny, sua voz uma oitava acima do registro normal. — Quer dizer, foi de lá que veio o gênero *mumblecore*, os irmãos Duplass, Luke e Owen Wilson, Wes Anderson...

Ela não conseguia conter a diarreia verbal.

— Wes Anderson se formou em filosofia — interrompeu Sam.

Penny ficou ainda mais vermelha.

Alguém me mata agora, por favor.

Sam deu um sorriso irresistível.

— Não sei por que sei isso — disse ele.

— Por que cinema? — perguntou Penny, com a voz estridente.

Ela sabia que, de certa forma, o curso escolhido na faculdade não importava tanto no mundo real. Muita gente não seguia uma carreira que tinha a ver com sua formação, embora a escolha fosse um bom teste de Rorschach para autoconhecimento. Dizia tudo sobre a maneira como alguém se via.

— Eu queria ser documentarista — disse Sam.

Penny se perguntou por que ele conjugou o verbo no passado.

Sam continuou:

— Há tantas histórias incríveis acontecendo pelo mundo, se desenrolando discretamente ao nosso redor. Tem uma frase do Hitchcock sobre como, nos filmes comuns, o diretor é Deus, enquanto, nos documentários, Deus é o diretor. Sempre adorei essa frase.

Ele empilhou as xícaras de espresso.

Penny sabia que havia emojis de coração voando de seus olhos. Estava totalmente apaixonada. Nunca ouvira alguém da idade dela falar sobre o trabalho que queria fazer. Não que Sam fosse exatamente da idade dela. Penny engoliu para si o restante das perguntas: se ele se sentia um fantasma vagando entre os vivos, assombrando sua existência atrás de ideias; se ele se sentia solitário observando as outras pessoas, como era o caso dela.

— Meu Deus, você é muito emo — comentou Mallory enquanto checava o celular.

Sam deu uma risadinha.

— Mas enfim, acabei largando a faculdade. Não consegui pagar.

— Bem, eu acho faculdade uma farsa. — Mallory deu de ombros. — Estou aqui para ficar com a Jude e calar a boca da minha mãe. Estaríamos melhor fora daqui, tentando inventar um aplicativo ou algo do tipo.

Os quatro ficaram em silêncio, pensando na triste realidade.

— Só não invente um aplicativo que inventa aplicativos — comentou Penny. — O mercado de trabalho já está ruim o bastante sem você tirar trabalhos de robôs dos robôs.

Sam riu.

Ele tinha um ar presunçoso com a expressão neutra, mas quando ele ria tudo se transformava. Penny nunca desejara tanto uma coisa quanto fazê-lo rir de novo.

— Meu Deus, essa coisa de singularidade tecnológica dos aplicativos é péssima — comentou Sam depois de um instante.

Penny estava fascinada; ou ele lia ficção científica, ou conhecia muito a respeito para saber a expressão usada para descrever a hipótese de computadores se tornarem mais inteligentes do que humanos e se voltarem contra eles para eliminá-los.

— As redes sociais se tornariam uma bagunça — disse ela, sorrindo. — Quem estaria tentando se passar por quem?

— Os telefones Android sonham com ovelhas elétricas? — perguntou ele.

Os dois deram um risinho, mas aquela piada de tiozão com referência a Philip K. Dick tocou no ponto fraco de Penny. Ela adorava piadas desse tipo, que também costumavam fazer muito sucesso com pais. (Não era preciso ser Freud para entender o motivo.) Sam era tão gato que tornava o contato visual insuportável, e as bochechas de Penny formigavam de um jeito gostoso.

— Enfim... — cantarolou Mallory com impaciência.

Penny pigarreou.

Sam estalou os dedos de um jeito superatraente, meio ameaçador. Aquela posição, com os braços diante do peito, revelou mais um pouco das tatuagens em seu pescoço. A palavra em francês para garganta é *gorge*. Uma palavra saborosa, como ele. Meu Deus.

Mallory fez algum comentário idiota sobre empatia e o valor do espírito humano. Penny nem ouviu.

Sam conseguira, de algum modo, encontrar a Camisa Perfeita com a Gola Perfeita, que era justa *apenas o bastante* para criar aquele efeito instigante de esconde-esconde.

Penny voltou a se lembrar de Mark. Ele usava camisas polo em encontros e só lia autoajuda, do tipo vendido em aeroportos, desde *Os 7 hábitos das pessoas altamente eficazes* a *Quem mexeu no meu queijo?* Além do bom e velho *Trabalhe 4 horas por semana*.

Mark bonzinho.

Mark descomplicado.

O mesmo Mark cujas ligações ela havia deixado cair na caixa postal duas vezes naquele dia.

Sam alisou distraidamente o redemoinho do cabelo, mostrando um relance de pele branca acima da axila.

Até a axila de Sam era sexy.

— Quer jantar com a gente? — perguntou Jude.

— Não posso — respondeu Sam, se levantando de repente. — Trabalho.

Jude assentiu, claramente decepcionada.

— Talvez da próxima vez?

— Claro — disse ele, meio desatento.

Então pediu licença e saiu.

• • •

— Noooooossa — sussurrou Mallory, encarando as costas de Sam com lascívia.

Noooooossa, pensou Penny.

— Eu não sabia que o tio Sam era tão intelectual — continuou ela, abanando-se de forma exagerada.

— Eca, para. — Jude bateu na perna da melhor amiga. — Ele é irmão do meu pai.

— Ex-irmão, por, tipo… cinco minutos — corrigiu Mallory. — E ele não é velho.

— Tem vinte e um.

— Primos de primeiro grau se casam.

— Nossa…

Jude balançou a cabeça.

— O que foi? — disparou Mallory. — Sério, qual é o problema? Ele é supergato. Sombrio, mas gato. E você...

Ela se virou para Penny.

— Qual é a sua, hein? Começou se fingindo de tímida e depois mandou superbem no flerte.

— É, vocês dois se deram bem — comentou Jude.

As duas analisaram Penny com um interesse renovado.

— Eu estava sendo simpática — retrucou Penny.

Então se virou para Mallory:

— Eu sei ser simpática. É só não vasculharem meus pertences.

— Ai, tá bom — disse Mallory. — Enfim, qual é o tipo dele?

— Mal, para... — alertou Jude.

— O que foi?

Mallory piscou várias vezes, fingindo inocência.

— Mallory, você não tem permissão para dar em cima do meu tio.

— *Permissão*? Mas e se ele der em cima de mim? Tios me adoram.

— Nem pense nisso.

Jude se virou para encarar a amiga.

— Estou falando sério. Você sabe que não preciso de mais dramas familiares nesse momento. Estou invocando um pedido irrevogável de amizade.

— Família? — retrucou Mallory — A essa altura, tenho tanto parentesco com Sam quanto você.

— Você conhece as regras. Pedidos irrevogáveis não precisam fazer sentido — declarou Jude, balançando a mão com desdém.

Seus lábios estavam contraídos, formando uma linha fina e tensa. Penny conhecia aquela expressão. Ela aparece quando a pessoa está tão furiosa que precisa controlar todos os músculos para não chorar.

— Calma aí — disse Mallory. — Jude Louisa Lange. Você tem inclinações sexuais pelo seu ex-tio postiço?

— Para! — sibilou Jude.

— É a única explicação — insistiu Mallory.

— Eca. Não. Não é nada disso…

Jude bebeu o resto do café.

— Pegação entre amigos e gente da família deixa tudo constrangedor e complicado. Por isso... dá pra evitar?

— Ah, chuchu — disse Mallory, finalmente abraçando a amiga. — Tudo bem. Pedido irrevogável de amizade invocado. Não dá pra culpar uma garota por querer ser sua melhor amiga *e* sua tia.

Jude riu.

Penny observou as duas. Ou Jude tinha uma paixonite por Sam e não queria admitir, ou realmente havia alguma coisa acontecendo com a família dela. Penny não conseguia imaginar Mallory desistindo tão fácil por qualquer outro motivo. Ela arquivou a informação numa nova pasta mental.

— Além do mais — continuou Jude —, acho que ele também teve um verão difícil.

— Por quê? — perguntou Mallory.

— Bem, ele não me contou com detalhes, e é quase impossível tirar alguma coisa dele, mas…

Jude abriu o Instagram no celular.

— Olha só…

Ela encontrou a página de uma MzLolaXO e começou a rolar a tela pelas fotos da garota.

— Acho que ele está com problemas com uma garota… — disse Jude.

Penny se perguntou por que "problemas com garotas" significava algum drama no namoro de um cara e "problemas de garotas" costumava se tratar de menstruação.

— Noooossa, ela é supergata — comentou Mallory.

MzLolaXO *era* gata.

Na verdade, a aparência de Lola era uma espécie de guerra psicológica. Ela era linda, por padrões matemáticos e científicos. O tipo de beleza que instigava as pessoas bregas a usarem termos como "arrebatadora" ou "exótica" para descrever mulheres. Também quase sempre se referiam a elas como "estonteantes" e muitas vezes como "femme fatales". Lola era alta e magra daquele jeito de certas pessoas bonitas que "se esqueciam" de comer ou só beliscavam pedacinhos de comidas esteticamente agradáveis, como macarons da Ladurée ou fatias de kiwi.

Mas também havia o modo como ela se vestia — despretensiosamente —, como se a saia jeans rasgada estivesse posicionada para não chocar uma audiência pudica. Ela era famosa no Instagram daquele jeito que algumas garotas simplesmente são. Como se tivessem sido criadas para detonar a autoestima de outras mulheres. Em resumo, era o par perfeito para alguém como Sam. Não era de se admirar que ele houvesse dispensado o convite de Jude para jantar. Provavelmente tinha maneiras melhores de passar o tempo do que batendo papo com elas.

Jude continuou a mostrar as fotos, que passavam como um aterrorizante carrossel de Lola fazendo coisas e sendo bonita.

— Mas quem tira tantas selfies, gente? — perguntou Mallory, torcendo o nariz. — Tem que ser muito narcisista mesmo.

Penny apostava que Mallory tirava mais selfies do que Lola. Elas admiraram a garota se alongando em uma blusa cropped que mostrava as tatuagens de adaga na costela.

— Reparem só — disse Jude. — Sam aparece praticamente a cada cinco fotos a partir daqui…

Ela continuou a passar as fotos.

— Até aqui.

— São anos — comentou Mallory, impressionada.

— É o que estou dizendo — continuou Jude. — Ele estava nesse relacionamento perfeito e agora não está mais, e, sinceramente, andei conversando com a dra. Greene, e ela acha que Sam está deprimido.

— A dra. Greene é a terapeuta da Jude — explicou Mallory.

Se o que Jude disse era verdade, a depressão combinava com o estilo de Sam.

— Portanto, deixa ele em paz, Mallory — concluiu Jude. — Ele está muito frágil.

Penny pensou sobre o tipo de garota que adorava caras frágeis. Ou incompreendidos. Costumava ser o mesmo tipo que acabava se casando com serial killers condenados à pena de morte.

— Tudo bem, combinado — concordou Mallory. — Até porque eu tenho namorado.

— Obrigada — disse Jude.

Então assentiu para Penny, sorriu e completou:

— Você também. Por favor, não saia com o meu tio.

— Pfff — zombou Mallory.

Jude estendeu a mão, prendeu uma mecha de cabelo atrás da orelha de Penny e deu um tapinha carinhoso na bochecha dela.

SAM.

Saber que seu único computador estava prestes a quebrar sem que houvesse a menor possibilidade de você ter dinheiro para substituí-lo só podia ser descrito como horror. Horror e terror. *Torror.*

Sam tamborilou no touchpad algumas vezes, desamparado, e então bateu com mais força. O cata-vento da morte continuou a girar na tela.

Merda.

Ele fechou calmamente o notebook coberto de adesivos e considerou por um breve momento se encolher em posição fetal e chorar feito uma criança pelo resto do dia.

A máquina ancestral — sua fiel companheira desde o penúltimo ano do ensino médio — já não se qualificava mais como um notebook, porque só funcionava se estivesse ligada à tomada. Além disso, todas as cores se misturavam na tela, dando a quem olhava a sensação de estar sob efeito de alucinógenos.

Mas se um computador empacava na megarrodovia da informação, precisava ser retirado e abatido.

Sam respirou fundo e contou com tristeza até dez.

Pelos seus cálculos, ele nem tinha dinheiro suficiente na conta para sacar. Um caixa eletrônico não se dignava a responder alguém com menos de vinte dólares na conta, e Sam tinha dezessete. De onde ainda seriam descontados os dois dólares da taxa do saque.

O impasse era humilhante. Ele precisava do notebook para assistir a uma aula de cinema on-line da Faculdade Comunitária do Álamo e aprender o que não tinha conseguido nos tutoriais do YouTube: preparar uma cena como Roger Deakins, o melhor diretor de fotografia do mundo. Ou como iluminar no estilo de Gordon Willis, que dirigiu a fotografia de *O poderoso chefão*. Tudo bem, Sam sabia que não aprenderia *exatamente* isso num curso de dezesseis semanas, mas desembolsar 476 dólares pelo curso e pelo acesso ao material era mais barato do que alugar uma câmera e equipamentos por quatro meses. Só que agora ele não tinha como baixar nenhum dos vídeos exigidos pelo curso.

Sam flexionou os dedos do pé direito. A sola do tênis preto estava rasgada na costura com a lona. Ele pegou a fita isolante que guardava na mochila, arrancou um pedaço e fechou o buraco. Aquela fita preta resolvia a maior parte dos problemas dele — exceto placas-mãe queimadas. Talvez devesse parar de sair de vez. Seus dias se resumiriam a ir descalço do quarto até a House e depois de volta para o quarto — um Sísifo que fazia cursos por correspondência.

Sam checou as horas no relógio acima da porta: 14h45. Aquela trégua gloriosa entre a correria da hora do almoço e a busca por cafeína das quatro da tarde. O único cliente era um cara baixo com uma barba pontuda ridícula trabalhando em seu MacBook Air de treze polegadas, cintilando de tão novo, sobre um suporte portátil para notebook e um teclado extra. Sam pensou por um breve momento em assaltar o cara, mesmo que fosse provavelmente a ideia mais idiota que alguém poderia ter — roubar alguém não só onde você trabalha, mas onde mora.

Sam folheou sem muito interesse uma cópia abandonada do *Austin Chronicle*, um jornal alternativo de boa circulação, que estava na mesa perto dele. Desde que se mudara para o andar de cima, seu mundo se tornara minúsculo. Ele se perguntou se ainda teria os anticorpos necessários para se aventurar na rua. Talvez acabasse contraindo alguma doença antiga que acreditávamos já ter sido erradicada, como pólio ou varíola. As pessoas ainda pegavam varíola? Ele precisava ler um livro de vez em quando. Não era isso o que as pessoas em recuperação faziam? Encontrar um hobby? Meu Deus, "em recuperação" era tão dramático.

Sam poderia beber uma cerveja inteira naquele momento. Droga, seria capaz de virar meia dúzia de uma vez. Pensou no toque de levedo de uma Shiner Bock, a cerveja favorita da mãe, e na primeira vez que provara uma, aos seis anos, e em como já fazia meses que não levava aquele líquido gelado à boca.

Como não tinha a cerveja, Sam se contentou em dar um longo gole num copo d'água e começou a limpar a loja. Precisava fazer alguma coisa com as mãos enquanto sua mente dava cambalhotas. Afofou almofadas, arrumou mesas, limpou balcões, colocou papéis para reciclar, limpou a máquina de espresso e jogou água quente nos porta-filtros. Ficou mais tranquilo ao sentir os nós de seus dedos esticados e ressecados no fim do processo.

Sam imaginou suas mãos ásperas entrelaçadas com as de Lorraine. Lorraine, a Mentirosa. Sua ex. Ela tinha mãos lindas. "Mãos de modelo de mão", comentavam as amigas dela. Dedos compridos e flexíveis com unhas alongadas. Mas o que Sam idolatrava mesmo eram os pés dela. Eram chatos e com dedos rechonchudos, e ela os escondia com determinação, recusando-se a usar sandálias no verão, o que só servia para torná-los ainda mais desejáveis. Eram divertidos, cheios de personalidade. Pés espertos que pegavam canetas do chão quando achavam que ninguém estava vendo.

As outras partes de Lorraine sempre foram descoladas demais para Sam. Tão inacessíveis quanto uma foto em preto e branco de uma francesa. Desde o primeiro momento em que eles se viram, Sam soube que precisava chamá-la para sair. Não tinha alternativa.

Ele tinha dezessete anos, e ela, dezenove. Lorraine estava tocando numa boate minúscula sem placa na porta chamada Bassment, e usava um vestido de alcinha branco e de seda. Seu cabelo era rosa-claro e batia na altura do ombro, com as pontas pintadas de azul-marinho. Os olhos cor de mel estavam bem delineados de preto. Ela era inegavelmente sexy. Sexy. Sam odiava aquela palavra da mesma maneira que outras pessoas odiavam palavras como "fronha" ou "alfafa", mas não havia outro modo de descrevê-la. O Grande Amor da Sua Vida era absolutamente sexy. E aterrorizante.

Não que Sam fosse muito inocente quando os dois se conheceram. Aos onze anos, ele já andava com uma ralé de vagabundos que achava hilário o fato de aquele garotinho não ter hora para voltar para casa e beber tanto quanto eles. O "Pequeno Sam" tinha uma língua afiada, e as mulheres o adoravam. Funcionava como isca para selfies com garotas bêbadas mais velhas.

O garoto conseguia entrar em qualquer bar — ele conhecia todo mundo, ou pelo menos seu pai conhecia, e Sam era a cara do pai —, porém, por mais precoce que fosse, nunca havia se apaixonado. Isto é: até avistar Lorraine em cima daquele tablado, com fones de ouvido verde neon, ignorando-o. A partir daquele momento ele estava perdido. Entregue e derrotado.

Esperou uma hora para falar com ela. Depois mais uma. Outras duas se passaram.

Às três da manhã, quando as luzes se acenderam, Sam cumprimentou-a com um aceno de cabeça e perguntou:

— Então, aonde vamos?

— Comida — respondeu ela, jogando a bolsa para ele.

Eles foram de carro até uma lanchonete, onde Lorraine devorou um prato enorme de migas, típico da culinária espanhola. Sam pediu café e, quando eles terminaram e saíram para a rua, a garota se jogou nos braços dele sem aviso, envolveu-o com as pernas e o beijou. Sam ficou extasiado — por aquilo estar acontecendo e pelo fato de ter crescido quase oito centímetros no verão e conseguir segurá-la no colo. Sua boca tinha sabor de pimentão e cigarro, e a autoconfiança dela era impressionante. A mãe dele costumava dizer que ninguém deveria se casar com alguém de quem não quisesse se divorciar, e agora ele entendia. Lorraine era o equivalente emocional de levar um tiro; a bala atravessava seu corpo, e a ferida que ficava era um show de horrores.

Sam reabasteceu o estoque de leite de amêndoas, arrumou os doces numa única prateleira e trocou os panos de prato do balcão. Os novos estavam limpos e cheirosos. Ele os levou ao nariz. A sobriedade implicava num nível razoável de tédio o tempo todo. Sentir prazer em tarefas triviais era o ponto alto do dia. Com certeza não havia mais ondas inebriantes e incríveis, não havia mais rondas pela cidade com a mulher mais enigmática e tóxica que ele já conhecera. Não havia mais o sexo selvagem num pânico atordoado e compulsivo, mas pelo menos havia panos limpos e cheirosos para o balcão. Sam admirou os quadrados de algodão perfeitamente dobrados e arrumou um deles para que a faixa azul se alinhasse com o resto da pilha.

Bem naquele momento, como se invejasse sua pequena vitória, a Mentirosa mandou uma mensagem.

Me liga.

Merda.

As mãos de Sam ficaram ensopadas de suor quando a adrenalina bateu. Sob a luz certa, seria possível ver uma camada úmida brotar na palma de sua mão. Ele já havia feito um vídeo em *time-lapse* mostrando aquele fenômeno.

Sam sentia enjoo e empolgação em iguais proporções quando recebia notícias dela após um período de ausência. Fazia vinte e sete dias desde que os dois tinham se falado. Só mais um dia e ele teria superado o hábito. Ao menos era o que diziam os livros sobre vício em drogas. Sam pensou que houvesse virado a página. Na verdade, tinha até começado a correr. Tudo bem, ele só dera uma voltinha no quarteirão duas vezes em seus tênis rasgados, mas passara a fumar apenas três cigarros por dia, o que, para ele, equivalia a completar meia maratona.

Sam se lembrou da pressão dos lábios dela nos seus. Do perfume cítrico do cabelo dela. Fechou os olhos e pensou no último encontro dos dois e nas péssimas ideias que vieram naquele dia. Ela entrara como um furacão na vidinha recém-organizada dele e depois desaparecera numa imensa nuvem de devastação. Mais uma vez.

Depois daquele último encontro, Sam mandara três mensagens sem resposta antes de considerar que já tinha se humilhado o bastante. A primeira porque disse a si mesmo que não era o tipo de cara que dormia com alguém e desaparecia. As duas outras porque seu cérebro estúpido estava zonzo e funcionando com retardo. Então, bum: a Mentirosa voltava a entrar em contato.

Era típico dela. Como se tivesse o poder de adivinhar o momento em que Sam passava a acordar sem vontade de morrer e se recusasse a deixar isso acontecer.

Sam olhou mais uma vez a mensagem.

Me liga.

Mais três horas de trabalho antes de poder se enfurnar na escuridão do quarto.

Que droga era "Me liga"?

Só sádicos mandavam uma mensagem como aquela.

Sádicos e psicopatas. Daria no mesmo se ela tivesse escrito: "Arranque sua mão com os dentes."

Sam sabia que estava do lado certo da história. Os registros mostravam que era ela a traidora. Ele era o amante rejeitado, o corno, o humilhado, a vítima.

Enfia seus "Me liga" naquele lugar!

Não que ele não estivesse tentado a ligar.

Sam suspirou. Se ligasse talvez Lorraine lhe contasse onde havia enterrado o coração e os colhões dele.

Pessoas chifravam as outras a cada segundo de cada dia ao redor do mundo. Só que Sam não conseguia acreditar que havia acontecido com ele. Ainda mais vindo de Lorraine. *Sua* Lorraine.

Meu Deus.

Ele enterrara o término dos dois tão fundo que tinha de fato conseguido removê-lo da memória. Sam se inclinou por cima do balcão e recuperou o arquivo original de 103 dias antes.

Daquela manhã fatídica em que ela lhe dissera que queria tomar café naquele lugar de tacos antes de ir para o trabalho. Aquele lugar não-tão-bom-assim em Manor que cobrava extra por *pico de gallo*.

Sam se perguntou se pedir uma *michelada* com os ovos seria de mau gosto. Precisava de alguma coisa para curar a ressaca da noite anterior. Eles haviam tomado martínis em dobro após passar uma semana brigando por causa de dinheiro e da agenda de trabalho maluca de Lorraine. E, por mais que os dois soubessem que sair era uma empreitada destinada ao fracasso, agravada pelo desejo de Sam de passar para visitar a mãe, eles não se importaram.

Naquela manhã, o cabelo de Lorraine estava preso num coque. Parecia surpreendentemente revigorada, e Sam ficou grato pelo fato de que, por mais problemas que tivesse na casa da mãe, podia confiar que a namorada estaria ao lado dele. Estendeu a mão por baixo da mesa para acariciar o joelho dela no momento em que as tortilhas chegaram. Ele colocou algumas na boca antes de Lorraine começar a contar sobre um cara chamado Paul, do trabalho dela.

Não tinha significado nada.

Embora a situação viesse ganhando intensidade havia certo tempo.

Acontecera mais de uma vez.

A reação de Sam foi gritar tão alto a ponto de os pais que comiam por perto com seus filhos pequenos o fuzilarem com o olhar.

Lorraine continuou impassível.

— Você ama esse cara? — perguntou Sam.

"Você me ama?"

"Foi alguma coisa que eu fiz?"

"Qual é seu problema?"

"Foi bom?"

"*Melhor do que comigo?!!!*"

Ela não quis dizer o sobrenome do cara. Nem onde ele morava.

— Não estou apaixonada pelo Paul — respondeu Lorraine.

— Por quê, então? — perguntou Sam, em tom de súplica.

Ele estava soluçando. Inconsolável. Lorraine, por outro lado, raramente chorava, e agia com frieza sempre que Sam o fazia. A expressão dela ficava séria, como se o extravasamento de emoção lhe arrancasse qualquer desejo de sentir alguma coisa.

Em retrospectiva, ele estava feliz pelo término não ter acontecido no restaurante bom de tacos, porque ficaria arruinado para sempre. Qualquer lugar que cobrava por condimentos a mais podia queimar no fogo do inferno. Por questão de princípios.

— Por causa disso — sussurrou Lorraine, entredentes. — Esse é o problema. Por que precisa ser assim com a gente? Crise atrás de crise. Paul foi… Ele foi uma distração. Eu precisava sair disso. De nós.

— Não — falou Sam, como se assim conseguisse tornar o momento menos real. Ele balançou a cabeça, a mente empacando no estágio de negação. — Não. Nós nos amamos. Você é parte de mim.

Ele observou o rosto dela, sem compreender. Para Sam, parecia uma loucura até mesmo que Lorraine fosse outra pessoa. O braço dela poderia muito bem ser o dele. Por isso a ideia de aquele braço ter o poder de se voltar contra o resto do corpo e ir embora não fazia sentido. Sam sentiu alguma coisa se partir dentro do peito.

— Somos viciados um no outro — argumentou Lorraine. — Isso não é saudável. Paul é um saco, isso com certeza, mas ele é estável.

Estável. Sam sabia o que aquilo significava. Estável queria dizer rico. Paul devia ser rico. Assim como Lorraine era e Sam nunca fora e jamais seria. Ele estendeu a mão bem no momento em que ela se levantou, hesitou por um instante e foi embora.

Depois daquela manhã, Sam se mudou para o House e os dois passaram meses sem se falar ou esbarrar um no outro. Sam tomou todas as precauções para isso. Evitou os lugares que os dois frequentavam, não disse a ninguém onde estava morando e passou a trabalhar o máximo de horas que Al precisasse. Foi durante uma saída rápida para comprar pasta de dentes que ela chamou por ele da outra ponta do corredor da farmácia. Enquanto andavam até o estacionamento, Sam não conseguia acreditar em como os dois ainda se entendiam bem. Conversaram sobre banalidades, e nenhum dos dois mencionou Paul. Quando Lorraine sugeriu que dessem um pulo no Polvo's para tomar uma margarita, pareceu uma ótima ideia. Uma jarra de margaritas mais tarde, pareceu uma ideia ainda melhor embarcar numa viagem pelo passado e voltar para o apartamento dela. Sam não havia tomado uma gota de álcool desde então. Vinte e sete dias. Cada um deles uma conquista.

Quando ela desapareceu de novo, Sam trocou seu nome para "MENTIROSA" nos contatos do celular e tentou esquecer.

Mas com uma mensagem, uma única ordem, ele sentiu um minúsculo portal se abrindo em seu coração. Lorraine tinha uma pele tão linda. Principalmente a das clavículas. Meu Deus, e a dos cotovelos... Ele amava passar as pontas dos dedos por qualquer osso saliente do corpo de Lorraine.

Não, disse a si mesmo.

Queria poder reconfigurar o próprio cérebro. Por que não podia escolher quando pensaria nela? Por que não podia escolher quando ela pensaria nele?

Logo depois do término, Sam tinha assistido a *Brilho eterno de uma mente sem lembranças* e *Alta fidelidade* sem parar. Deixou de dormir. Certa manhã, Fin, sentindo sua carência, o puxara para um abraço. Os dois ficaram na mesma posição por bem mais de dez minutos enquanto Sam chorava de soluçar.

Não. Nunca. Mais.

Ele apagou a mensagem.

• • •

Pelas duas horas seguintes, Sam se dedicou a arrumar obsessivamente tudo ao redor. Jude mandou outra mensagem, e Sam quase teve um infarte achando que era de Lorraine. A sobrinha o convidava de novo para jantar, e ele se esquivou mais uma vez, alegando que estava preso no trabalho. Sentiu-se igualmente irritado e culpado. Pensou em dizer a Jude que estaria ocupado pelo futuro próximo, mas achou que não valia a pena criar uma situação. Sua lombar doía, e ele se perguntou se os clientes conseguiriam perceber a loucura em seus olhos.

Quando o dia acabou, Sam estava exausto. Fechou o caixa e bocejou. Ouviu Fin nos fundos, recolhendo o lixo. Ele sempre deixava a porta de tela bater, o que enlouquecia Sam, mas daquela vez estava cansado demais para reclamar. A única coisa boa em acordar ao raiar do dia era que às oito da noite tinha terminado todo o trabalho e, às vezes, às oito e quinze já estava na cama. Mesmo que só ficasse embaixo das cobertas olhando para o nada e se mantendo longe do álcool.

Alguns meses atrás, Al instalara um sistema de segurança intransponível, que consistia de uma câmera de vídeo falsa fixada acima da porta e um portão automático que já tinha parado de funcionar. Sam foi até o lado de fora para fechá-lo. Precisou usar as duas mãos e todo o peso do corpo.

— Puxa com mais força, seu *flaco*! — gritou Fin por cima do ombro.

Sam riu.

— *Flaco* é a mãe — respondeu.

Fin deu uma risada e abriu uma cerveja.

É a mãe? Meu Deus, ele estava cansado *mesmo*.

O apelido de Sam no ensino médio era AIDS, porque adolescentes são uns babacas e porque ele era supermagrelo. Sam odiava seu corpo côncavo, com as veias saltadas e os músculos estirados e visíveis por baixo da pele. No entanto, em algum momento as garotas começaram a ver algo nele além de magreza, então ele parou de se importar.

Ainda assim, às vezes Sam queria ser um cara grande, fortão e com punhos enormes que conseguiria fechar aquele portão idiota de uma vez só.

— Sam — chamou uma voz nas sombras.

Ele deu um pulo e deixou escapar um "aaaai" agudo do qual se arrependeu na mesma hora.

Sam identificou a voz imediatamente. E ela com certeza tinha ouvido o seu "aaaai" fraco e assustado.

— Eu te mandei uma mensagem — disse Lorraine.

Sam sentiu o tom áspero dela.

Ficou surpreso por ter levado apenas uma tarde para Lorraine, também conhecida como A Mentirosa, se materializar. Paciência não era o forte dela. No entanto, brotar ali depois de simplesmente desaparecer era uma atitude ousada até mesmo para ela.

— O que você quer, Lorraine? — perguntou Sam, sem rodeios.

— Precisamos conversar.

Que original, pensou ele.

— O que ainda poderíamos ter para conversar?

Sam terminou de trancar o portão.

— Quer dizer, seu *completo silêncio* no último mês no mínimo sugere que não há mais nada para conversarmos.

Ele desejou poder cheirar discretamente as axilas para checar a situação. Por que sempre acabava encontrando Lorraine quando estava tão desprevenido? Ela, é claro, estava toda arrumada para o trabalho, de blazer. A Mentirosa era a pior pessoa.

— Sério, Lorraine — continuou ele. — Você já deixou claro. Somos passado. Era Paleozoica. Mais antigo até. O Antropoceno… Não, calma, isso é agora…

Sam enfiou as mãos suadas nos bolsos.

— Para de falar — disse ela.

Ele a olhou feio.

— Por favor.

Lorraine deu alguns passos à frente, até a luz. Ela estava pálida. Mais pálida do que o normal, que já era no nível de folhas de papel e góticos.

Sam foi até os degraus da varanda e se sentou. Ela o seguiu. O pôr do sol pintava o céu com faixas rosadas enquanto os dois encaravam a rua.

— O que houve?

A mão dele coçava de vontade de pegar um cigarro, mas Sam não queria fumar na frente dela.

— Sam — disse ela. — Estou atrasada.

Não brinca, pensou ele na fração de segundo que levou para o real significado das palavras atingi-lo. Ela se referia à sua menstruação.

Ele respirou fundo e passou a mão pelo cabelo. Seus dedos estavam dormentes.

É claro que ela estava atrasada. Fazia sentido. Na verdade, aquela era a única novidade possível. Não era como se alguma vez as coisas fossem sair como ele imaginava. Era óbvio que Lorraine não estava voltando à vida dele depois de um período de autoanálise para dizer que ainda o amava.

Meu Deus.

Atrasada.

Dessa vez eles haviam conseguido.

A pavorosa onda de adrenalina o atingiu de maneira tão súbita que Sam bateu palmas. Só uma vez. Algum instinto primitivo texano nos circuitos permanentes do cérebro dele entrou em ação, e ele se viu agindo como o estereótipo de um técnico de futebol americano em momentos de crise.

— Muito bem — disse ele, num tom determinado. — Há quanto tempo sua menstruação está atrasada?

Olhos abertos, coração pleno. De repente ele estava num episódio de *Friday Night Lights.*

— Não sei.

— O quê? — guinchou Sam. — Garotas não deveriam, tipo, ter controle dessas coisas?

Sam compreendia que o sistema reprodutor feminino era um universo misterioso, mas aquilo parecia absurdo. Então ele se lembrou das mães adolescentes na TV que tinham seus bebês sem querer, no vaso sanitário.

— Você fez um teste de gravidez?

Lorraine revirou os olhos.

— Fiz, Sam.

— E?

— Positivo.

Merdamerdamerda.

— Quantos?

— Quatro — disse ela. — Não, três.

Bem, Sam não era obstetra, ginecologista, nem nada parecido, mas aquele parecia um número irracionalmente pequeno de palitinhos mijados a ser considerado por qualquer ser humano pensante antes de se declarar dentro ou fora dos campos da gravidez indesejada. Na verdade, ele não conseguia acreditar que ela não tivesse feito pelo menos vinte e, mesmo assim, ainda precisaria ir ao médico fazer um exame de sangue antes de ter certeza. Certeza daquele positivo.

Merdamerdamerda.

— Tudo bem — disse Sam, apoiando as mãos nos ombros dela. — Você precisa fazer mais um monte. Eu levo você. Vamos agora.

Ele quase deu tapinhas de incentivo nas costas dela de tanto nervosismo.

— Sam, você está me assustando.

— Não, não tem por que ficar assustada — retrucou ele, com a voz esganiçada, abrindo um sorriso que mostrava todos os dentes. — Vai ficar tudo bem. Você tem que ir a um médico, um especialista, para eliminar qualquer dúvida. Para ter paz de espírito.

— Um especialista? — repetiu ela. — Você está parecendo um maluco.

Sam secou a palma das mãos na calça.

— E o seu médico de sempre? Você não vai num desses médicos caros?

— Não posso ir ao dr. Wisham — disse ela, revirando os olhos. — Ele é meu pediatra.

Por que ela ainda ia a um pediatra?

— Por que você ainda vai a um pediatra? Enfim, não importa — completou, se recompondo. — Eu pago a consulta.

Sam se perguntou se pagavam bem por plasma sanguíneo e quanto um homem ligeiramente abaixo do peso conseguiria dispor antes de cair no chão e morrer. Talvez pudesse doar um dedão do pé para pesquisas.

Ele pigarreou. Esfregou o queixo. Na maioria das vezes, eles haviam sido responsáveis em relação à camisinha. Na maioria das vezes.

— Tenho uma consulta marcada na quinta-feira — disse Lorraine.

Era sexta-feira. Faltava muito para a próxima quinta.

— Não posso faltar ao trabalho — explicou ela.

— Tenho certeza de que vão entender se...

— Não posso — interrompeu Lorraine. — É importante. Sou a única novata da equipe e estou cuidando da produção de três ações promocionais para um cliente. Não posso pedir para qualquer um me substituir só porque estou... "preocupada".

Ela revirou os olhos. Sam achou o "preocupada" a parte menos ofensiva do discurso, mas decidiu deixar quieto.

— Não posso me dar esse luxo, não trabalho num fast-food qualquer. — Lorraine o olhou com uma expressão culpada antes de adicionar: — Sem ofensas.

Em primeiro lugar, gerenciar um café não era trabalhar em fast-food. Em segundo...

— Você trabalha com publicidade — disse Sam. — Não está exatamente salvando vidas. *Sem ofensas.*

Merda. Ele precisava ter tato. Precisava se acalmar. Respirou fundo de novo.

Lorraine o fuzilou com o olhar.

— Desculpe — continuou Sam. — Ainda estou processando a informação. Então, precisa que eu vá com você na semana que vem?

Ele considerou a logística necessária. Talvez pudesse pegar o carro de Fin emprestado.

— Não — respondeu ela.

Paul provavelmente a levaria de carro. Toda vez que pensava em Paul, o ricaço sem rosto, Sam sentia a raiva estourar como bolhas inflamadas no fundo do estômago.

— Quanto tempo de atraso?

— Três semanas.

Meu Deus.

Três semanas eram uma eternidade no ciclo da vida de menstruações atrasadas. Ou ao menos parecia ser, levando em conta tudo o que Sam sabia sobre menstruação. O que não era muito.

Eles ficaram em silêncio. Sam pegou o maço de cigarros. Então imaginou os pulmões rosados e minúsculos de um bebê microscópico tossindo e voltou a guardá-lo.

— Eu queria tomar a pílula do dia seguinte — disse Lorraine. — Mas acabei não tomando, e…

Sam pensou em como os dois haviam sido descuidados.

— Por que você não me contou que estava preocupada?

Ele sentiu o estômago revirar de culpa por saber que a Mentirosa lidara com aquilo sozinha.

— Pensei a respeito.

— Você esperou três semanas para me mandar uma mensagem.

— Achei que fosse só um atraso bobo.

— Bem, agora é tipo um atraso muito incrivelmente longo — completou Sam.

— Estou preocupada — disse ela, sem encará-lo.

Caramba. Será que ela ia chorar? Por mais terríveis que fossem as circunstâncias, seria aquele o momento em que Sam finalmente veria Lorraine chorar?

— Bem. — Ele a abraçou, e ela não tentou impedi-lo. Isso o fez se sentir forte e capaz. — Vamos dar um jeito.

— Como?

— Só quero dizer que estou aqui. Vou apoiar você. Tipo, o filho é meu, né?

Ela o empurrou. Com força.

— Sério?

— Meu Deus, Lorr! Podia ser do Paul!

A raiva dele surgiu ardente e intensa.

— Não fiquei mais com o Paul depois da última vez em que a gente se viu! — gritou ela.

Sam sorriu, não conseguiu se conter.

Rá. Toma essa, Paul.

Sam observou Lorraine. Merda. Ele estava surtando. Ainda assim, não conseguia deixar de reparar em como ela estava furiosa com ele e em como ele se sentia estupidamente eufórico por ainda ser capaz de deixá-la tão furiosa. Aquela devia ser a pior circunstância possível para se ter um bebê. Um pedacinho de gente fofinho e inocente no meio de dois babacas egocêntricos. Sam sentiu a ansiedade batendo no fundo do seu peito.

— Se você estiver mesmo grávida — disse devagar —, o que vai querer fazer?

Ele pensou na palavra que começa com A.

A-B-O-R-T-O

— Não sei se eu conseguiria tirar — respondeu Lorraine.

TIRAR.

ARRANCAR.

EXTERMINAR.

Sam imaginou a luz vermelha cintilante do olho do Exterminador do Futuro no fim do filme, quando o ciborgue se recusava a morrer.

— Não sou criança, Sam — disse ela. — Não sou uma garota de quinze anos que engravidou sem querer. Tenho vinte e três, idade o bastante para saber o que faço. Minha mãe tinha vinte e quatro anos quando eu nasci... Não posso.

Ele a encarou. Apenas absorveu o que via. Cabelo louro. Mãos pequenas. Blusa azul. Calça social preta.

Era uma resposta justa.

Parecia o tipo de coisa que alguém sabe sobre si mesmo. Só que Sam não sabia de mais nada.

PENNY.

Quando Penny estava no nono ano, aconteceram dois eventos de grande importância na vida dela. Um, ela leu o graphic novel *Maus*, de Art Spiegelman. Dois, ela descobriu que não seria popular até ficar mais velha, e tudo bem, porque a vida era uma longa jornada.

Penny agradecia à festa de aniversário de Amber Friedman por essa sabedoria. Amber Friedman era uma garota da sua turma de francês conhecida por acordar às 5h45 todo dia para alisar o cabelo cacheado e então remodelá-los com babyliss. Todo mundo achava que ela tinha grana, já que seu pai trabalhava na *Rolling Stone*. E apesar de a vida ser dura para Penny por ter uma mãe gostosa, ter um pai com mais seguidores no Instagram que Deus também devia ser uma merda monumental. O pai de Amber era muito conhecido. E, para piorar, a filha não era bonita. Não que ela fosse feia. Ela só tinha um daqueles rostos com as feições acumuladas no meio, como um cômodo grande demais com a mobília minúscula.

E havia também a personalidade dela. Amber amava se intrometer e terminar as frases dos outros — até mesmo dos professores —, e espirrava com um "chhhhim" agudo pelo menos meia dúzia de vezes seguidas. Para Penny, parecia uma tentativa de chamar atenção da pior maneira possível. De qualquer modo, Penny não fora propriamente convidada para o aniversário. A mãe dela e a de Amber haviam ficado amigas numa aula de culinária etíope que fizeram juntas anos antes e certo dia se encontraram por acaso no mercado.

— Poxa, Penny, a Amber vai ficar tão decepcionada — disse Celeste. — Comprei kits de unhas de gel para vocês duas na Sephora.

Ela balançou duas bolsinhas pretas reluzentes da loja.

Penny era mais suscetível a suborno na época. Foi de bicicleta até a festa, pensando que ao menos haveria petiscos, bolo e pessoas o bastante para que ela pudesse ir embora discretamente quando quisesse.

Quando Penny chegou, seis pares de olhos a fuzilaram. O cheiro do lugar era insuportável, como se houvessem jogado uma grande quantidade de desinfetante em cima de xixi de gato, e Penny só conseguia pensar que, se você está sentindo um cheiro, é porque está inspirando partículas daquilo para dentro do seu corpo. Ela se esforçou para não transparecer aqueles pensamentos pavorosos ao cumprimentar Melissa e Christy, do colégio, e duas garotas que Amber conhecia da igreja. Enormes balões prateados pendurados no teto formavam o nome AMBER, menos o B, que estava mais caído e ficava colando no cabelo da aniversariante.

Durante as duas horas seguintes, elas prepararam pizzas personalizadas que a mãe de Amber assou no forno e fizeram sundaes para a sobremesa. Quando as convidadas receberam caixas de plástico com miçangas para fazer brincos com linha de pescar, Penny descobriu seu limite para o tédio. Ela pediu licença para ir ao banheiro no interior da casa, ouvindo com atenção para descobrir se havia mais alguém lá dentro, então começou a investigar silenciosamente a área. O quarto de Amber tinha nada menos do que cinco pôsteres em preto e branco de Audrey Hepburn, e um gato laranja se lambia em cima da colcha da cama de dossel. Ele interrompeu a lambição e encarou Penny, mas logo resolveu que a intrusa não valia a sua atenção. Quando ela enfiou a cabeça dentro do cômodo que imaginou ser o escritório do pai de Amber, esbarrou numa descoberta valiosa. Mike Friedman, crítico de música, tinha todas as graphic novels já publicadas. Todas. TODAS. Pilhas. De *Homem-Aranha* a *Super-Homem* a enormes volumes de edições de colecionador, com capas duras cintilantes, organizadas por assunto.

Penny não conseguia acreditar. A poucos metros daquela conversa fiada inútil ("não é, tipo, muito esquisito como algumas pessoas falam escola e outras falam 'ixcola'?") e das coberturas idiotas de pizza tipo (eca) abacaxi em cubinhos, estavam milhares de horas de entretenimento genuíno. Ele tinha tudo. De *Monstro do Pântano* a *V de Vingança* e *Persépolis*, de *We3 — Instinto de sobrevivência* a *Runaways*.

O escritório do sr. Friedman cheirava a livros novos — ao papel do miolo e ao verniz da capa. Depois de toda uma prateleira inteiramente dedicada a um personagem fofinho e rechonchudo chamado Bone, Penny encontrou *Maus*.

Ela queria ler *Maus* desde que descobrira que havia sido o primeiro quadrinho a ganhar o prêmio Pulitzer, e ao perceber que o sr. Friedman tinha duas cópias — uma em capa dura e a outra em brochura —, Penny fez o que qualquer criança faria: enfiou a brochura na parte de trás da calça jeans, cobriu com o moletom, fingiu que estava com dor de barriga e voltou correndo para casa.

Tinha sido um dos momentos mais indignos da vida dela. Para não mencionar o carma de uma pessoa inteiramente não judia roubando de um judeu um livro sobre o holocausto judeu.

No entanto, o livro mudou a vida dela.

Penny sabia que *Maus* seria educativo. Não que ela fosse seguir a carreira do crime, mas sim porque se viu predestinada a produzir algo que fizesse alguém se sentir como ela se sentiu ao ler aquela história.

Penny acreditava de todo coração que havia momentos — instantes cruciais — que definiam quem uma pessoa ia se tornar. Havia pistas ou sinais, e era melhor não perdê-los quando acontecessem.

Ela achou impressionante que uma história em quadrinhos com gatos e ratos como personagens pudesse ensiná-la tanto a respeito da Segunda Guerra. Não se tratava apenas de *aprender*, mas de se *importar*. Penny já sabia sobre Auschwitz e sobre os guardas que diziam aos prisioneiros que eles iam tomar banho e, em vez disso, cortavam o cabelo deles, os amontoavam numa pilha e os mandavam para as câmaras de gás. Até mesmo crianças. Numa aula de história do ano anterior, a turma fizera um teste ligando datas a eventos significativos da guerra, e ela tinha quase gabaritado. Ainda assim, só depois de ler *Maus* e viver aquele período através dos olhos de um pai e um filho ratos, Penny conseguiu ver além da frieza dos fatos. Naquela noite, ela leu o quadrinho duas vezes e chorou. Foi quando soube que tinha que se tornar escritora.

Aquilo fez valer a pena o que aconteceu na escola na segunda-feira seguinte. Amber espalhou para a turma toda de francês que Penny havia ido embora de repente da festa porque teve diarreia. Depois disso, Penny nunca mais se obrigou nem a tentar ser legal com o pessoal da escola. Ela podia até ser impopular, mas Amber também era. A menos que você fosse superpopular, ou a segunda mais superpopular, a diferença era insignificante. Você era um zero à esquerda. O que diferenciava Penny de Amber era que todo mundo sentia o cheiro do desespero de Amber. Para Penny, aquilo era muito mais patético do que ser apenas invisível. Ela pararia de tentar. Em vez disso, usaria o tempo para preparar seu futuro e viveria nos livros até a parte empolgante de sua vida começar. As coisas teriam importância, então. Na verdade, tudo seria diferente.

• • •

Em apenas dez minutos, Penny já sabia que a aula de escrita ficcional das oito da manhã, às quintas-feiras, seria a sua favorita. Foi impressionante ver que, mesmo naquele horário cruel, a sala estava cheia. O lugar era pequeno, incomparável àqueles onde aconteciam as aulas de história americana ou inglês 301, auditórios com assentos de estádio e uma tela suspensa no teto para os alunos das cadeiras lá no alto poderem ver o rosto do professor. Já a sala da aula de escrita ficcional comportava cerca de vinte pessoas em carteiras normais, como as da escola.

J.A. Hanson era jovem para uma professora. Tinha vinte e oito anos. Aos vinte e dois escrevera *Messias*, um conto clássico pós-apocalíptico que foi aclamado pela crítica e lhe rendeu um Hugo Award, um dos prêmios mais importantes de fantasia e ficção científica. A heroína era uma adolescente, e Penny ficou deslumbrada com o final. Só o fato de J.A. ser mulher já deslumbrou todo mundo. As resenhas e os fãs estavam certos de que J.A. Hanson era um cara. Ainda mais porque na época não havia fotos da autora e ninguém sabia a que se referiam as iniciais J.A.

Penny descobriu a ficção científica logo depois de *Maus*. Começou, então, a escrever os próprios contos como hobby e, embora seu colégio tivesse uma revista literária, nunca sonhou em submeter nenhum conto para publicação.

Não ajudou que, para a aula de literatura inglesa do segundo ano, a turma tenha lido "The Lottery", um conto da

Shirley Jackson que era basicamente *Jogos vorazes* escrito nos anos 1940 com uma reviravolta no final.

A turma passara uma semana criando histórias com finais imprevisíveis, e Penny tinha escrito a dela pelo ponto de vista de um garoto suíço de dezesseis anos em 2345 que acordava sabendo o dia exato em que ia morrer. O garoto avaliou seus possíveis atos finais e escolheu passar o dia fazendo o de sempre: jogando xadrez com seu melhor amigo, Gordy. O que lhe dava mais prazer eram as rotinas banais e seguras do dia a dia, e a reviravolta no final era que ele não morria; em vez disso, acordava toda manhã com o mesmo pensamento em um hospício, onde não tinha outra escolha exceto fazer o que os médicos haviam agendado para o seu dia.

Penny gostou de sua história, mas a sra. Lansing lhe deu nota oito e disse que "esperava ver na história mais do exótico ponto de vista" de Penny. A garota ficou indignada. Como se Zurique em 2345 não fosse exótico o bastante. Sabia exatamente a que a professora se referia: à sua descendência *asiática*, apesar de Penny ter nascido em Seguin, no Texas, a uns vinte minutos dali. Ela jurou nunca mais expor seu trabalho até que respeitasse a pessoa que o leria.

Ao longo dos anos, Penny devorou os clássicos — *Jogador nº1*, *Duna* e *O jogo do exterminador* —, mas foi só quando conheceu *Messias*, ironicamente apresentado por um garoto que era o pior cara na história dos caras, que percebeu que ficção científica não precisava ser tão... de menino. A história de J.A. lembrava *O jogo do exterminador*, só que, ao contrário de Ender, que era esperto mas foi enganado por ser criança, Scan, a heroína de *Messias*, tinha consciência do seu valor.

Uma protagonista feminina tornava as histórias mais inspiradoras do que voyeurísticas. Era tão mais divertido escrever sobre quem você *poderia* ser. Desde então, as histórias de

Penny passaram a se centrar em mulheres e garotas. Nem era preciso algum truque especial. Bastava escrever exatamente como se escreveria se o personagem fosse um cara, mas aumentando a tolerância à dor, já que as garotas têm que aguentar mais coisas no mundo, e dar às personagens mais empatia, o que torna tudo mais arriscado. Além disso, quando se trata de ficção científica, as regras são estabelecidas no início e você pode mandar tudo pelos ares desde que o faça de maneira convincente. Para Penny, ter aula com uma autora publicada fazia com que toda a situação de viver em comunidade valesse a pena.

J.A. Hanson tinha um carisma inegável. Era negra e tinha cabelo crespo platinado e preso no alto da cabeça. Completando o visual, óculos de armação branca. J.A. tornava a nerdice glamourosa. E não do jeito poser que algumas meninas faziam no Tumblr, jogando videogame só de calcinha para parecerem atraentes para os homens.

— Um chinês pode escrever sobre linchamento de escravos?

Era um assunto intenso para as oito e onze da manhã, mas J.A. propôs o tema de forma tão casual que Penny ficou na dúvida se ouvira direito. Era o tipo de assunto que dava à sala de aula uma energia íntima e palpável, como se a turma estivesse reunida ao redor de uma mesa de jantar. Uma mesa de jantar que foi incendiada sem qualquer cerimônia.

No coração de Penny, a resposta era um sim absoluto. Mas ela também não sabia como se sentia sendo uma asiática dizendo aquilo para uma negra.

Penny deu uma olhada por cima do ombro para ver se alguém se manifestaria.

— É claro — disse o outro aluno asiático da turma. — Li sobre esse assunto na *Times* também.

O garoto arrumava o cabelo num estilo boy band e tinha um sotaque inglês que o fazia comer algumas letras e que combinava perfeitamente com frases tipo "Li sobre esse assunto na *Times* também".

— Por quê?

O sorriso de J.A. se alargou até os caninos. Lembrou Penny de quando Sherlock Holmes anunciava "O jogo está valendo!".

— Bem, ele não é branco — respondeu o garoto. — O que ajuda.

— Ajuda mesmo? Não é direito do escritor de ficção, não importa sua identidade, se caracterizar como quiser? — argumentou uma garota etnicamente ambígua.

Penny não se lembrava de já ter tido um debate honesto sobre raça em sala de aula.

— É, também tem isso — disse o garoto anglo-chinês. — Desde que você não seja um desses turistas de tragédia, ou esteja criando estereótipos racistas. Desde que você seja… talentoso, tudo é permitido.

— Então, desde que a pessoa seja competente e bem-intencionada, ela tem passe livre? — perguntou J.A.

— Resumindo: só o que é politicamente correto tem passe livre — disse outro cara, fazendo aspas no ar ao citar "politicamente correto".

— Não é isso — retrucou uma menina ruiva. — É como as Kardashian fazendo tranças nagô. Não podemos nos apropriar das partes badaladas de uma cultura e glamourizá-las, mas não levar em consideração as partes terríveis, como ser morto por policiais num sinal de trânsito.

J.A. parecia satisfeita com o rumo da conversa. Era como se estivesse avaliando os alunos, tomando notas de cada um, sem julgamentos, e Penny lamentou não participar da discussão.

— Olha, eu detesto escrever — disse J.A. quando o falatório cessou. — E sou o tipo de escritora que sempre detesta quando escreve. Mas não se enganem: escrever é algo que você ganha o *direito* de fazer. Principalmente ficção. Penso dessa forma.

Ela se sentou na mesa e cruzou as pernas em posição de lótus antes de continuar.

— Se houvesse um apocalipse (zumbis, o sol explodindo, o que fosse), o trabalho de escrever ficção estaria em milésimo lugar em termos de prioridade, atrás inclusive de personal trainers.

A turma riu.

— Escrever é um privilégio, e parte do reconhecimento desse privilégio é fazê-lo de forma honrada. Criar personagens diversos porque podemos. Em especial aqueles que não são fáceis de serem escritos. Um personagem que os assuste vale a pena ser explorado. No entanto, se vocês derem vida a um personagem e parecer muito fácil... Vamos dizer que vocês estejam escrevendo do ponto de vista de um homem negro nos Estados Unidos e vocês não sejam um? Pensem bem sobre a origem da sua inspiração. Vocês estão escrevendo estereótipos? Clichês? Estão fetichizando o outro? De quem são as ideias que estão espalhando? Pensem com cuidado em como transmitem certas visões sobre os outros. Pensem no poder desse ato.

J.A. fixou os olhos nos de Penny.

— É tudo uma questão de encontrar a verdade na ficção — continuou ela. — O que soa contraditório. Mas a história lhes dirá se chegaram perto.

O cérebro de Penny estava zumbindo. J.A. dissera que escritores eram poderosos, o que significava que a própria Penny era poderosa.

Ela demorou um instante para perceber que estava com a boca ligeiramente aberta. Se *Maus* havia sido o momento eletrizante número um em seus planos de se tornar escritora, o coração disparado na aula de J.A. foi o segundo. Talvez o segundo *e* o terceiro. Era como se tivesse sido convidada para fazer parte de uma sociedade secreta. Isso fez com que seus pensamentos se reorganizassem com tamanha intensidade que ela sentiu uma súbita vontade de fazer xixi.

Fazia anos que Penny escrevia o tempo todo. Mesmo que não mostrasse a ninguém, nunca havia parado. Histórias, listas de ideias e estranhos pedaços de diálogos divertidos que lhe vinham à mente enquanto ela ignorava o que quer que estivesse acontecendo na vida real. Ela sabia que era uma escritora decente. Só que queria mais. Penny queria se tornar boa de verdade. E queria que J.A. Hanson reconhecesse exatamente o *quanto*.

SAM.

Sam acordou com um sobressalto. Era sábado — mais de uma semana se passara —, e seus problemas permaneciam os mesmos. Ele continuava terminado com a Mentirosa. Continuava apaixonado pela Mentirosa. A Mentirosa estava grávida. Era uma hora da tarde. Apesar de ser seu dia de folga, ele só caíra no sono duas horas antes.

Merda.

Na noite anterior, depois de incontáveis mensagens e ligações ignoradas, a Mentirosa enfim se *dignara* a aparecer no House depois do trabalho. Sob o olhar atento de Sam, ela bebera litros de água e ficara entrando e saindo do banheiro até ter feito xixi em mais seis palitinhos. Era ao mesmo tempo muito íntimo e também nem um pouco.

Última checagem de atraso da menstruação: quatro semanas e contando.

— Valeu mesmo por comprar o teste mais barato que encontrou — disse Lorraine de dentro do banheiro.

Ela deixara a porta entreaberta, e embora o relacionamento dos dois já houvesse sido do tipo em que um faz xixi enquanto o outro toma banho, Sam desviou o olhar. Ouviu o barulho da descarga.

— Sempre molho a mão toda de xixi com essas coisas — completou ela.

Sam se perguntou quantos testes de gravidez Lorraine já teria feito ao longo dos anos, mas sabia que era melhor não perguntar. Precisou passar dias enchendo a paciência dela até que fosse ao café. Tinha faltado à consulta e ainda não marcara uma nova.

Ela lavou as mãos e enfileirou os resultados na lateral da pia.

— Os bons dizem só "grávida" ou "não grávida" — disse Lorraine. — São digitais ou algo assim.

Sam não tinha ideia de que existiam testes de gravidez bons ou ruins. Tinha ido direto para a parte das promoções de dois por três na farmácia. Concluiu que seis testes ofereceriam uma chance maior de eles terem certeza absoluta.

Os dois esperaram e observaram. Era surpreendentemente difícil de interpretar. Dos seis, cinco deram positivo com um sinal de mais bem fraco. O último não funcionou. A janelinha branca permaneceu branca. Sem sinal de negativo. Sem nada.

— Então você está grávida — disse ele.

— Parece que sim — respondeu ela.

— Como se sente?

— Furiosa.

Ele assentiu, melancólico.

— Tipo… isso não é muito idiota da nossa parte?

Ela esfregou os olhos e gemeu.

— Quer saber de verdade como eu me sinto? — perguntou Lorraine depois de algum tempo. — Com vontade de quebrar alguma coisa.

— Vem comigo — chamou Sam.

Ele foi até o balcão, pegou a mochila embaixo da caixa registradora, atravessou a cozinha com Lorraine e saiu pela porta de tela.

Era uma noite sem vento.

Sam abriu o zíper da mochila e entregou o notebook para Lorraine.

Ela o pegou e olhou para Sam, intrigada.

— Você disse que queria quebrar alguma coisa.

Sam indicou com a cabeça o estacionamento de cascalho.

— Fiz backup de tudo — disse ele. — Está quebrado. Pode acabar com o...

Antes que Sam pudesse dizer "sofrimento dele", Lorraine atirou o computador no chão.

Nada aconteceu. O notebook ficou largado no chão, pesado e inútil.

Ela o pegou de volta, abriu e, dessa vez, arremessou-o longe.

— Meeeeeeerda — gritou para a noite.

O computador quicou vários metros à frente.

Os dois foram até lá.

— Sua vez — disse Lorraine, e se abaixou para entregar o notebook para Sam.

Ele levantou o computador bem acima da cabeça com ambas as mãos e o jogou no chão, onde finalmente rachou. Eles o arremessaram várias vezes — chegando a suar —, até a tela ficar arrebentada e as duas metades do computador se separarem. Lorraine tirou uma foto e postou no Instagram, marcando Sam.

Depois, em silêncio, os dois jogaram a carcaça destroçada do notebook num saco plástico junto com os testes de gravidez e o largaram na caçamba de lixo.

— Você comprou um novo? — perguntou Lorraine ao entrar no carro.

Sam fez que não com a cabeça e bocejou. De qualquer maneira, precisaria largar a faculdade e arranjar um segundo emprego para pagar a pensão do filho. Além do mais, o tipo de trabalho para o qual se qualificava raramente exigia um computador pessoal.

— Passa lá em casa amanhã — disse ela, puxando-o para um abraço.

Sua expressão era indecifrável.

Às duas e meia da tarde do dia seguinte, Sam pegou o ônibus até o apartamento de Lorraine e digitou o código de segurança que sabia de cor. Quando o portão se abriu, ele ficou bastante aliviado por nem tudo no mundo ter saído do controle.

Ela o encontrou na porta sem maquiagem nem sapato, com os cabelos enrolados numa toalha e um vestido de ficar em casa com uma estampa floral azul e rosa.

Foi um soco no estômago. Era a Lorraine particular dele. Sua Lorraine favorita. A que ela era quando os dois estavam sozinhos.

— Você devia ter interfonado — comentou a ex-namorada, irritada.

Lorraine pediu que ele esperasse na porta, fechou-a parcialmente para tampar a visão do interior da casa e reapareceu com um MacBook Air e um carregador emaranhado.

— Toma — disse ela, estendendo o computador.

Ele achou o computador fino estranhamente vulnerável. Era mais caro e aerodinâmico do que qualquer outro que já tivera. Sam se perguntou se havia algum arquivo ali dentro que ele não deveria ver. Ou, melhor ainda, algo que Lorraine tivesse deixado de propósito para que ele encontrasse.

— Está vazio — anunciou Lorraine. — Mas tem o Final Cut Pro instalado. E Photoshop também, se você precisar.

Não era o que Sam esperava. Não que tivesse achado que os dois pulariam na cama, mas aquilo se parecia demais com um ato de caridade. A pior parte era que ele não estava em condições de recusar.

— Te devolvo em algumas semanas, tudo bem? — murmurou Sam.

— Comprei um melhor — disse ela. — Fique com ele pelo tempo que quiser.

Aquele era outro lado secreto de Lorraine. Por mais que parecesse gostar de descolar bebidas de graça com os amigos fracassados de Sam e de rachar pedaços de pizza barata, na maior parte do tempo era tudo encenação. O estilo de vida de Lorraine era altamente bancado pelos pais. Ela tinha se mudado do Twombly depois do primeiro ano na faculdade, mas os pais continuaram a pagar seu aluguel mesmo depois de ela conseguir um emprego. A mãe comprava todas as roupas de Lorraine em lojas caríssimas, com a ajuda de um personal shopper. Na primeira vez que Sam dormiu na casa dela e tomou banho, reparou na etiqueta de preço do xampu — 60 dólares. Ele devolveu o frasco à prateleira e lavou o cabelo com sabonete.

Acompanhar o padrão de Lorraine enquanto eles namoravam sempre foi algo fora de cogitação, e Sam não tinha ideia do que seria esperado dele como pai. Além de no seu quarto não haver espaço para um berço, ele sequer tinha um carro. E a perspectiva de caminhar dez quilômetros todo dia com o canguru do bebê preso no peito fazia seus testículos quererem se recolher para dentro do corpo.

Depois de sair da casa de Lorraine, Sam caminhou até o café pela Sixth Street para ver se algum estabelecimento por ali estava contratando. Seria fácil ligar para o antigo amigo dele, Gunner, e perguntar sobre alguma vaga de assistente de barman, mas Sam não queria ter que explicar por que sumira nem sua súbita necessidade de dinheiro.

O suor escorria pela parte de trás das pernas de Sam, enfiadas numa calça jeans. Ele adoraria usar shorts largos e chinelos, como todos os idiotas despreocupados que andavam por aí com seus fones de ouvido caros, mas não conseguia se convencer a fazer isso. Dedos dos pés masculinos e atarracados eram um insulto à natureza.

Sam estava cansado.

Dentro da mochila, o notebook emprestado batia na base de sua coluna a cada passo.

O MacBook devia custar mais do que a vida dele. O que fazia certo sentido, já que o aparelho com certeza era muito mais eficiente do que ele jamais fora. O máximo de dinheiro que já tinha feito na vida foi onze dólares por hora. Sam tentou aproveitar o ar da tarde e as qualidades meditativas de uma caminhada, mas não foi bem-sucedido.

Em vez disso, ficou pensando no preço de fraldas.

Uma vez, a Mentirosa pediu para ele ir à farmácia comprar absorventes, e Sam ficara chocado ao descobrir como eram caros. Fraldas com certeza custavam mais ou menos a mesma coisa. Só que a menstruação dura uma semana por mês, então a compra pode ser espaçada, mas um bebê precisa de fraldas meio que o tempo todo por anos.

Meu Deus, ele precisava relaxar. Sam deixou a mente divagar e tentou convencer seu cérebro de que as coisas ficariam bem.

Mas o cérebro dele tinha outras ideias.

Muito bem, então, se Lorraine *estava* grávida, isso também poderia significar que…

ELA PODERIA TER HERPES. O QUE SIGNIFICAVA QUE MESMO SE ELA NÃO ESTIVESSE GRÁVIDA, SAM AINDA PODERIA TER HERPES PORQUE PAUL COM CERTEZA TINHA HERPES.

Valeu, cérebro.

Sam passou pelo antigo Marriott, o hotel onde sua mãe havia trabalhado. Sempre achou engraçado que a mãe tivesse passado qualquer tempo que fosse no setor hoteleiro, lidando com pessoas. Brandi Rose Sidelow-Lange não era nada fácil. Tratava-se de uma pessoa que antigamente seria chamada de turrona. Sam havia herdado sua língua afiada, e, como uma cobra comendo o próprio rabo, isso só servia para enlouquecê-la.

Muito tempo antes, embora Sam não tivesse presenciado, Brandi Rose tinha sido uma mulher diferente. Infinitamente menos revoltada. A evidência era uma foto que ficava na sala. O porta-retrato azul e branco, com um girassol no canto inferior, mostrava a mãe de Sam aos dezesseis anos, sorrindo com uma faixa de Princesa Elite do Texas no ombro. Ela acenava, com seu cabelo castanho lustroso e um vestido azul-marinho na altura do joelho. Era uma foto muito bonita, em especial pela felicidade que a mãe deixava transparecer. Mas a verdade era que se tratava de uma armadilha na sala de estar. Qualquer um que a mencionasse receberia a mesma resposta amarga.

— Bem, essa faixa não era de primeiro lugar — explicava ela, com cubos de gelo tilintando em seu Long Island Iced Tea. — Bitsy Sinclair ganhou. O pai dela era dono de nove concessionárias daqui até El Paso.

De acordo com Brandi Rose, os ricos sempre conseguiam tudo.

— O segundo lugar é o mesmo que ser o primeiro perdedor — continuaria ela. — De qualquer modo, eu só participei por causa da bolsa de estudos. Grande bem que me fez…

Clinque. Clinque.

A resposta da mãe a qualquer comentário feliz de Sam era sempre a mesma: tiradas sobre como a merda rolava ladeira abaixo e como era sempre ela que precisava tomar conta de tudo. As acusações, então, se voltavam para o pai dele, o que acabava levando de volta à insatisfação de Brandi Rose com o filho. A rejeição sempre magoava. Sam era a cara do pai. Mas, apesar de a sabedoria evolutiva fazer os bebês parecidos com os pais para mantê-los por perto, Caden Becker foi imune aos encantos de seu minúsculo sósia.

Por mais que partisse seu coração, Sam sabia que o pai era um fracassado. Sim, era bonito, alto, moreno, com um brilho malicioso no olhar, e Sam havia herdado sua facilidade para lidar com estranhos e seu biotipo alto e magro, mas queria que as semelhanças parassem aí.

Da última vez em que Sam o viu, o pai estava de porre bem em frente ao Tequila Six, parecendo assustadoramente bem-conservado para uma vida inteira de boemia. Diziam que tinha se mudado para um apartamento junto com o antigo baixista de sua banda nas casas decrépitas nos arredores de Mo-Pac, lugar preferido dos recém-divorciados de Austin, mas, para Sam, o pai parecia um sem-teto. Usava um moletom rasgado e parecia murmurar alguma coisa para duas universitárias, que desviaram dele sem interromper a conversa. Sam caminhou depressa na direção oposta. Não havia considerado que seria inevitável esbarrar com o pai se arranjasse um segundo emprego em um bar. Sabia que não negaria se o pai lhe pedisse um empréstimo sem a menor intenção de pagar. Se servia de consolo, Sam achava que o pai estava um degrau acima da mãe, que roubava o dinheiro.

Pensar nos pais o chateou, e Sam sentiu o horizonte vacilar de repente. Respirou fundo. Deveria ter comido alguma coisa antes de sair. Ou pelo menos ter dormido um pouco em vez de ficar obcecado com a possibilidade de ele e Lorraine se casarem.

Casamento era algo inútil, de qualquer modo. Não passava de um contrato fictício para garantir que todas as partes envolvidas acabassem decepcionadas. Ao menos foi esse o caso da mãe. Antes daquela conversa com o sr. Lange sobre casas com piscina em bairros com boas escolas, Brandi Rose sabia que era melhor não esperar nada do mundo. Os prêmios de consolação irrefletidos não ajudaram. Lembravam Sam de kits lançados por aviões militares em áreas necessitadas, só que em vez de ajuda humanitária, com comida ou dinheiro — coisas que eles não tinham e de que precisavam —, era uma TV de tela plana de sessenta polegadas que aparecia na porta deles. Ou um aparelho de Blu-ray sem nenhum disco — que eram caros e eles não tinham condições de comprar. Também receberam roupas de grife, duas caixas da Armani com casacos e suéteres brancos de cashmere. Em seu aniversário de catorze anos, Sam ganhou um pijama de seda da Calvin Klein, e só faltava um charuto cubano para completar a fantasia de Halloween de magnata de desenho animado.

Então vieram os telefonemas chorosos a portas fechadas. Brandi Rose deixou de usar a aliança de esmeralda. Foi mais ou menos nessa época que ela parou de se comunicar com o filho, como se a culpa pela situação fosse de algum modo de Sam. Um muro de fúria ardente se ergueu entre os dois.

Sam desgrudou a camiseta do corpo. Deus do céu, como estava quente. Só havia sombra bem na frente dos bares, e ele não queria chegar perto o bastante para sentir o fedor de panos sujos, ou o cheiro doce e acarvalhado de uísque. A cabeça de Sam rodava. Ele não queria largar a faculdade e se tornar um fracassado como o pai.

Era uma péssima ideia.

Não deveria trabalhar em um bar ou mesmo perto de um. Qualquer que fosse a mistura de ingredientes que tornava seus pais bebedores tão devotos, era certo que não pulara uma geração.

Sam observou o caminho à frente. Ainda faltavam quilômetros. Ele sentiu o mundo balançar e seus joelhos cederem. Tinha desmaiado uma vez no quinto ano, durante a aula de educação física. Desabara nos braços da professora Tremont e a ouvira comentar sobre seus ossos de passarinho, mesmo sem conseguir erguer a cabeça. Foi humilhante.

Sam sentia os braços pesados e, quando cerrou as mãos em punhos para provar a si mesmo que era capaz, foi esgotado pelo esforço. Sua audição se tornou abafada, os sons sumindo por completo e depois retornando. Ele examinou os arredores, inseguro. Tantos desconhecidos. Seu coração martelava no peito. Uma dor aguda atravessou seu peito, e a respiração ficou presa na garganta. Ele se imaginou como um boneco de vodu sendo espetado com uma agulha comprida. Tinha que haver algum lugar onde pudesse se sentar. Carros. Bancos. Bares. Restaurantes. Food trucks.

Será que pessoas de vinte e um anos podiam ter ataques cardíacos?

Claro.

Bebês tinham ataques cardíacos.

Bebês.

Seu filho ainda não nascido poderia ter um problema cardíaco congênito? Sim. Sam precisaria esperar um ônibus às três da manhã para correr com o bebê para o hospital enquanto ele morria? Muito provavelmente.

A dor no peito era insuportável. Precisava ligar para alguém. Mas quem? A lista de Sam era patética, começando e terminando com Al e Fin. A lista de pessoas para quem ele não poderia ligar de jeito nenhum era bem mais impressionante — Lorraine, a mãe, Gunner e todo o resto do mundo.

Sam se afastou de alguns trombadinhas bêbados, cambaleou até o meio-fio mais próximo e desabou.

Havia outras pessoas no meio-fio, e ele quase caiu em cima de um ruivo de óculos, que o encarou com irritação e se afastou, como se Sam fosse um mendigo assolado por alguma doença contagiosa. Sam tentou pegar o celular e ligar para a emergência, mas sua calça jeans — aquela maldita calça jeans hipster — era apertada demais. Ele viu estrelas e morreu.

PENNY.

Penny tinha um problema quando se tratava de transpiração. Não que tivesse cecê ou nada do tipo. Porém, desde o começo de março até quase o fim de outubro, ela passava os dias invariavelmente encharcada de suor. Conseguia sentir a poça úmida se formando embaixo dos seios, e o bigode de suor ressurgia sem parar, não importava o quão depressa o secasse.

Mas também, o que ela queria? Estava comendo ao ar livre, num calor de trinta e sete graus, no centro da cidade, onde os bons lugares com sombra haviam sido pegos por pessoas grosseiras e bisbilhoteiras. Penny examinou a multidão. O inferno realmente eram os outros.

O único refúgio disponível era seu carro. Mesmo quando Jude estava fora ou na casa de Mallory, ela não conseguia relaxar, porque sabia que o monstro de duas cabeças das "melhores amigas desde os seis anos" poderia aparecer no momento em que ficasse confortável. Penny não usava drogas escondida nem se masturbava compulsivamente, mas passara a apreciar a privacidade após começar a compartilhar o quarto com uma garota capaz de ir ao banheiro de porta aberta, nua, enquanto comia pretzels com homus. Penny precisava se afastar. Entrou no Honda e foi para o centro da cidade, onde pagou cinco dólares para estacionar o carro e se sentou num banco cheio de farpas para comer um taco coreano decepcionante que lhe custara sete dólares e tomar uma bebida chamada "orchata latte" de seis dólares. Penny se perguntou se passaria todo o início de sua vida adulta daquele jeito — evitando colegas de quarto, sendo extorquida por comida *fusion* de má qualidade e sentindo a solidão peculiar de ser sufocada por pessoas com quem não queria passar tempo algum.

Ela se levantou para jogar o prato de papel empapado no lixo. Havia uma quantidade absurda de bares por todos os lados — era uma espécie de Disney para aqueles que gostavam de beber durante o dia. O lanche estava uma porcaria, mas foi um exercício excelente de observação de pessoas.

Um garoto esquelético se destacou da multidão e quase se estabacou. Penny tentou pegar o celular, mas não foi rápida o bastante. Nunca conseguia sacá-lo a tempo de captar algum momento. O suor escorria por suas costas e se infiltrava pelo elástico da calcinha. O garoto cambaleou até a calçada e parou embaixo de uma árvore. Ele estava ofegante, feito um peixe largado na terra, e seu rosto estava assustadoramente pálido. Talvez fosse heroína. Penny esfregou o ponto no braço onde achava que ficava a veia em que a heroína era injetada e começou a cutucá-lo, deixando círculos vermelhos. Deveria ter passado filtro solar. O garoto se recostou no tronco de uma árvore e enrolou as mangas da camiseta preta até em cima, deixando à mostra os braços cobertos de tatuagens. Nossa, ele era tão magro que poderia mesmo ser um viciado.

O garoto jogou o cabelo para trás, e Penny viu o rosto dele. Não era um garoto qualquer. Era o tio de Jude. O tio Sam. O tio Sam gato. O tio Sam gato que parecia estar tendo uma overdose de opioides bem na frente dela. Penny precisava fazer alguma coisa! Ai, meu Deus, ela não estava no clima para atitudes altruístas. Penny prendeu o cabelo num coque apressado e pegou uma bala de hortelã na bolsa.

Prioridades, Penny. Salve a vida do homem. Ninguém se importa com o seu hálito.

Ela deu outra espiada em Sam para checar se ele havia se mexido. Provavelmente estava nos últimos estágios antes da morte cerebral, dando seus últimos suspiros, enquanto ela perdia tempo divagando.

O que eu faço?

O que eu faço?

Como salvar um homem à beira da morte:

1. Ligue para o Texas Hammer. *Hein?* Como é que a única ajuda que brotava em sua cabeça era um anúncio local antigo de um advogado especializado em lesão corporal?
2. Ignore-o. Meu Deus, ele não é seu tio! Argh. Mas é tio de Jude. E Penny gostava de Jude, mesmo que a garota falasse demais.
3. Vá checar se ele já está morto.

Penny atravessou a rua correndo até o corpo desfalecido e espiou o rosto dele.

Torceu para não pingar suor em cima do cara.

Sam certamente parecia morto.

E, só para constar, a tatuagem em seu bíceps não era uma peça de xadrez. Era uma cabeça de cavalo com os olhos cobertos por uma venda.

O que significava?

Foco, Penny.

Merda.

— Sam?

Ela chutou de leve o calcanhar dele. Os dois ainda usavam tênis iguais.

SAM.

Ele conhecia aquele rosto, mas não conseguia se lembrar de onde. Sam a encarou e tentou focar o olhar.

Amiga ou inimiga? Amiga ou inimiga? Eu te devo dinheiro? É amiga de Lorraine? Por favor, não seja amiga de Lorraine.

Sam fechou os olhos de novo, constrangido. Ela tinha uma voz suave. Era uma voz bonita.

— Sam, você está vivo? É a Penny.

Ela parecia estar muito, muito distante.

Sam sentiu outro chute no pé e gemeu.

— Sou amiga da Jude — disse o rosto reluzente com lábios muito, muito vermelhos.

— Quem é Jude? — grasnou ele.

— Sua prima.

— Sobrinha — corrigiu Sam.

— Você está morrendo?

Ele assentiu e tentou tirar o celular do bolso sem desmaiar.

— Jude está vindo?

Ele não queria que ela o visse daquele jeito. Odiava a ideia de qualquer um vê-lo daquele jeito.

— Não.

Graças a Deus.

Uma letra de Notorious B.I.G. se insinuou em seu cérebro. Algo sobre batidas do coração e o Pé-Grande.

Your heartbeat sound like Sasquatch feet.

— Sam, O QUE ESTÁ acontecendo? VOCÊ parece PÉSSIMO.

A audição dele ia e vinha.

O coração parecia prestes a explodir.

Tumtumtum.

Estou morrendo, morto.

Mortomortomorto.

— Acho que estou tendo um infarto — respondeu ele, fechando os olhos.

— Merda, merda, merda — disse ela. — Merda. — Em seguida: — Alô? Emergência?

Sam achou engraçado como todo mundo, quando ligava para a emergência, precisava confirmar que era a emergência.

— Meu amigo está passando mal. Não sei. Sim, estou aqui com ele.

Sam sentiu uma onda de náusea. Torceu para não vomitar em público.

— Sam… hum…

— Becker — disse ele.

— Becker — repetiu ela. — Vinte e um, acho.

Sam assentiu.

— Não — disse ela. — Não sei. Pelo menos acho que não…

Ele sentiu a mão fria de Penny no braço e abriu os olhos.

— Sam, você está sob efeito de drogas?

Quem dera.

Ele fez que não com a cabeça.

— Não, nada de drogas. Hum… Dificuldade de respirar, suor frio…

— Dor aguda no peito — completou ele.

— Dor aguda no peito — repetiu ela.

— Como uma agulha de tricô.

— Como uma agulha de tricô. Aham. Sim, acho que a agulha de tricô está sendo enfiada no peito dele.

Exatamente.

Sam assentiu de novo.

— Está certo, obrigada. Tchau.

Sam pensou nos atores na TV, que nunca davam tchau quando desligavam o telefone. Então se perguntou por que as pessoas só pensavam nas coisas mais idiotas quando estavam morrendo.

Ele sentiu Penny se sentar ao seu lado.

— Sam, acorda.

— Estou acordado — sussurrou ele.

Ela o encarava com um olhar intenso e preocupado.

— Tem certeza de que não usou drogas?

Ele a olhou feio antes de perceber — de maneira inapropriada — que ela era meio gatinha. Gatinha o bastante para que ele se sentisse deprimido por saber que ela o veria morrer bem ali naquela calçada.

— Positivo — falou.

Penny secou a testa suada dele com a manga da camiseta, que também estava úmida de suor. Ele viu de relance o sutiã dela e desviou o olhar.

— Desculpe — disse ela. — Não sei por que fiz isso. Me disseram para ficar falando com você até eles chegarem.

As engrenagens do cérebro dele começaram a pegar no tranco.

— Merda, calma aí. Você chamou uma ambulância?

Penny assentiu.

— Agulha de tricô? — lembrou ela.

Como se cem por cento dos incidentes relacionados a agulhas de tricô (imaginadas ou não) justificassem chamar um veículo de emergência.

— Liga de novo para eles! — ordenou Sam.

O coração dele martelou com mais força.

— Liga de volta para eles! — repetiu. — Não posso pagar por uma ambulância.

Ela o encarou por um instante, pegou o celular e se afastou. Um milhão de anos depois, voltou.

— Liguei para eles. — Penny se agachou na frente de Sam e apoiou as mãos nos ombros dele. — Embora sua reação seja incorreta.

Apesar do estupor em que se encontrava, Sam se irritou com a escolha de palavras. "Incorreta"? Era "incorreto" não ter um centavo?

— Calma aí, você consegue fazer isso?

Ela esticou a língua para fora.

Sam a imitou.

— Qual a relação entre a língua e ataques do coração? — gritou ela com impaciência, como se Sam estivesse propositalmente escondendo alguma informação que fosse ajudar no diagnóstico. — Merda, acho que isso é para derrame.

Ela pegou o celular e começou a pesquisar, desamparada.

Sam colocou a língua de volta na boca.

— Muito bem — disse Penny, respirando fundo. — Não morre, tá?

Ele assentiu.

— Me promete — pediu ela.

Ele assentiu mais uma vez.

— Peraí, vou tentar uma coisa. Tenta respirar mais devagar. Conta comigo… Um Mississippi… Dois Mississippi… Continua repetindo em silêncio.

Sam se concentrou na respiração.

— Você comeu hoje?

Ele balançou a cabeça.

Um copo de isopor foi enfiado na frente dele. O canudo cheirava a canela e estava coberto de batom vermelho.

— Não é muito gostoso — avisou Penny.

Sam tomou um gole.

Orchata. Fria. Doce. E ela tinha razão, aquela estava meio nojenta.

— Você tomou muito café hoje?

Ele assentiu. A mesma quantidade que tomava todos os dias.

— Está sentindo fraqueza muscular?

Ele balançou a cabeça. Ela lia alguma coisa no celular.

— E dormência?

Ele fez que não com a cabeça.

— Sam?

Ele assentiu. Seu nome era Sam, de fato.

— Vamos dar uma caminhada agora.

Ele balançou a cabeça.

Penny segurou o braço dele e o passou por cima do ombro. Ela estava ensopada de suor, e o ponto onde o braço dele e o pescoço dela se tocaram ficou escorregadio. Sam firmou o peso do corpo sobre as pernas para que ele, um homem adulto, não precisasse ser carregado por uma mulher de novo.

— Vou te levar num lugar para alguém te examinar, tudo bem? Meu carro está estacionado muito, muito perto. Vem andando comigo. Por favor?

— Tudo bem — disse ele.

• • •

Quinze minutos depois, eles estavam em frente à clínica de emergência MedSpring.

O ar-condicionado estava forte, e Sam ainda suava em bicas, mas, apesar de tudo, conseguiu se acalmar. Queria desesperadamente ir para casa e tirar uma soneca.

Penny estava em silêncio, mas dava para ver que estava tensa. Segurava o volante com tanta força que os nós dos seus dedos estavam brancos. Ele não conseguia acreditar que a colega de quarto muda e sombria de Jude havia salvado sua vida. Ficou se perguntando se teria que presenteá-la com uma pequena aranha empalhada ou algo do tipo para agradecê-la.

— Vou ficar bem aqui te esperando — disse ela, olhando para a frente.

Sam não queria explicar a ela que não podia pagar por ambulâncias, hospitais e nem mesmo pela clínica de emergência mais barata de um shopping decadente a céu aberto.

— Estou bem — disse ele.

— Não está, não.

— Não tenho plano de saúde — admitiu Sam.

— Ah.

— Juro por Deus que estou bem agora — afirmou ele depois de um instante. — Não sei o que aconteceu. Provavelmente insolação.

— Você já teve insolação antes?

Ele negou com a cabeça.

— Sabia que, se não for sua primeira insolação, seu cérebro se lembra dos circuitos e fica mais fácil ter outra? Talvez mais fácil do que antes?

Ele balançou a cabeça e se lembrou da piada dela sobre aplicativos que fazem aplicativos. Pelo jeito, a garota era supernerd.

— Então… — disse ela. Os olhos escuros de Penny brilhavam, e suas bochechas estavam rosadas. — Calma aí, você teve um ataque de pânico?

— O quê? Não. Não tenho ataques de pânico. Nunca tive.

Meu Deus, basta a pessoa ter acesso a informações médicas na internet e já começa a achar que é médica.

— Você teve a droga de um ataque de pânico — disse ela, desviando o olhar de novo. — O suor, a sensação de ataque cardíaco. Ai, meu Deus!

Ela deu um tapa na parte de baixo do volante com a mão esquerda.

— É óbvio. *E* você não comeu hoje. Cafeína. Que *burrice*!

— Tudo bem, espera aí. — Sam jogou as mãos para o alto. — Por que está tão irritada?

Ele estendeu a mão para tocar a de Penny, mas ela se desvencilhou e expirou com força.

— Desculpe — disse ela, baixando os ombros. — É a adrenalina. A raiva costuma ser minha reação ao medo.

— Isso, sim — disse Sam —, é uma qualidade supimpa.

Supimpa?

— Eu sei — disse Penny. — Todo mundo adora. Argh.

Ela gemeu e esfregou o rosto, manchando o queixo de batom.

Ele assentiu. Não sabia o que fazer em relação ao batom. Talvez fosse melhor ficar em silêncio até chegar em casa.

Penny lhe entregou uma garrafa de água. Sam aceitou, agradecido.

Então ela pegou a mochila com estampa militar preta e cinza no banco de trás, apoiou no colo e começou a procurar alguma coisa lá dentro. Pegou uma bolsinha azul com zíper cheia de pequenos saquinhos de lanches, tirou de dentro uma embalagem de castanha de caju e entregou a Sam.

— Hum, no meu caso às vezes o gatilho é cafeína ou queda de açúcar no sangue — disse ela, explicando os lanches.

É, ele precisava avisar.

— Você está toda borrada de batom — afirmou Sam, apontando para o queixo dela.

Penny se olhou no espelho retrovisor e suspirou de novo.

De outro compartimento da mochila, dessa vez de uma bolsinha preta com zíper, ela tirou um pacotinho de lenços umedecidos. Uma abraçadeira de plástico verde caiu no colo dela.

— Kit de sobrevivência urbano — disse ela, guardando a abraçadeira discretamente.

— Kit de sobrevivência urbano?

— Isso. Coisas que carrego comigo o tempo todo. Kit para emergências.

— Tipo um kit de sobrevivência para um apocalipse?

— Correto — confirmou Penny.

De novo aquele negócio de correto e incorreto.

— Mas eu levo isso comigo o tempo todo. Em geral, a comunidade de kits de sobrevivência urbanos é formada por caras com armas de fogo camufladas e lanternas, o que eu acho uma idiotice, já que temos celulares com função de lanterna…

Penny parou de falar. Sam sempre se perguntara por que as meninas usavam bolsas tão grandes. Achava que era por causa de maquiagem, não porque carregavam nécessaires cheias de porções de comida para sobreviver a um apocalipse e abraçadeiras de vários tamanhos.

— Lanches são importantes — afirmou Sam. — E você nunca sabe quando pode precisar de uma abraçadeira.

— Está zombando de mim? — perguntou Penny.

— Não.

Ele balançou a cabeça com veemência e comeu outro punhado de castanhas de caju.

— De jeito nenhum. Respeito muito essas coisas. Seu kit de sobrevivência está salvando a minha vida.

Penny tinha uma pequena cicatriz acima da sobrancelha esquerda, e Sam teve vontade de perguntar como ela tinha ido parar ali. Talvez tivessem acontecido coisas bizarras na vida dela. Isso explicaria todo o estilo dela.

— Parecia que você estava ouvindo tudo embaixo d'água? — perguntou ela depois de um instante.

Seus lábios estavam limpos, e Sam reparou que ficavam mais bonitos sem toda aquela pintura neles.

— Embaixo d'água?

— Quando você estava desmaiando.

— Isso, abafado.

— É, sei como é.

— Minha namorada está grávida — disse Sam de repente, surpreendendo a si mesmo.

Penny inclinou a cabeça, perplexa.

— Bem, ela é minha ex.

— Eita — murmurou Penny.

— Pois é. Mas eu ainda sou apaixonado por ela.

— Nossa.

— Ela me traiu.

As confissões não cessavam. Sam queria mostrar gratidão pela carona, pelo lanche e por ela não ter feito com que ele se sentisse um maluco quando estava claro que esse era o caso. Só que em momento algum as cordas vocais dele se organizaram para dizer um obrigado.

— Uau — disse Penny.

Os dedos dela se estenderam alguns centímetros na direção dele. Por um momento, Sam achou que Penny ia segurar sua mão, mas ela só pegou duas castanhas no saco, tomando todo o cuidado para não tocá-lo.

— A primeira vez é a pior. Sem sombra de dúvida — comentou Penny enquanto mastigava.

Sam não sabia se ela estava falando sobre ataques de pânico ou ex-namoradas grávidas. Não que importasse.

PENNY.

No caminho de volta, Penny ficou lançando olhares discretos para Sam, que estava de olhos fechados. Ela não conseguia acreditar que o garoto havia lhe contado sobre a namorada, MzLolaXO. E que MzLolaXO estava grávida! Jude ia surtar quando soubesse. Penny imaginou o que a dra. Greene teria a dizer sobre a novidade na sessão de terapia semanal com Jude por Skype. Penny não se conformava com a bizarrice daquelas sessões. Na última, elas haviam conversado sobre saber impor limites, e Penny ali do lado, tentando fazer o dever de casa.

O peito de Sam subia e descia. Penny se perguntou por um segundo se conseguiria carregá-lo caso fosse necessário.

— Me leva de volta. — Então completou depressa: — Por favor.

Penny precisou se controlar para não checar a temperatura dele. Talvez aquilo fosse mais do que um ataque de pânico. Ele estava *tão* vulnerável. Ela sabia que devia manter os olhos no trânsito, mas o movimento que o pomo de Adão dele fazia era hipnotizante. Parecia alguma coisa tentando escapar. Penny só queria estender a mão e acariciar o pescoço dele. Ou lamber. Meu Deus, qual era o problema dela?

— Não sei onde você mora — disse Penny, emulando um tom tranquilo e mudando a música.

Talvez tivesse a oportunidade de ver onde ele dormia.

— Quis dizer para me levar de volta ao café onde trabalho — explicou Sam.

— Tem certeza?

— Não tenho comida nenhuma em casa — disse ele, com os olhos ainda fechados.

Penny estava gostando de poder observá-lo à vontade sem ser vista.

— Como você vai para casa depois?

— Eu dou um jeito — disse Sam.

Ela queria insistir. Sam não tinha condições de dirigir. Além do mais, Penny não sabia ao certo se a situação complicada com MzLolaXO significava que ela o ajudaria ou não naquele momento.

Sam abriu os olhos. Penny congelou.

— Por que você desistiu de ser um documentarista? — perguntou ela de repente.

— O quê?

— Nada.

Penny estava louca para perguntar isso desde aquele dia no café. Queria saber o que o fizera largar a faculdade de cinema para se dedicar aos doces. Ou para ser barista, ou qualquer que fosse a profissão atual dele. A curiosidade fervilhava em sua cabeça, mas ela se controlou. Sabia que tinha o hábito de mudar de um assunto para o outro sem aviso. Sua mãe chamava isso de "idioma Penny". Ninguém além de Penny era fluente nele.

Penny não conhecia muitos documentários além daquele sobre o cara da corda bamba, o do cara do sushi e o outro sobre o Sea World, e com certeza não conhecia nenhum documentarista pessoalmente. Poderia apostar que Sam seria bom. Na verdade, considerando o ataque de pânico e a ex grávida, se Sam estivesse disposto a fazer um filme sobre a própria vida, Penny não pensaria duas vezes antes de assistir.

SAM.

Quando eles pararam na frente do House, Sam teve a sensação de que estava fora havia semanas. Mal podia esperar para arrancar as roupas e desabar na cama.

— Obrigado — disse ele, soltando o cinto de segurança.

Pensou em se inclinar e dar um abraço em Penny. Não que fosse lá muito fã de abraços, mas quando ele se virou para se despedir, a garota o encarou com cautela, como se fosse entrar em combustão se Sam fizesse contato físico.

— Você mora longe?

As sobrancelhas dela estavam franzidas e a cicatriz estava branca de novo, como se estivesse furiosa com ele.

— Não — disse Sam.

— Quer que eu peça para Jude trazer alguma coisa?

— Não precisa — respondeu ele, tentando sorrir. — Na verdade, se importa de não comentar com ela que nos esbarramos?

Penny inclinou a cabeça, intrigada.

— Você não quer que eu conte a Jude sobre ter visto você ou sobre tudo o que aconteceu depois?

— As duas coisas — explicou Sam. — Não quero que ela fique preocupada. É melhor assim.

A última coisa de que precisava era Jude sabendo que a vida dele era o estereótipo de um caipira ferrado.

— Hum — disse Penny, franzindo um pouco a testa. — Pode deixar.

Ela lançou aquele olhar de "resposta incorreta" de novo.

— Só preciso descansar um pouco mesmo.

Penny assentiu.

— Obrigado mais uma vez — disse Sam, abrindo a porta do carro. — Por tudo.

Ele saiu e firmou o corpo.

— Espera!

Sam ouviu a porta se abrindo. Penny acenava com o celular para ele do lado do passageiro.

— Qual é o seu número? — perguntou. O rosto dela estava muito vermelho ao completar: — Assim você pode salvar o meu. Para emergências.

Sam deu o número. E logo sentiu o celular vibrar no bolso.

— Recebi — avisou.

— Ok.

Penny voltou para o carro e fechou a porta.

— Me manda uma mensagem quando chegar em casa?

— Pode deixar, *mãe*, eu mando uma mensagem quando chegar em casa.

Ela fez cara feia, e ele sorriu.

— Desculpe. Prometo que mando. Vou comer alguma coisa e seguir direto para casa, me enfiar na cama. E vou te ligar, porque agora você é meu contato de emergência oficial.

Sam se virou para ir embora.

— Espera! — gritou Penny de novo pela janela.

Ele se virou outra vez.

— O conceito de um contato de emergência não é *você* estar muito morto e alguém ligar para ele no seu lugar?

Sam riu. Era um bom argumento.

— Não esquece! — gritou ela antes de acelerar e sair com o carro.

Sam pegou o celular.

A mensagem dizia:

Aqui é a penny

Ele sorriu, se arrastou escada acima e apagou na cama, todo vestido, pelas dez horas seguintes.

• • •

Quando acordou, sua cabeça latejava. Ele a enfiou embaixo da pia do banheiro e depois bebeu água num ritmo alucinante, até achar que ia vomitar. Checou o celular. Quase duas da manhã.

Nenhuma ligação de Lorraine. Nem mensagens. Na verdade, a última mensagem que ele havia recebido tinha sido "Aqui é a penny".

Merda. Penny. A mesma Penny a quem prometera mandar notícias dez horas antes. Ele se sentiu péssimo.

Mas estava muito tarde para mandar mensagem para alguém. Ou não? Pelo pouco que sabia sobre Penny, ela parecia ser o tipo de pessoa que esperava acordada. Ele estava constrangido pela "*experiência* de pânico" — continuava relutante em rotular o que tivera como um ataque —, mas seria muito pior deixá-la preocupada.

Argh. Por que ele era tão inútil?

Sam salvou o número dela como "Penny Emergência" e mandou uma mensagem com apenas uma palavra:

Casa

O balão da resposta apareceu na mesma hora, com os três pontinhos. Então desapareceu. E voltou. Para logo sumir de novo.

Finalmente, ela mandou:

ok

Sam se perguntou se Penny estaria brava com ele.

Mandou outra mensagem:

Desculpa. Dormi

Ela respondeu:

Dormir é incrível. SOU A MAIOR FÃ.
Mas é difícil quando seu
contato de emergência está morto, então…

Merda. Ela *estava* brava. Mesmo assim, Sam sorriu. Será que ele também era o contato de emergência dela? Talvez ninguém soubesse como contatos de emergência funcionavam.

Foi mal
Sério
Obg!
Sou um babaca
argh

Boa noite

Boa noite

Sam mandou uma carinha tristonha para ela. Aquele emoji todo arrependido, sem sobrancelhas.

Não fazia o estilo dele, mas o momento exigia.

PENNY.

Penny estava no chuveiro quando Sam mandou outra mensagem.

BOM DIA

Só isso.

Tudo em maiúsculas. Sem exclamação.

A mensagem soava tão empolgada, tão sorridente. Até o balão de texto parecia feliz em vê-la. Tanto que ela abriu a conversa para ter certeza de que era o mesmo Sam da véspera. Havia salvado o número dele como "Sam House". O babaca. Ela não conseguia acreditar que ele tinha dormido antes de mandar uma mensagem para ela. Quanta irresponsabilidade e falta de consideração. Não queria parecer dramática nem controladora, mas uma mensagenzinha não era pedir demais.

Como se lesse a mente de Penny, o balão de texto voltou a se pronunciar.

É SEU CONTATO DE EMERGÊNCIA
TÔ ARREPENDIDO REAL JURO

Então:

VOU PARAR DE GRITAR AGORA
PQP
Tô me sentindo PÉSSIMO
Espero que vc não tenha perdido
mtas horas de sono por minha causa
Não vou pedir pra me perdoar
mas espero que me perdoe

Uau.

Era fascinante. O coração de Penny estava fazendo uma dança doida por causa das mensagens. Nem era uma dança fofinha. Era mais como um daqueles bonecos de posto. Ela se lembrou de novo da axila sexy dele. E do redemoinho. E das tatuagens que não entendia direito. Em geral, Penny ficava irritada quando as pessoas escreviam "vc" em vez de "você" e "mtas" em vez de "muitas", mas expor essa indignação talvez explicasse por que ela só recebia mensagens da mãe. E de Mark. Merda, Mark. Tinha que ligar para ele.

Penny tentou responder *oi*, mas suas mãos estavam cobertas de hidratante, e o celular idiota não entendeu que seus dedos eram humanos. Foi quando Sam mandou outra mensagem...

Acordei vc?

Então:

Espero não ter acordado vc
AH NÃO EU NÃO QUERIA ACORDAR VC AGORA
EU ACORDEI VC AGORA???

Penny fechou os olhos e encostou o celular no coração como uma garota idiota de uma comédia romântica.

Então secou as mãos na toalha e escreveu de volta.

Por favor, para de gritar

Ele respondeu:

((oi)) <- indicando voz baixa
em volume normal

Penny sorriu e digitou:

Espero que esteja se sentindo melhor

Em seguida:

Você não me acordou

Penny voltou para o quarto e se vestiu. A tela do celular acendeu de novo.

Conseguiu dormir alguma coisa?
Não acredito que fiz isso com você

Penny sorriu e mordeu o lábio inferior. Notou que ele havia percebido a questão do "vc/você".

Merda. Ele era tão incrível.

Penny pensou em Lola grávida. Então na Cláusula Inflexível de Amizade de Jude. Ela estava apagada na cama a poucos metros de distância. A pálpebra da amiga estremeceu, percebendo uma perturbação na energia ao redor. Penny sabia que ela ficaria mal se descobrisse que Sam estava com um problema bem desesperador, e não cabia a ela contar.

Respondeu a Sam:

Sim

Que bom
Tenha um bom dia

Você também

Penny pousou o celular virado para baixo na cama e se permitiu dar uma surtadinha. Além do mais… No que dizia respeito a Penny e Sam não havia *o que* contar. Nada tinha acontecido. Só porque Jude era um livro aberto e compartilhava detalhes de sua vida e de suas sessões de terapia, não significava que os outros também fossem assim. As estratégias de algumas pessoas para lidar com a vida consistiam em remoer os problemas em segredo até cultivar um belo tumorzinho no coração, com direito a um ataque de pânico como acompanhamento. Cada um com seu cada um.

SAM.

Sam não era idiota — ao menos não no que se referia à instituição falida conhecida como Complexo Industrial Universitário Americano. Não, ele não acreditava que fazer um simples curso sobre documentários numa faculdade comunitária fosse catapultá-lo ao estrelato. Mas ele havia tentado diversas vezes fazer um filme e não tivera sucesso. Na opinião de Sam, completar um curso sobre o tema era fazer uma aposta alta em si mesmo. Ele não poderia se permitir perder o prazo.

O departamento de cinema da Faculdade Comunitária do Álamo ficava num prédio baixo e marrom dos anos 1970 que ainda contava com um carpete verde-abacate da época. Para Sam não fazia sentido que, apesar do curso todo ser a distância, ele ainda precisasse se arrastar até o campus para pegar a carteirinha de identificação. O pedaço de plástico azul e branco mostrava uma foto borrada de Sam, como se ele tivesse passado correndo pelo clique. O cara entediado de uns sessenta anos com caspa nas sobrancelhas deixou claro que não seria permitido tirar outra foto. Não importava. Sam tentou não reparar demais na semelhança da faculdade com uma prisão, nem no tipo de existência regida pela necessidade de uma máquina de comida no saguão cheia de sanduíches embrulhados em plástico, e pegou um ônibus de volta para o trabalho.

Quando era mais novo, Sam tirava fotos o tempo todo. Ao contrário de cozinhar, fotografar mantém a pessoa alerta. Era uma atividade caótica e humana — totalmente imprevisível. Se quisesse capturar uma expressão espontânea, era preciso esperar. Era como pescar com lança. O fotógrafo precisava se mover entre os ritmos conflitantes do mundo e atacar. Enquanto os garotos com quem ele andava roubavam chocolate Twix e canetas de lojas de conveniência, Sam aproveitava para surrupiar algumas daquelas câmeras descartáveis antigas de papelão. Ele tinha coleções delas guardadas em caixas de sapato, fotos dos amigos brincando de Edward Mãos de Garrafa (o jogo supersofisticado no qual se prende garrafas de alguma bebida forte ou de vinho nas palmas das mãos com fita adesiva). Ou então registrava manobras de skate, apresentações em quintais, ou o grupo dele reunido em vários estacionamentos por toda a cidade. Custava dez dólares para revelar as fotos, por isso Sam foi guardando as câmeras usadas. Quando fez quinze anos, conseguiu um emprego numa loja de revelação expressa só para imprimir as fotos das câmeras que tinha guardado. Sam se descobriu um excelente técnico de laboratório, embora o trabalho fosse absurdamente deprimente.

Só dois tipos de pessoas revelavam fotos naquela época: artistas jovens falidos e velhos esquisitos. Havia um cara gordo de cinquenta e poucos anos chamado Bertie que tirava fotos de si mesmo com seu weimaraner. Ele ficava nu e o cachorro usava coletes e chapéus, e as fotos retratavam os dois fazendo coisas improváveis: sentados à mesa de jantar posta com uma ceia completa de Ação de Graças, ou dançando valsa, com o cão bizarramente alto sobre as patas de trás. Lembravam os retratos de William Wegman, só que com nu frontal humano, e embora Sam não soubesse ao certo o que acontecia ali, ele fez uma ligação anônima para a Sociedade Protetora dos Animais e se demitiu uma semana depois. Foi sinistro.

De qualquer modo, Sam estava pronto para passar para imagens em movimento. E passou a ir atrás de filmadoras em VHS de má qualidade no Exército da Salvação.

As pessoas eram estranhas. Sam as amava e as abominava por isso. Ficção era legal, mas a vida real era um verdadeiro show de horrores.

O currículo da Faculdade Comunitária do Álamo era fraco, e Sam tentou ao máximo não se sentir ludibriado. Ele tinha três meses para completar um projeto: um curta de vinte e dois minutos que constituiria a maior parte do curso. Ele nem chegaria perto de câmeras Blackmagic Cinema — para isso teria que desembolsar cinco mil dólares —, mas conseguiu alugar uma antiga Canon 5D Mark III, com todas as lentes necessárias, alguns microfones de lapela e um microfone direcional de longo alcance melhor do que qualquer outro ao qual normalmente teria acesso, além de um tripé. Também pegou um estabilizador bem pequeno para o iPhone dele, caso quisesse algo mais improvisado. Pensar num tema era como estar faminto e nunca conseguir se satisfazer. Ele examinou Fin, estreitou os olhos e se perguntou se haveria algo promissor ali.

"*Sempre em segundo lugar, sempre ajudando a arranjar os amigos, o segundo de três filhos, o cara que não consegue conquistar a garota e fica com a amiga um pouco menos bonita dela... Agora chegou sua vez...*"

— Para com isso, *puto*.

Fin jogou um pedaço de aipo em Sam, que estava preparando sopa para o almoço.

— O que foi?

— É sério — disse Fin. — Essa sua cara de quem está bolando um plano é assustadora. Ainda mais com uma faca na mão.

Sam tinha tentado várias vezes fazer um filme sobre Lorraine (*"Uma garota linda e rica com problemas de temperamento que na verdade só deseja ser amada descobre que..."*), mas ela o pegava filmando escondido e tinha um ataque. Por mais que amasse uma selfie, ela não era muito chegada à ideia de ter outra pessoa controlando o produto final. Sam precisava de um personagem disposto a participar, alguém com a mesma empolgação que ele. Alguém que fizesse jus a alguns minutos em frente aos holofotes. Muitas pessoas ansiavam por atenção, por isso tinha que escolher o personagem certo, alguém que dominasse a cena naturalmente. Sam desconfiava que as pessoas mais barulhentas por fora fossem as mais entediantes por dentro. Nada além do clássico turbilhão de inseguranças e narcisismo.

Penny daria um tema fascinante. Toda aquela energia borbulhando. Além do mais, o que eram aquelas bolsinhas cheias de coisas? Ele poderia filmá-la abrindo as bolsinhas, mostrando o conteúdo e explicando a teoria por trás de tudo. Seria como uma legenda para o mapa do cérebro de Penny.

Sam gostava de trocar mensagens com a garota. Eles conversavam sobre trabalho, sono, comida, fatos aleatórios. Não precisava ser nada importante. A última troca de mensagens entre os dois tinha sido sobre o que comer no café da manhã. Como Penny o vira no fundo do poço, não havia razão para Sam agir como se fosse mais descolado do que era. Era uma relação tranquila, meio como um acampamento de verão — suas mensagens não interferiam na vida real deles. O fato de Penny não parecer se cansar dele também ajudava. Por mais idiotas que fossem suas perguntas.

Você assistiria a um documentário sobre um gato?

Ela respondeu de imediato:

Com certeza
Gatos são demais

Então:

Mas alguns são uns babacas

Tem um superlegal morando embaixo da nossa varanda

O que é que tem?

É meio que isso

Ok, então... Acho

Às 14h34, Sam já havia limpado as mesas e escaldado a máquina de espresso.

Tenho que fazer um documentário pra uma aula

Ah
Por conseguinte o gato

Sam gostou da resposta. *Por conseguinte o gato*. Ele nunca sabia o que a nova amiga diria a seguir. Tentou se lembrar da última vez em que tivera uma conversa que fluísse tão fácil sem envolver skate, álcool ou sexo. Era bom conversar com Penny. Saudável, normal e curiosamente produtivo, já que na maior parte do tempo eles conversavam sobre trabalhos de faculdade. Eram parceiros de trabalho.

Penny Emergência
Hoje 18h01

Você leria um conto sobre
comida zumbi
ou nada a ver?

Essa é uma preocupação
real sua?

Cerejas ao marrasquino
são os zumbis

Ok
Fascinante
Por favor continue

Frutas perfeitamente saudáveis são
afogadas em cloreto de cálcio
+ dióxido de enxofre
BUM
Comida fantasma total
Por isso são transparentes

Humm…
Admito que meu interesse está diminuindo

Tinha uma
no meu pudim
Tira isso daqui
É nojento demais
Não consigo encostar nesse negócio

Hoje 21h12

Oi

?

Que tal um documentário sobre um cara doente?

Que tipo de doença?

Terminal

SIM!!!

SIM!!?

Parece depressivo pra cacete
Eu curto rs
O sistema de saúde está uma zona

Sam se perguntou se Penny seria superpolitizada ou algo assim, se estava ciente do que acontecia no mundo fora do dormitório dela. O conhecimento de Sam sobre política era tão nulo quanto o sobre esportes. Era tudo invenção. Quanto mais gritaria provocava, mais se parecia com uma distração para o que estava acontecendo de verdade no mundo.

Total

Sam jogou "sistema de saúde dos Estados Unidos" no Google para se atualizar.

Fico pra morrer
SEM QUERER FAZER UM TROCADILHO
É triste
Criminalizamos os pobres
Está tudo falido

Ok, fica calma

Não me manda ficar calma

Já me arrependi de ter digitado isso
Desculpa
Sei que meninas detestam

TODO MUNDO detesta que digam FICA CALMA
Não só as mulheres (não diga meninas)

Ok
Desculpa
Enfim

Sistema de saúde
E se o cara resolvesse
se virar sozinho
dirigir até o México pra arranjar remédios

Continua

Ele conhece outro cara doente
Eles começam a traficar remédios

E…

Vendem os remédios para pessoas pobres/
oprimidas/ sem assistência médica

AI MEU DEUS
Essa não é a história do Clube de Compras Dallas?

Sam riu na vida real.

Hoje 1h45

Top 5 de coisas favoritas no mundo
não pensa só digita

Não está um pouco tarde pra mandar mensagem?

Merda você tava dormindo?

Não
Mas poderia estar

Não consigo dormir nem a pau ultimamente

Nem eu
Tá bom
Top 5...
Isso parece uma armadilha

Não é
Prometo
Sem julgamentos
Não conheço sua vida
Suas batalhas
SUA JORNADA

Sam estava na cama, pensando em suas coisas favoritas. Ele adorava o cheiro do ar antes de uma tempestade. Ou de como o clima no Texas era tão louco e a paisagem tão plana que era possível ver a chuva se aproximando como uma massa lisa e uniforme quando o céu estava ensolarado.

Pringles

Pringles?

Desculpa, estou comendo Pringles
Essa batata é tão boa
Quando foi a última vez que você comeu uma Pringles
Tinha esquecido dessa batata
Vou sentir falta quando eu morrer

Vai sentir falta de Pringles quando morrer?

Você disse sem julgamentos

Uau

Que foi?

Acho que está tarde demais pra mandar mensagens
Mas não pra comer Pringles

Nunca é tarde demais pra comer Pringles

Então, Sam mandou uma mensagem para Lorraine. Menstruação com atraso de cinco semanas e contando.

Na última vez em que os dois se falaram, ela tinha prometido fazer um exame de sangue. Já se passara quase uma semana. Lorraine às vezes era relapsa quando eles estavam juntos, mas Sam não conseguia acreditar que ela fosse ignorá-lo quando se tratava de um assunto tão importante. Era *literalmente* uma questão de vida ou morte. Já era ruim o bastante que Lorraine com frequência dissesse "literalmente" quando na verdade era só uma metáfora.

Sam encarou a tela, torcendo para o balão de resposta aparecer.

Nada.

PENNY.

— Está transparente?

Penny estava na frente do espelho com um vestido de algodão branco na altura do joelho.

— Só quando a luz bate por trás.

— Está vulgar?

Jude bufou com ironia. Um som estranho entre um balido e uma risada.

— Não acho que você seja capaz de ser vulgar — respondeu, sentando-se na cama. — Tipo, você está usando branco virginal.

Penny tinha escolhido um vestidinho leve para o primeiro encontro com Mark depois de sua partida. Queria que ele a visse usando alguma cor. Não que branco fosse exatamente uma cor, mas preto era menos ainda, e ela não queria estar com uma aparência fúnebre demais. Se ia terminar com o garoto, queria estar bonita. Talvez com seu melhor visual. Seres humanos eram horríveis mesmo.

— Um término oficial é mesmo necessário? — perguntou Jude. — Tipo, você está na faculdade, ele não. Todo mundo sabe o que isso significa.

Jude fingiu masturbar alguém invisível e jogou o resultado fictício no ar.

— Eca — disse Penny, franzindo o rosto.

— Olha, sem ofensa — continuou Jude, rindo. — Não sei quais são seus hábitos no Tinder.

E indicou com a cabeça o celular na mão de Penny.

Penny deu um sorriso tenso.

Naquele momento, ela e Sam estavam envolvidos numa disputa de quem conseguia tirar a foto mais clichê de Instagram. Ele acabara de mandar para ela um pôr do sol incrível (#semfiltro). Penny estava louca para retribuir com uma foto que tirara de dentro do carro — uma pessoa posando na Twenty-First Street em frente ao mural do sapo com a frase "Hi, How Are You" enquanto usava uma camiseta com a estampa do mesmo mural. Era metalinguística e genial, uma campeã garantida, só que antes Penny precisava sobreviver àquele encontro constrangedor com Mark para conseguir comemorar devidamente sua vitória. Estava louca para que aquilo chegasse ao fim de uma vez.

Fazia sentido que eles terminassem. Ela e Mark eram antropologicamente incompatíveis. Quando estavam namorando, só se encontravam sozinhos um na casa do outro para ver TV e se pegar. Era mais um namorico bobo do que um relacionamento real, e quando Mark ia a festas com os amigos, ficava subentendido que Penny não o acompanharia. Na maior parte do tempo, essa configuração atendia às expectativas dos dois. Na verdade, Penny até gostava do fato de Mark não ser muito de conversa. Ela não sabia como explicar a relação dos dois nem para si mesma.

O plano era dirigir até sua cidade, ver Mark, terminar o namoro e voltar para a faculdade. Lidaria com Celeste outro dia. Não estava nem um pouco a fim de interagir com a mãe, bater papo sobre homens e fingir compaixão. Aquilo era entre ela e Mark.

Penny se perguntou se estava nervosa e bocejou na mesma hora. Assim como chorava quando estava com raiva, ela precisava de um cochilo sempre que ficava ansiosa. Não era desinteresse. Era que, quando se sentia sobrecarregada, ficava agitada demais e seu corpo desligava.

A questão era que Penny não tivera a intenção de ignorar ninguém. E teria passado num teste de polígrafo se fosse questionada a respeito. Ela tinha se planejado para fazer uma visita no primeiro fim de semana ou no segundo. Sem dúvida no terceiro. Àquela altura, mais de um mês depois de se mudar para a faculdade, as súplicas por uma visita à terra natal estavam cada vez mais insistentes, e Penny ficava com sono só de pensar a respeito.

No curto período que vinha frequentando a faculdade — que parecia insignificante —, seu cérebro tinha se reconfigurado. O ritmo de sua antiga rotina fora apagado de seu sistema operacional. É claro que ela sentia falta de ter kimchi na geladeira, ou uma pilha de papel higiênico de folha tripla no armário embaixo da pia e de uma secadora de roupas à disposição. Mas sempre que a mãe lhe mandava uma mensagem, ou que Mark ligava, a ruptura era surpreendente. Chocante. Era como se recebesse mensagens do além. Parecia inconcebível que a faculdade e a casa dela existissem no mesmo espaço-tempo.

Exemplo A, de Celeste:

> Nossa, P, vi uma garota na rua
> que pensei que fosse vc, mas ela era
> muito mais gorda!

O que se responde a isso? "Obrigada"?

Exemplo B, de Mark:

Peguei o Rutherford em cálculo

Rutherford não é o único professor de cálculo?

É. Saco

É

Saco

Saco

Ou esta ligação de Mark:

— Bebê, senti saudade de você hoje.

— Eu também.

— Ele também sentiu saudade.

— Quem?

— …

— Ah…

Mark falava sobre o próprio pênis na terceira pessoa. Penny achava que era a forma menos romântica possível de se referir ao dito-cujo e, cada vez que "ele" era mencionado, ela imaginava um pênis de óculos escuros, chapéu e paletó. Mas não dava para culpar Mark. Ele era um homem cheio de hormônios num relacionamento com uma universitária. Ou seja: mandava mensagens safadinhas que levariam a eventuais safadezas. Universitários transavam. Principalmente universitários que estivessem namorando pelo tempo que eles estavam. Penny contou nos dedos: sete meses. Sete meses inteiros. Sete vezes mais do que o tempo em que ela estava na faculdade.

Não que Penny não quisesse transar. Ela queria. Em tese. Havia tentado uma vez, com Mark, bem no início do namoro, porque, sinceramente, qual seria o outro motivo para Mark estar interessado em Penny a não ser pela possibilidade de sexo frequente?

No fim, ela chegou a ficar nua e trocar algumas carícias desajeitadas da cintura para baixo. Até o medo aparecer. Uma escuridão pegajosa que subiu pela nuca e engoliu sua cabeça. Quando eles se acomodaram numa posição mais propícia, Penny começou a chorar baixinho, mas só se deu conta das próprias lágrimas quando Mark levou um susto e parou. Ela adormeceu logo depois.

E, veja bem: os dois nunca conversaram sobre esse dia.

Penny havia se preparado para uma discussão, mas ela simplesmente nunca aconteceu.

Durante o verão, no entanto, *ele* foi mencionado com mais frequência.

Penny parou no Jim's, uma lanchonete de telhado vermelho, café barato e sopa surpreendentemente boa. Ficou aliviada ao ver que a maior parte da multidão de fregueses de sábado de manhã já tinha ido embora. Mark ficava dando indiretas sobre ir para a casa dele depois do almoço, mas Penny tinha bastante certeza de que os dois não veriam filme nenhum depois daquela conversa. Ou veriam. Meu Deus. Ela de fato conseguia se imaginar amigavelmente assistindo ao novo filme dos *Vingadores* com Mark depois do término e *então* indo embora.

Mark já estava sentado quando Penny chegou. O modo como os olhos dele se iluminaram quando ela abriu a porta lhe deixou enjoada.

— Oi, bebê.

Ele se levantou, a abraçou e (que horror) lhe entregou uma única rosa vermelha. Estava enrolada em papel celofane.

E parecia ter morado por algum tempo numa loja de conveniência.

Penny sorriu, pegou a flor (hesitante) e a levou ao nariz. Cheirava a cartucho de impressora.

— É idiota — disse Mark, de um jeito fofo.

Ele usava uma camisa social azul-clara, bermudão cinza de basquete e chinelo de dedo.

— Mas queria te dar alguma coisa — completou.

Ele estava nervoso, o que deixou Penny nervosa. Qualquer casal por perto teria se encolhido em solidariedade.

— Você detestou, né? — perguntou ele, hesitante.

— Não, adorei.

Penny se lembrou da caixa de bombons que o carteiro deu à mãe dela.

— Você está linda — disse Mark, admirando o vestido de Penny. — Não sei se já tinha visto você com outra cor além de preto.

Penny deu um sorriso tenso.

— Ah, é. Obrigada.

Eles fizeram o pedido: sopa com tortilha mexicana para ela, pãezinhos com molho de linguiça para ele.

— Não que eu não adore você de preto — se apressou para completar enquanto devolvia o cardápio de plástico para a garçonete. — Adoro você em qualquer roupa.

Penny rezou para que ele não continuasse com "adoraria você *sem* qualquer roupa". Hehe.

Na primeira noite no dormitório da faculdade, diante da menção de um "namorado", Jude criara um esquema. Ela dormiria com Mallory se Penny precisasse, nas palavras de Jude, de "uma visita conjugal". Ela fizera aspas com as mãos e dera um sorrisinho insinuante ridículo. Penny jogara um travesseiro nela.

Podia imaginar uma visita daquelas.

Primeiro, imaginou Mark pelado. Aquela parte era fácil. Não inteiramente desagradável.

Então imaginou o peso do corpo dele em cima dela, esmagando-a e roçando com aquele sorriso bem-intencionado, chamando-a de *bebêbebêbebê* enquanto ela ficava catatônica e desejava morrer.

Viu, ela conseguia imaginar a cena; só não conseguia se imaginar desejando-a.

Penny queria ser normal. Tinha dezoito anos, pelo amor de Deus, uma idade respeitável para começar a fazer sexo saudável e consensual. Um sexo sexy com alguém sexy.

A mente de Penny voou para Sam. Tatuagens. Cara de mau. As ruguinhas nos olhos quando ria. Ela pensou como seria ter os braços cheios de veias saltadas e tatuagens pelo corpo. O calor que emanaria do peito dele. Como seria o seu cheiro. Aquele era o cenário mais pornográfico que sua mente já invocara em público.

De qualquer maneira, ela não ia terminar com Mark por causa de Sam. Ao menos, não por pensar que Mark era o único obstáculo entre ela e Sam. Isso seria loucura. Era mais porque Sam era o tipo de ser humano que Penny nunca teria imaginado antes. Sam era a prova de que havia vida em outros planetas. Se um Sam existia, ela não podia ficar com um Mark. Nem mesmo se não pudesse ficar com um Sam. Para Penny, fazia todo sentido.

A comida deles chegou.

Os dois haviam pedido caldos. Foi um erro tático. Penny não estava com humor para comidas líquidas. Nem para comer, nem para ver alguém comendo.

O prato de Mark cintilava sob uma grossa camada de molho branco cremoso, gorduroso. Penny imaginou que uma película se formaria em cima do molho caso esfriasse. Ficou observando Mark usar as costas do garfo para amassar os pedaços de linguiça e misturá-los ao pãozinho e ao molho, formando uma espécie de pasta.

Sua pequena tigela de sopa aguada, com pedaços de tortilha mexicana e raminhos verdes flutuando no topo, também não parecia grande coisa.

— Ah, não, bebê — lamentou Mark. — Você esqueceu de pedir para vir sem coentro. Quer que eu devolva? Podemos dizer que você é alérgica.

Penny baixou o olhar para as folhinhas ofensivas. Mark detestava coentro? Ela não tinha ideia. A profunda preocupação dele com a situação estava escrita em suas feições, o lábio superior fino dando um ar de determinação ao rosto infantil. Penny se perguntou se Mark seria capaz de machucá-la fisicamente. Ou se choraria. Imaginou a que nível a raiva dele poderia chegar.

E não conseguiu aguentar mais.

— A gente precisa terminar — falou.

Ele a encarou por um momento como se não compreendesse, então se encolheu como se tivesse sido atingido por um golpe físico. Suas sobrancelhas se ergueram até quase encostarem na linha do cabelo. Eles não assistiram a *Vingadores*.

• • •

— Você voltou cedo.

Jude mal tirou os olhos do notebook. Estava jogada no chão, com um miolo de maçã no tapete ao seu lado.

— Ele gostou do vestido?

— Gostou — disse Penny, entrando no banheiro.

Jude a seguiu e continuou a falar do outro lado da porta.

— Liguei pro meu pai.

— É?

— Mas não tive coragem de contar a ele sobre minha mudança de curso.

Penny suspirou e lavou o rosto. Então abriu o zíper do vestido e colocou o roupão.

— Olha — disse Jude, se acomodando na cama de Penny —, só para deixar claro, acho que você superconseguiria parecer vulgar se quisesse.

Penny riu.

— Você está bem?

— Estou — respondeu Penny.

— Mark ficou com raiva?

— Ficou.

Mark tinha ficado furioso. Na verdade, ficou com tanta raiva que, pela primeira vez, Penny o achou realmente… másculo. Ela não precisaria da dra. Greene para lhe dizer o *quanto* aquilo era problemático. Quando ele começou a atacá-la verbalmente, ela se desligou. Ele a chamou de bizarra, o que dificilmente o qualificava como uma pessoa observadora. Penny bocejou.

— O que mais? — perguntou Jude, cautelosa.

Então ele começou a chorar e a falar que tinha acontecido a mesma coisa com a ex dele.

A ex asiática dele, pensou Penny.

— Ele pediu pãozinho com molho de linguiça.

— E?

— Foi nojento.

— O que foi nojento?

— Pãezinhos com molho. Não compreendo esse prato como um alimento. O conceito é muito nojento. — comentou Penny. — Linguiça congelada sobre grumos de farinha e manteiga. Como alguém consegue comer isso em público?

— Uau — disse Jude. — Eu te pergunto sobre um trauma pessoal e você me fala sobre a comida?

Penny assentiu.

— Você não é boa nisso.

Penny assentiu de novo.

— Devia fazer terapia.

Penny assentiu uma terceira vez.

— Você está triste?

Ela estava.

— Estou.

— Você sabe que pode me contar qualquer coisa, né? — disse Jude.

Penny observou os olhos grandes e solidários da colega de quarto e soube que era verdade.

— Vou abraçar você agora — avisou Jude.

Penny assentiu.

O contato lhe fez bem.

SAM.

Sam se encarou no espelho do armário do banheiro. Estava usando sua segunda melhor camisa social, uma branca que costumava guardar para casamentos e enterros. A única melhor do que aquela era uma Ralph Lauren caríssima que Lorraine lhe dera de presente de Natal dois anos atrás, mas ele não queria usá-la de jeito nenhum. Não queria trazer à tona a *outra* lembrança: que ele comprara uma pulseira tão vagabunda para ela que deixara seu pulso verde. Sam abotoou a camisa até o topo. Então abriu o botão de cima. E abotoou de novo. Suspirou. Estava parecendo uma foto de perfil do LinkedIn.

Não era um encontro nem nada assim. Na verdade, é meio impossível ter um encontro com alguém com quem você já namorou e para quem jurou nunca mais voltar. Lorraine nunca chamaria aquilo de encontro. Ainda assim, quando ela mandou uma mensagem depois de ignorar várias dele, Sam ficou nervoso. Ela provavelmente tinha algo terrível para contar.

O lado positivo era que ele não tivera nenhum ataque de pânico desde aquele primeiro, e concluiu que seu corpo estava se guardando para uma ocasião como aquela. Sam se imaginou cambaleando em câmera lenta pelo salão do restaurante italiano Mother's, segurando-se nas mesas para não cair, derrubando pratos de talharim no chão. Ele arruinaria o vestido caro da Mentirosa e a ouviria reclamar até a próxima encarnação. Sam queria tirar uma selfie e perguntar para Penny se ela aprovava o look, mas eles não faziam esse tipo de coisa. Como se sentisse que ele estava pensando nela, Penny mandou uma mensagem.

> Eu deveria ler Harry Potter do início de novo?

Sam tirou uma selfie no espelho do banheiro e mandou para ela. Penny respondeu:

> Hum.

Em seguida:

> Então, eu DEVERIA ler do início ou…
> ok
> calma
> você fez isso de propósito

> Preciso de um conselho
> Me ajuda

> Ok
> Aceite a delação premiada!
> Me pergunte outra coisa
> Minha veia conselheira está en FUEGO no momento

> Para

CALMA, então você não vai
a um tribunal?

Vou ver a Lorraine

Penny ficou em silêncio. Balão de mensagem. Então, nada de balão.

Sam escreveu:

Não é um encontro

Sam não sabia por que estava se explicando. Depois de um longo instante, Penny respondeu.

Então nada de boliche ou minigolfe?

Patinação no gelo
Depois karaokê
Piquenique na cachoeira ao amanhecer

Muito legal
PS passeios em tratores de feno > karaokê
Não se esqueça das flores
Cravos
NÃO!
Um corsage!

Jantar
Só jantar
Quero morrer

Por que morrer?

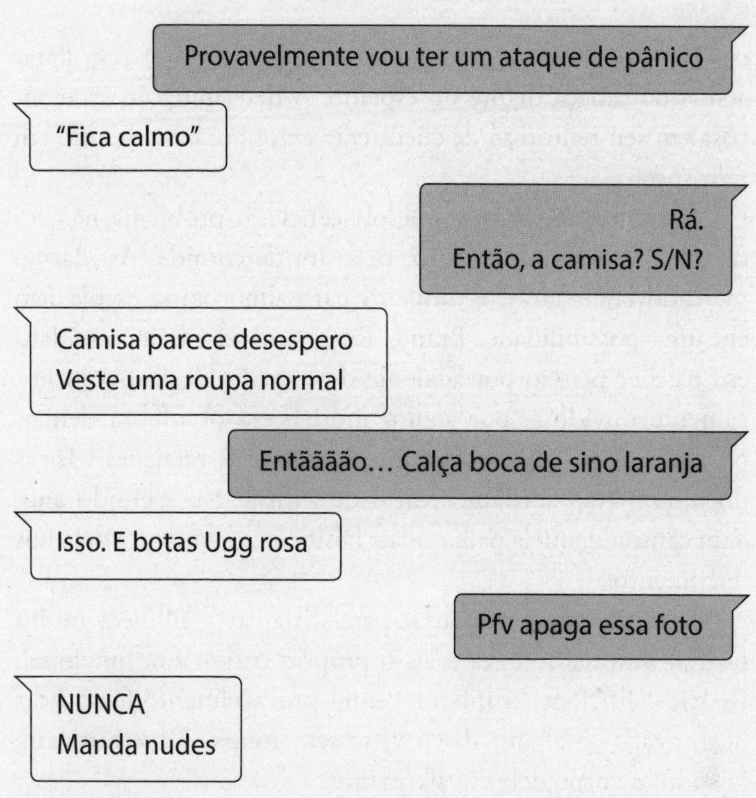

Sam tirou a camisa e pegou uma camiseta preta. As veias azuis se espalhavam pelo corpo dele como afluentes até desaparecerem sob as tatuagens pretas indeléveis feitas por seus amigos. Eram dezesseis ao todo. Vários desenhos pavorosos feitos de maneira artesanal — flechas cruzadas, diamantes, caracóis, mãos e hamsás para afastar olho gordo —, e o restante feito por um artista cuja casa Sam pintara em troca de vinte horas de sessão.

Ele se olhou no espelho novamente, curvando os ombros para dentro e criando uma depressão do tamanho de uma bola de golfe no peito.

Por um breve período, durante o primeiro ano do ensino médio, ele tinha tentado ganhar peso, enchendo galões vazios com água e os usando como halteres, erguendo-os sem parar acima da cabeça diante do espelho. A determinação esperançosa em seu reflexo só de cueca era vergonhosa até mesmo em retrospecto.

Durante sua infância e adolescência, o problema não foi tanto a falta de musculação, mas sim de comida. As idas ao mercado eram raras, e dinheiro para almoços na escola não era uma possibilidade. Brandi Rose, que não se incomodava em receber pensão por acidente de trabalho de forma juridicamente duvidosa, por algum motivo era orgulhosa demais para preencher a papelada que garantiria as refeições básicas do filho. "Não aceitamos caridade", dizia. No segundo ano, Sam cansou daquela palhaçada e falsificou a assinatura dela nos documentos.

Ele começara a se tatuar para disfarçar a silhueta muito magra, mas não odiava mais o próprio corpo. Era funcional. Restrito. Eficiente. Embora Penny provavelmente fosse ficar horrorizada se algum dia o visse sem roupa. Objetivamente falando, o corpo dele era alarmante.

Sam buscou Lorraine no Ford Festiva de Fin pouco antes das oito da noite. Era uma lata-velha de catorze anos cor de lama, tão enferrujada que, se alguém levantasse o tapete do lado do motorista, veria o asfalto embaixo por um buraco do tamanho de uma moeda de vinte e cinco centavos.

Sam interfonou, como ela havia pedido.

— Oi — disse Lorraine.

Estava com o tipo de roupa que normalmente usava fora do trabalho — uma versão um tanto abreviada de uma camisola.

Lorraine. Lorr. Lore. Ou Lola, como ela chamava a si mesma ultimamente, embora Sam nunca tivesse adotado o apelido.

Ele quase conseguiu sentir as pupilas se dilatando quando a viu.

— Belo vestido — comentou, quando ela abriu a porta do carro.

Sam se perguntou se deveria ter saído e aberto a porta para ela, embora Lorraine com certeza fosse debochar dele por isso. Ela não estava doente nem nada.

— Hum, obrigada por me buscar.

Ela o puxou para um abraço. Foi algo meio constrangido, meio de lado, do tipo em que as duas pessoas estão sentadas e os braços que não estão envolvidos no abraço ficam sem posição, mas ainda assim deixou Sam sem ar.

Como sempre acontecia quando via Lorraine, ele sentiu os pensamentos se tornarem suaves e lentos. Ela tinha um cheiro tão bom, exatamente como ele se lembrava. Conhecia cada pedacinho daquele corpo. Voltou a pensar nos pés dela.

Lorraine se afastou e começou a rir.

— Isso é tão absurdo — disse ela, prendendo o cinto de segurança. — Não acredito que pegou o carro do Fin emprestado. — Lorraine olhou para o banco de trás e torceu o nariz. — Eu poderia ter buscado você.

— Mas aí não teria graça, né?

Sam se arrependeu um pouco de ter deixado as garrafas de refrigerante vazias de Fin no banco de trás, mesmo que tivesse sido de propósito. Aquilo *não* era um encontro.

Quando Sam finalmente estacionou no Mother's, que ficava longe o bastante do campus para não estar lotado de estudantes, eles já haviam esgotado a conversa fiada. E, quando Sam abriu a porta para Lorraine, ela não deu muita importância. Agradeceu com formalidade e tocou o braço dele.

Os dois se acomodaram num reservado acolchoado ao fundo. No início do namoro, eles eram aquele casal irritante que se sentava do mesmo lado da mesa e ficava sussurrando, se acariciando e dando comida um na boca do outro como pombinhos apaixonados.

— Quer dividir esse ziti e a linguiça com pimentões? — perguntou Lorraine enquanto analisava o cardápio.

Sam vinha sonhando com almôndegas, mas se pegou dando de ombros e dizendo:

— Claro.

Isso o lembrou de por que eles dividiam comida sempre que saíam. Lorraine pedia os dois pratos que queria comer e o forçava a querer a mesma coisa.

— Tem certeza de que não quer pedir algum legume ou uma salada? — perguntou Sam, olhando os acompanhamentos do cardápio. — Alguma coisa com ácido fólico?

Lorraine o olhou por cima da carta de vinhos encadernada em couro.

— Sam, o que *é* ácido fólico?

— Tem no brócolis — disse ele. — Mulheres grávidas precisam ingerir essa vitamina para que a coluna do bebê não cresça para fora do corpo. Não procura no Google. É perturbador.

Ela riu.

— Desculpe — disse. — Eu não devia rir.

Lorraine pegou um pedaço de focaccia, molhou no azeite de oliva e deu uma mordida, mastigando devagar.

Quando ela cruzou os braços, Sam notou o brilho de uma nova pulseira em seu pulso. Era visivelmente cara — cheia de contas prateadas trabalhadas e réplicas intrincadas do que pareciam ser sapatos. Ele se perguntou quem teria comprado.

— Como você está, Lorr? — perguntou.

O que queria mesmo era perguntar: "Você sente saudade de mim?" Mas aquele não parecia ser o momento certo. Talvez depois do tiramisu.

Sam também queria muito perguntar o que eles estavam fazendo ali. Se ela tinha ido ao médico e descoberto complicações. Por que outro motivo não teria respondido às suas mensagens?

— Antes que você pergunte — começou ela —, eu ainda não fui à clínica.

Inacreditável.

— O quê? Por quê? — perguntou Sam.

— Não consegui — explicou ela, partindo um grissini ao meio. — Estava uma loucura no trabalho. Mas marquei uma consulta para amanhã. Vou amanhã.

A indiferença de Lorraine era inconcebível. Última contagem do atraso da menstruação: sete semanas.

— E por que não me contou?

— Eu... não consegui lidar com isso.

Ela esmigalhou o resto do grissini na toalha.

— Bem, você vai ter que lidar com isso — disse Sam. — *Nós* vamos ter que lidar.

— Eu sei. Sei que não faz sentido, mas *não* acho que estou grávida. Não me *sinto* grávida.

Sam observou Lorraine em busca de alguma mudança física. Deu uma rápida olhada nos peitos dela, que pareciam do mesmo tamanho.

— Está checando meus peitos para ver se eu pareço grávida?

Sim.

— Não — respondeu ele.

O garçom se aproximou.

— Ah, sim, vamos dividir o ziti e...

Nossa, ele realmente queria almôndegas.

— A linguiça com pimentões — concluiu Lorraine. — E uma taça de merlot — pediu ela, mostrando a carteira de motorista.

— Pelo jeito você não se sente grávida *mesmo*, não é? — comentou Sam depois que o garçom se afastou.

Lorraine revirou os olhos.

— As francesas bebem até o final da gravidez — disse ela.

— As francesas também comem carne de cavalo — murmurou Sam, irritado.

— O quê?

— Nada.

— Pelo visto você não anda bebendo, não é?

Ela se recostou no assento.

— Não — respondeu Sam, inclinando-se para a frente. — Não bebo desde que tudo aquilo aconteceu.

Ele apontou para o alto e girou o indicador.

— Compreensível — disse ela. — Meu estômago ainda revira quando sinto cheiro de gim.

Lorraine estremeceu.

Cenas constrangedoras do término deles invadiram a mente de Sam. Os dois gritando na rua depois do cartão de débito dele não passar. Ela disse que ele era um "vagabundo como o pai", e ele a chamou de "vaca infiel".

— Lorr, por que você me chamou aqui?

— Bem, foi você quem escolheu o restaurante — respondeu ela, com um sorrisinho meigo.

— Lorraine…

— Não sei — falou ela, desviando o olhar. — Achei que seria legal.

Ela quebrou outro grissini em pedaços ainda menores e os arrumou sobre a mesa.

Sam se preparou para ouvir que eles teriam gêmeos. Ou que ela estava noiva de outro.

— Só isso? Jura? — perguntou ele. — Nenhuma novidade?

Ela balançou a cabeça.

E pensar que Sam tinha pedido um adiantamento de salário para isso.

— Sabe de uma coisa? — disse ele depois de um instante.

Lorraine o encarou.

— Vamos fazer um pacto.

— Um pacto — repetiu ela.

Lorraine pegou outro grissini para quebrar em pedaços. Ele o tirou da mão dela. Desperdício de comida o deixava louco.

— Isso. O pacto é que vamos deixar de lado tudo o que é sério durante esse jantar e vamos só colocar os assuntos gerais em dia.

O vinho de Lorraine chegou.

— Não precisamos falar sobre o outro assunto — declarou ele.

— Combinado — disse ela, erguendo a taça em um brinde e tomando um gole.

Sam quis pedir licença para checar as estatísticas da síndrome alcoólica fetal, mas não pôde em respeito ao pacto. Pacto idiota…

— Então — disse Lorraine. — O que eu quero saber é…

Ela fez uma pausa.

— O quê?

— Deixa pra lá — disse ela.

— Não, fala.

— Onde você está morando?

Sam foi pego de surpresa.

— Perto do campus — respondeu.

— Que lugar perto do campus?

— Depois da Guadalupe. — No máximo uma mentira parcial. — Por que essa Inquisição Espanhola? — perguntou, tentando manter o tom leve.

Os pratos foram postos na mesa com um *tum*, e Sam decidiu que não estava com fome. O ziti parecia seco.

— Comemos até a metade e trocamos os pratos? — perguntou ela. — E não se preocupe, o jantar é por minha conta.

Sam assentiu e passou a linguiça para ela primeiro. Lorraine sempre queria a linguiça primeiro, desse jeito podia escolher as que tinham pontinhas crocantes. As melhores.

— Bem — tentou Lorraine de novo —, sei que você não está morando no seu carro, a menos que seja no de Fin. O que obviamente não invejo.

Sam sentiu o rosto esquentar. As brincadeiras de Lorraine quase sempre o faziam querer pular de uma ponte.

— E falei com o Gunner e o Gash, então sei que você não está morando com eles.

Sam costumava ver Gunner e seu primo Ash (conhecido como Gash) cinco noites por semana.

Ele permaneceu em silêncio.

— Como está a faculdade? — perguntou ela depois de um tempo.

Sam enfiou uma garfada de massa na boca para adiar a resposta, assentindo enquanto mastigava.

Por que Lorraine estava naquela missão de checagem de fatos?

— Ótima. — Ele engoliu. — Estou fazendo um curso de cinema na Faculdade Comunitária do Álamo. É legal. Tenho bastante liberdade. Estou filmando um documentário.

— Finalmente — comentou ela, cutucando a comida. — Não é caro?

— Não é barato. Mas posso pegar equipamento emprestado, e se todo o resto der errado, eu tenho meu celular. Posso gravar num estilo rápido e rústico.

— Bem, *isso* combina com você.

O que ela queria dizer com aquilo?

Eles comeram em silêncio.

— Sua vez — disse Sam, se esforçando para manter a voz neutra. — Como está o trabalho?

— Tudo bem — disse ela. — Recebi um aumento. Nada que valha a pena contar para os pais. Com sorte, vai ser uma promoção da próxima vez. Provavelmente vou me tornar gerente de contas júnior no ano que vem, que é o que eu quero. Aí vou poder viajar para Los Angeles.

— Que incrível — comentou Sam.

Ele percebeu que falava sério. Viajar a trabalho era o auge do glamour na opinião de Lorraine.

— E adoro meus colegas de trabalho — contou ela. — Eles são jovens e divertidos. Você ia achá-los bregas.

Sam se lembrou de Paul na mesma hora. Nunca tinha visto o cara, mas isso pouco importava, porque já imaginava o tipo dele com perfeição. Visualizou Lorraine bebendo drinques caríssimos para comemorar a promoção, acompanhada de algum babaca com um relógio de pulso grande e cintilante e unhas quadradas e polidas. Provavelmente fazia as sobrancelhas e clareava os dentes enormes de porcelana. Sam se lembrou de quando conheceu Lorraine e ela se descreveu como DJ logo de cara. Desde então, ele aprendera que a maior parte dos DJs, comediantes e músicos eram artistas graças ao apoio financeiro dos pais.

— Linguiça?

Sam assentiu. A travessa com carne gordurosa e pedaços de pimentão e cebolas o enjoou. Ou talvez fosse outra coisa.

— Lorr, o que aconteceu com a gente?

Ela deu uma risadinha irônica e tomou outro gole do vinho.

— E lá se vai o pacto.

— Bem — argumentou Sam. — Nós fizemos as pazes e terminamos sem conversar sobre o que aconteceu de verdade.

— O que você quer saber, Sam?

— Não faz sentido para mim — disse ele. — Não estarmos juntos.

Lorraine pousou o garfo e suspirou.

— *Nós* não fazemos sentido — respondeu ela, como se essa frase explicasse tudo.

— Como pode dizer isso?

Sam desejou ter pedido uma taça de vinho. Ou talvez uma caixa.

— Não somos amigos — continuou Lorraine.

Sam sentiu o peso oco das palavras em seu peito. Precisou de toda a sua compostura para manter contato visual enquanto amassava o guardanapo embaixo da mesa.

— Éramos aqueles malucos esquentados que brigavam e faziam as pazes toda hora — continuou Lorraine. — Você gritava e chorava. Eu queria acabar com o drama. E era isso.

Sam não conseguia suportar o modo como ela estava reduzindo o relacionamento deles ao roteiro de uma comédia romântica clichê. Ou como se estivesse usando um jaleco branco e rindo do casal de ratinhos de laboratório que mantinha sob observação.

— Você diz isso como se não tivéssemos vivido momentos realmente bonitos — murmurou ele, olhando para a comida. — Nós nos amávamos.

— Sei disso — disse ela.

Lorraine segurou as mãos de Sam e abriu um sorriso carinhoso, como se negociasse com uma criança.

— De certo modo, ainda amo você. Sério, Sam, às vezes eu jurava que você *literalmente* lia minha mente.

Sam imaginou Lorraine abrindo o crânio dele e lendo os contornos do seu cérebro *literalmente*, como braile.

— Mas ficamos juntos por quatro anos — continuou ela. — E você não fez qualquer esforço para conhecer melhor a mim ou a minha família.

À menção de "família", Sam ficou tenso. Não era grande fã dos Masterson. Ele se lembrou da Páscoa pavorosa em que havia jantado com eles no Chez Jumelles.

— Ah, você está se referindo ao dia em que seu pai racista me perguntou se eu tinha sangue do Oriente Médio para ter um motivo concreto para me odiar?

Lorraine soltou a mão dele.

— Ele não falou isso.

— Falou, sim.

Não que fizesse diferença. Aquela noite tinha sido um fiasco do começo ao fim. Os motoristas de ônibus tinham entrado em greve de última hora, e Sam foi para o restaurante direto do trabalho, com uma camiseta da banda Black Flag manchada de água sanitária.

— Não sei — respondeu ela. — Você foi hostil com eles desde o início. Meus pais não têm culpa de serem bem de vida. Eles trabalham que nem uns desgraçados.

Ela disse aquilo tranquilamente. Como se não houvesse privilégios inerentes em serem herdeiros de latifundiários há gerações. Um parente distante do lado materno de Sam, C. E. Doolin, também tinha inventado o Doritos. Na verdade, ele comprou por acaso a receita do mexicano que criou o salgadinho.

— Não era segredo para ninguém que você era... — Ela o encarou. — *Não* bem de vida.

Lorraine conseguira miraculosamente não chamá-lo de pobre.

— Suas roupas são uma prova irrefutável disso — concluiu ela.

Sam mordeu a parte interna da bochecha. Entre garfadas de comida, Lorraine continuou a listar os defeitos dele. Sam era um romântico, sem dúvida, e aquelas eram partes do relacionamento que ele havia esquecido. As comparações. Ele queria se levantar, colocar o guardanapo com toda a calma sobre a mesa e desaparecer na noite.

— Ei — disse Lorraine, cutucando a mão dele. — Estou só implicando. Mais ou menos.

Sam achava que não. Deu outra garfada enquanto sentia o estômago embrulhar. Mas, felizmente, não desmaiou.

PENNY.

"Escrever é a arte de fundir o fundilho da calça com o fundo da cadeira" — Mary Heaton Vorse.

Penny se levantou às cinco e quinze da manhã. Não importava a que horas fechava os olhos, sempre voltava a abri-los antes das seis. Naqueles dias, isso era uma bênção, já que ela precisava de um momento tranquilo para escrever. Penny nunca havia precisado fazer isso: encontrar tempo. E vinha se perguntando se suas mensagens para Sam de algum modo estavam secando sua fonte de inspiração. Temia ter gastado suas melhores sacadas com ele, e sua mente divagava constantemente. Não ajudava que a anteninha em sua cabeça estivesse sempre atenta ao celular, vigilante a qualquer sinal de carência ou minicrise de Sam.

Penny vestiu um moletom e abriu o notebook. Henry Miller, cujo nome do meio era Valentine e que estava casado com uma japonesa quando morreu, disse: "Escreva primeiro e sempre. Pintura, música, amigos, cinema, tudo isso vem depois." Penny se perguntou onde entraria o casamento nessa lista, já que Miller tivera cinco esposas. Também se perguntou onde se encaixaria em termos de prioridades a função de administrar os dramas de Sam. Penny achava que estava virando uma questão de "mensagens primeiro e sempre".

SAMHOUSE
Domingo 16h14

O que você ama na sua
aula de escrita

Nada. Eu odeio a aula
E também amo

Claro
Conta mais

Ok

Penny estalou os dedos. Havia instalado o iMessage no notebook para digitar à vontade sem que as mãos caíssem.

É o mais perto que eu já cheguei
de me sentir uma escritora
Uma escritora de verdade
A gente fica lá sentado e tem que escrever
Todo mundo consegue colocar
palavras no papel
Ou contar uma história
Mas nem todo mundo vai fazer isso
O objetivo dessa aula é fazer
E melhorar
dá uma sensação de ser profissional
Não é como uma aula normal de faculdade
Onde a gente aprende coisas
que nunca vai usar

Sam não respondeu.

Nenhum balão de pensamento, nenhuma interrupção, nada. Penny continuou:

É o mesmo que tirar
som de um piano
Qualquer pessoa com dedos consegue
É intuitivo
Você aperta as teclas
elas fazem barulho
Escrever e ler e então
reescrever e depois
editar, é como fazer uma melodia
É a mesma coisa para todo mundo
Não tem a ver com dom
Ou com ter um ego tão grande que você
acha que tudo o que diz
é muito importante
Ou com quem são seus pais
E o que eles fazem
É só prática
Fazer até ficar bom naquilo

Então acrescentou, constrangida:

Faz sentido?

Total
E eu entendo
O que você detesta na aula?

Penny voltou a escrever. Então parou.
E tentou de novo.

É tãããããããão difícil
Tão difícil que me deixa triste
E é assustador

Haha
UÉ CLARO
Vai ver é o que
faz valer a pena?
É muito assustador mesmo
Escritores morrem tentando
Você se considera uma escritora?

Credo, não

Por que credo?

Eu me sinto uma fraude

É a síndrome do impostor

Penny jogou "síndrome do impostor" no Google.

> Informalmente usado para descrever pessoas incapazes de internalizar suas conquistas apesar de evidências externas de sua competência.

Pode ferrar com a sua cabeça
com certeza

Aquilo sem dúvida se aplicava a ela.

Eu só…
…

Penny tentou de novo.

Eu nunca vi uma escritora
Uma escritora de verdade
que se parecesse comigo
E às vezes quando eu escrevo
Imagino o protagonista branco
Tipo automaticamente
Olha que merda

Penny parou. Nunca contara aquilo a ninguém. Imaginou como seria com os filmes.

Voltou a escrever:

Por que você quer fazer filmes?

ARGH NUM SEI

Você também tem isso de achar que vai dar errado se falar disso com outras pessoas?

SIM
Ctz de que tenho síndrome do impostor
Trabalhar com cinema é coisa de gente rica
É tão ridículo dizer
quero ser diretor

É quase como dizer que quer
ser jogador da NBA
Ou famoso

Ou inventor de um aplicativo

Isso. O aplicativo que inventa aplicativos!

Penny sorriu.

Então você quer ser escritora
E eu quero fazer filmes
Parece brega dizer isso
Mas tudo bem
É importante pelo menos
admitir pra si mesmo
E pra poucas pessoas de confiança

Para o seu contato de emergência, por exemplo

Rs exatamente
Então se torna real

Penny adorou o modo descompromissado como ele falou. Vindo de qualquer outra pessoa teria soado como autoajuda.

PS: Quero ler
seu trabalho qqr dia

Só se eu puder ver seu filme

Grande chance

Penny riu. De jeito nenhum deixaria Sam ler algum dos seus textos. Nem ninguém. J.A. não contava, pois era a professora, nem os colegas de turma. As entranhas de todos ali eram expostas na mesa. Era uma destruição mutuamente garantida.

Uma vez Jude tentou ler por cima do ombro de Penny, que ficou indignada.

— "Os terrores jazem frios e enjaulados no interior das profundezas"?

— Jude! — gritara Penny de maneira estridente, fechando o notebook na hora. — Você não pode fazer isso. É invasão de privacidade.

E se levantou da cadeira, apertando o computador contra o peito.

— Caramba — disse Jude, com os olhos arregalados. — Que merda. Desculpa. Não sabia que você ia surtar. Não acha que devia se acostumar com isso, já que o objetivo é o consumo público?

Era um bom argumento.

Mas Penny ficava assustada com o que suas histórias revelavam. As críticas construtivas da turma — mesmo as menos relevantes — arruinavam o dia dela, e Jude já se metia demais na sua vida mesmo sem ter acesso aos seus pensamentos.

Para o trabalho final, Penny estava desenvolvendo uma história inspirada em fatos reais: um casal coreano que, acidentalmente, negligenciara seu bebê até a morte. O caso estava em todos os jornais da Coreia, e o triste era que a tragédia acontecera porque os pais estavam obcecados por um jogo de videogame cujo objetivo — ironicamente — era criar um filho. O nome do bebê na vida real era Sa-Rang, que significa "amor" em coreano. Tudo naquela história era trágico e fascinante e, para a aula, Penny queria escrever duas narrativas: a história A, do ponto de vista da mãe, e a B, da perspectiva do bebê no videogame. Era uma história dentro da outra, assim como em *Watchmen,* que continha *Contos do cargueiro negro*, um quadrinho sobre piratas. Penny estava encantada pelo origami que era o formato da história, mas não conseguia definir como desenvolvê-la. Escrever uma primeiro? Ou as duas ao mesmo tempo?

Na aula, o projeto confundiu todo mundo.

— O protagonista é o bebê tamagotchi ou a mãe? — perguntou Maya.

Maya era a garota multirracial que falara sobre o cabelo das Kardashian no primeiro dia. Ela estava escrevendo uma história de fantasmas sobre os ventos de Santa Ana.

— Os dois — disse Penny. — E não é um tamagotchi. É um bebê tipo *The Sims*, ou um clã no *Clash of Clans*.

— Tanto faz — disse Maya. — Os dois são antipáticos e malvados.

— Ah, porque um fenômeno climático que tem um surto assassino é *muito* simpático — comentou Andy, o garoto anglo-chinês.

Penny lhe lançou um olhar agradecido. Ele sorriu.

Ela não sabia por que era tão difícil se solidarizar com um personagem de videogame ou com uma mulher coreana, mas esse parecia ser o consenso geral.

Penny definiu que a história começaria com a mãe conversando com o advogado. Estava bem certa daquilo. Era um lugar seguro e acessível para o início da construção de um universo. Achou que envolveria o leitor em uma falsa sensação de segurança — começando como *Law & Order* e se metamorfoseando em *Matrix* sem qualquer aviso.

Ela preparou uma xícara de chá e voltou a se sentar, tentando imaginar a aparência da mulher. Começou pelo cabelo.

As coreanas usavam aqueles cortes clássicos das mães donas de casa americanas? Penny decidiu que ela usaria um corte chanel e um vestido larguinho cinza. De acordo com os jornais, a mulher estava grávida de novo quando foi condenada junto com o marido.

O que aquela mulher queria? Ela se sentiu mal? Quanto? Tão mal quanto alguém deveria se sentir depois de negligenciar um filho até a morte? Quão cativante um videogame poderia ser a ponto de fazer alguém esquecer o próprio bebê?

> *— Não sou uma mãe ruim — disse a esposa.*
>
> *A sra. Kim estava abatida, sem maquiagem, com os lábios secos e rachados. A mão que levava o copo de plástico cheio de água à boca tremia. Era uma mulher pequena, de idade indeterminada. Quando ele folheou o arquivo dela, descobriu que era vinte anos mais jovem do que o marido. A sra. Kim havia frequentado boas escolas, mas nunca conseguiu se manter num emprego por muito tempo. Conheceu o marido num cibercafé e, de acordo com testemunhas, os dois eram afetuosos e companheiros.*
>
> *— Não sou uma mãe ruim — repetiu ela, como se num transe. — Eu amava meus bebês mais do que qualquer coisa. — Ela respirou fundo e se corrigiu. — Meu bebê.*
>
> *O advogado ergueu o olhar das anotações. O queixo dela tremia. Ele anotou que ela ainda considerava real o bebê do videogame.*

Quando conversou com a turma sobre "estilo", J.A. explicou que uma boa maneira de contar uma história era fazê-la soar como se estivesse sendo explicada a um amigo por e-mail.

Penny concluiu que mandar mensagens era quase a mesma coisa.

SAM HOUSE
Ontem 1h13

Calma
Um segundo
Quero te perguntar uma coisa
Não fica ofendida

Haha isso já funcionou alguma vez?

Não!

Tá bom
Fala
Mas seja gentil
Escritores são sensíveis

Como essa sua história
pode ser chamada de ficção?
Essa mulher existe
O casal é real

Sam encontrou um documentário sobre o casal, e eles assistiram juntos. Não no mesmo cômodo. Só ao mesmo tempo, enquanto trocavam mensagens. Todas as matérias e programas de TV tratavam os dois como aberrações ou alienígenas. O documentário, em particular, poderia muito bem ser sobre cachorros falantes pelo modo como retratou os pais. Penny se perguntou se aquele fascínio perverso seria tão extremo se o caso houvesse acontecido nos Estados Unidos — um país, aliás, onde um cara em Minnesota tentou criar o filho falando apenas Klingon, um idioma usado em *Star Trek*.

Por isso também quero escrever sobre
o bebê do videogame
Essa é a parte de ficção
A fantasia

O bebê dentro do videogame sabe que o
bebê de verdade está morrendo?

Não sei se o bebê do videogame se importa
Danos colaterais etc

Meu Deus que sinistro

Será mesmo?
O bebê do game vive em violência constante
Por isso FC é incrível
Você cria as regras

Futebol Clube?

Não, tonto
FICÇÃO CIENTÍFICA

OLHA QUEM FALA, A TONTA QUE
ESCREVE ficção científica EM CAPS

Hahahhahaha
Justo

Gostei
Mal posso esperar para descobrir o que
o bebê do videogame quer

Penny também.

O ritmo de trabalhos pedidos por J.A. não era brincadeira. Toda semana era preciso escrever um conto, e para esses Penny adotava temas como máfias de esquilos assassinos, pragas pós-apocalípticas que só atingiam pessoas de mais de dezenove anos, universidades do futuro cujos exames de admissão eram assassinatos, um budista que morreu e reencarnou como um brinquedo. Construir um mundo onde se cai de paraquedas, cria alguns personagens e se ejeta para fora era moleza.

J.A. não tinha paciência para moleza, e disse exatamente isso a Penny quando a chamou para uma conversa. A sala da professora era cheia de suculentas em vasos multicoloridos, e Penny meio que esperava receber uma oferta de amizade, de tão satisfeita que a professora devia ter ficado com sua última história. Era sobre um grupo de poderosos magnatas e políticos que ficavam à deriva no espaço porque o planeta para onde estavam indo não se localizava onde imaginavam. Os astrofísicos sabichões que eles haviam deixado para trás estavam errados. Aqueles homens eram um por cento do um por cento que abandonara a civilização e, ainda assim, seus bilhões não poderiam salvá-los. O universo lhes dissera o primeiro não de suas vidas, e a cena de luta era hilária.

— Suas histórias são ótimas — começou J.A. —, mas…

Penny não contava com um "mas". Ela se preparou para o golpe.

— Ritmicamente, é como se tivessem uma nota só — continuou J.A. — Você é criativa e divertida… Disso não há dúvida. Quero que trabalhe na motivação dos personagens. Não consigo me envolver com um protagonista quando não sei o que ele quer e, tão importante quanto, por que ele quer.

Penny sentiu o pescoço ficar vermelho. Não era justo. Estava claro o que os homens na espaçonave queriam.

— Eles querem o planeta deles — argumentou Penny, se encolhendo ao perceber o tom de choramingo na própria voz.

— Bem, sim — continuou a professora. — Todos eles querem isso. Humanos querem viver, isso é um fato. A questão é que todos querem a mesma coisa do mesmo jeito, e isso é uma oportunidade perdida. Você tem líderes mundiais ali. Capitães da indústria. São homens singulares, mas veja…

Ela circulou algumas passagens.

— Eles falam a mesma coisa. Só estou pegando no seu pé porque seus diálogos excelentes e observações fabulosas não vão salvá-la no trabalho final.

Estava claro que as ideias da zona de conforto de Penny só lhe renderiam duas ou três páginas. A última história que a professora pediu precisava ter vinte mil palavras. Era o maior texto que ela já escrevera. Penny costumava usar a escrita como fuga, por isso seus mundos eram fantásticos e... bem, ao que parecia, monótonos.

Penny achava que sabia o que seus personagens queriam. Era mais complicado deduzir *por que* eles queriam. E uma proposta inteiramente diferente dizer *como* conseguiriam o que queriam. Droga, se Penny não tinha ideia do que ela mesma queria, por que seus personagens inventados se sairiam melhor?

Além do mais, havia tantas distrações. Daí ter se levantado às cinco e quinze naquela manhã. Planejava estruturar seus três atos em cartões escritos à mão para visualizar as cenas e ordená-las de diversas maneiras. Só que, enquanto abria em leque os cartões coloridos de oito por treze centímetros, percebeu que suas unhas estavam horrorosas. As minúsculas lascas de esmalte eram como pequenos e tristes arquipélagos de veneno que provavelmente estavam caindo na comida dela. Penny pegou o kit de manicure que a mãe lhe dera no Natal e tirou o esmalte.

Não gostava de admitir como se parecia com a mãe nesses momentos. Era um comportamento clássico de Celeste cuidar das unhas em vez de fazer o que deveria estar fazendo. Era nos momentos mais estranhos que Penny se dava conta de que sentia saudade da mãe. E que sua saudade era, com frequência, das partes mais desconcertantes de Celeste. A sensação da caixa torácica da mãe quando ela a abraçava por trás. O cabelo encaracolado da professora de economia, que sempre a fazia se lembrar de Celeste. Se ao menos houvesse um modo de ver a mãe sem que qualquer uma delas tivesse que falar. Quando Penny terminou de remover o esmalte, percebeu que precisava lavar o cabelo. Não havia nada pior do que arruinar uma unha recém-pintada com um banho mal planejado.

Enquanto estava parada embaixo do chuveiro, ela se deu conta de que, como o banheiro não tinha janela, uma fina camada de bolor havia se formado nas fendas da calefação. Aquilo era até tolerável, só que todo mundo sabia que poderia se transformar num mofo maligno que — *esse, sim* — poderia matar alguém. Uma hora e meia depois, Penny estava limpa, o boxe do chuveiro estava imaculado, as unhas tinham sido pintadas de um cinza-ardósia matte e ela estava pronta. Havia vestido uma calça para seguir o conselho de juntar seu fundilho ao fundo da cadeira.

Eis o que tinha até ali:

O bebê no jogo era conhecido como uma Anima, por isso ela anotou "Anima".

Então pesquisou a palavra na Wikipédia, porque esse era o primeiro passo quando não se tinha ideia de que droga estava fazendo.

Anima significava "alma" ou "princípio vital". De acordo com o psicanalista Carl Jung, Anima também se referia ao que era individual e invisível, ao verdadeiro eu interior.

Penny não tinha uma enorme experiência com jogos on-line de RPG, mas sabia que *Overwatch* e *World of Warcraft* faziam um sucesso enorme na Coreia. Ambos eram games de computador jogados tão obsessivamente que as competições enchiam estádios e as pessoas tinham que ir para a reabilitação para se curar do vício.

Mesmo assim, o que todos os jogos tinham em comum era que eles ofereciam uma tarefa, uma busca. Penny escreveu "missão" com sua caneta esferográfica preta ultrafina favorita.

Meu Deus, ela amava aquela palavra.

Penny a sublinhou. Soava tão bem.

Aaaah, "odisseia" também era uma boa palavra, mas ela já tinha sublinhado "missão".

Ela acrescentou um ponto de interrogação.

Então pegou outro cartão e escreveu apenas: *Como o herói consegue o que quer?*

As palavras de J.A. a atormentavam.

Primeiro, Penny precisava estabelecer as regras. O objetivo principal do jogo era que o herói ou o personagem do jogador cuidasse de um bebê, a Anima. Anima era a aliada confiável, e podia ser vestida com roupas personalizadas e receber armas, mas, acima de tudo, tinha que ser protegida. A mãe, a sra. Kim, jogava como uma Pistoleira, uma fora da lei cruel com mira precisa. Havia aventuras, cercos e até mesmo o assassinato de um dragão. A batalha do dragão era o verdadeiro clímax e, no último segundo antes de tudo estar perdido, Anima faria seu maior sacrifício — daria a vida — para salvar a Pistoleira e derrotar o inimigo mortal. Aquele era o acordo desde os primórdios.

Na versão de Penny, o bebê mudava de ideia porque podia.

Que uma Anima sequer tivesse ideias das quais desistir já era um milagre.

E o custo do milagre tinha sido a vida do bebê do casal na vida real. Um "olho por olho" digital.

Muito bem, concentração. Então, quem é o herói, a Anima ou a mãe? A Anima, já que ela era quem mais mudava. Mas por quê?

Penny pensou no evento que dá início a uma história — o gatilho —, sobre o qual haviam falado na aula. É o Big Bang (bem, a menos que você seja um tipo de religioso criacionista). É como o momento em que a irmã de Katniss é escolhida para os Jogos Vorazes, mas Katniss se oferece para assumir o lugar dela. Ou como a explosão provocada por Nitro que mata seiscentas pessoas, o que leva à Lei de Registro de Super-Humanos que provoca a Guerra Civil no Universo Marvel. A Anima precisava de um "momento Eureca", de um ponto de virada.

— Vou sentir saudade.

A Pistoleira se abaixou sobre um dos joelhos e beijou a bochecha da Anima.

— Vou sentir saudade — repetiu a Anima, com um sorriso amável.

O bebê obediente sabia que era melhor repetir qualquer coisa que a Mãe dissesse.

A Pistoleira riu e ergueu a Anima nos braços.

— Você sabe o que isso significa, minha filha querida? Sentir saudade?

A Pistoleira era temida nos quatro reinos por matar sem hesitação, mas secretamente mimava a filha.

A Anima balançou a cabeça.

— Significa que vou pensar em você o tempo todo e desejar que você estivesse por perto, mesmo quando eu não estiver aqui.

— Vou sentir saudade — disse a Anima de novo, ao ver a Mãe se afastar.

O que significava "aqui"? A Anima estava sempre "aqui". Onde era não "aqui"? O fato de existir um "não aqui" deixou a Anima em parafuso. Ela odiava quando a Mãe estava no "não aqui".

Na noite seguinte, quando a Mãe partiu, a Anima a seguiu para dentro do bosque. Era proibido deixar o Átrio sem permissão da Pistoleira, mas ela precisava saber. Era uma noite sem lua, e a Anima estava com medo das sombras escuras e da fúria da Mãe se a visse ali, quando de repente ouviu vozes no breu. Vozes altas vindas do céu. Com um lampejo branco, os céus se abriram e, bem no alto, acima do topo das árvores, mais alto do que todos os cinco picos do Monte Meru, a Anima viu um rosto tão grande quanto o sol. A Mãe. Aquele era o "não aqui" para onde ela ia quando sentia saudade da Anima.

A centelha de curiosidade e a busca por respostas era a missão da Anima. Aquilo alterou o destino dela e o entrelaçou ao do bebê da Mãe na vida real, fora da máquina. A Anima conseguia ver e ouvir o "não aqui" pela câmera e pelos alto-falantes do computador. E, quanto mais ela tomava consciência de si, mais se tornava curiosa em relação ao mundo que habitava. Aquilo era impressionante. Consciência. Aquilo era vida.

Penny fez anotações, releu tudo e se perguntou se alguma daquelas coisas contava como escrever. De algum modo já eram sete e quarenta da manhã. Faltavam vinte minutos para a aula, e Sam mandara uma mensagem de bom-dia uma hora antes. Talvez devesse criar uma história sobre um algoritmo irresistível que assombrava seu celular e a fazia se apaixonar por ele, até que ela acabasse enlouquecendo e entrando no chuveiro agarrada a um secador de cabelos ligado na tomada. É, *aquilo sim* seria crível.

SAM.

Sam ouviu o caminhão de lixo. Então os passarinhos. O corpo dele sabia que a manhã dera as caras antes mesmo de a luz surgir e o quarto esquentar. Houve um tempo em que ele chegava em casa junto com os corredores orgulhosos de si mesmos e os garis. Sam se maravilhava com os corredores — seres humanos com peças de roupa totalmente dedicadas a tarefas específicas —, pessoas que tinham equipamento para acampar e raquetes de tênis. Pessoas que viam algum sentido em ter filhos.

Ele não sabia se havia dormido. Quando deixou de beber, passou semanas tendo pesadelos terríveis. Sonhos vívidos de trocas de socos com o pai, ou do funeral de Lorraine — só o básico de Introdução à Maluquice. Então isso mudou por alguma razão, e ele passou a dormir feito uma pedra. Uma letargia sem sonhos da qual tinha que se arrancar pela manhã, com o travesseiro molhado de baba e o rosto amassado. A insônia aparecia de vez em quando para confundir tudo.

Bom dia!, digitou no celular.

Era a primeira coisa que fazia ao acordar nos últimos tempos.

Sam tomou um banho. A água quente deslizou por seu corpo, escaldando a pele. Ver Lorraine tinha sido desanimador.

Triste. Ele sentia uma ressaca emocional por conta da noite anterior. Como se tivesse ficado com todos os músculos contraídos o tempo todo.

Sam sentia falta dos amigos às vezes. Gunner e Gash eram divertidos, mas, sem a bebida e os bares, ele sabia que os três não teriam assunto.

Sam secou o cabelo com a toalha e depois o sacudiu. No auge do verão, a ex de Gunner, April, tinha ido ao café para cortar o cabelo de Sam. Estava sozinha, o que já era bastante constrangedor, e quando os dois se acomodaram na varanda dos fundos, April deixara a mão se demorar na nuca de Sam, sugerindo que tinha outra coisa em mente. Ele não conseguiu suportar; mandou a garota embora com um bolo de café e a promessa de manter contato. Ficou aliviado quando ela não voltou mais.

O celular dele vibrou.

Tacos y película?

Merda. Jude.

Eles haviam combinado de jantar naquela noite. Bem, jantar e ir ao cinema. Foi sugestão de Sam. Tacos Al Pastor no lugar bom de tacos, não no outro lugar decadente, egocêntrico e infiel, seguido por uma sessão tarde da noite de *Gremlins 2* no cinema Álamo Drafthouse, onde comeriam crème brûllée de sobremesa.

Apesar do afeto que sentia pela sobrinha postiça, sempre que Jude lhe mandava uma mensagem, Sam pensava: *Merda. Jude*. Ela era um amor de menina. Só que ele já a via quase toda manhã, quando ela passava para comprar café antes da aula, e isso era o bastante.

Sam preparou um espresso. Morreria se jantasse com ela?

Provavelmente.

Ele soltou o ar que não percebeu estar prendendo, se encolheu e digitou.

Desculpa mesmo J
Tenho que trabalhar

Ele imaginou Jude olhando para a tela e o odiando.

Voltou a digitar.

Semana que vem?

Aaaaaargh. Por que tinha feito aquilo?

Penny respondeu.

Bom dia!
Sabia que da vinci não dormia
Só tirava sonecas
30 mins/ 4 hrs

Sam sabia que, quando ela mandava essas mensagens aleatórias, havia algo mais acontecendo. Ele checou a hora. Eram 8h08. Ou Penny estava na aula de escrita, ou estava atrasada. Sam adorava o fato de poder conversar com ela o dia todo sem precisar se preocupar em vê-la.

Se comunicar com garotas não costumava ser difícil. Quando elas mostram interesse você demonstra reciprocidade fazendo um monte de perguntas. Penny era receptiva a perguntas, embora suas repostas quase nunca fossem reticentes ou sugestivas. Além do mais, ela não parecia fazer nenhuma questão de sair com ele. De alguma forma, parecia imune aos mecanismos do flerte. Sam se perguntou se ela o achava bonito.

Penny Emergência
Ontem 16h37

Cachorros ou gatos?

Ele achou graça do fato de o contato de Penny estar salvo em seu celular como "Penny Emergência" quando nenhuma das mensagens dela configurava uma emergência.

Sam digitou de volta:

CABRITINHOS

Ele ficou satisfeito com o rumo da conversa. Tinha uma compilação de cabritos pronta para ser enviada. Sam copiou o link e enviou.

Uau

Quinta-feira 00h09

Torta ou bolo?

Sam estava fazendo uma torta de noz-pecã com uma decoração entrelaçada em cima e queria exibi-la caso "torta" ganhasse a enquete. Ele aperfeiçoara a massa com manteiga congelada e ralada como se fosse queijo.

Bolo
Bolo de tabuleiro
De caixinha

O quê???
Que nojo
Você é louca

Sam colocou a torta no forno, sentindo-se ridículo por ter ficado tão desapontado.

Era óbvio que torta era melhor. Até salada de frutas ganhava de bolo de caixinha. Eca. Ele não tinha certeza se conseguiria se recuperar daquela revelação.

Sam sabia que torta *versus* bolo não era a única incompatibilidade entre os dois. Não conseguia imaginar que espaço Penny ocuparia em sua vida caso saísse do celular dele e se materializasse na sua frente. Não conseguia imaginá-la rindo com conhecidos. Ou enchendo a mão de amendoim e enfiando na boca. Na verdade, às vezes Sam mal conseguia se lembrar de como ela era, já que fazia tanto tempo desde que a vira e havia pouquíssimas fotos dela on-line. Ele achara uma de um anuário escolar, mas Penny parecia tão nova e infeliz por ter sido fotografada que Sam tinha a forte sensação de estar invadindo a privacidade dela.

O celular dele vibrou de novo. Jude.

Tudo bem!
Na semana que vem está ótimo
Boa sorte com o trabalho

Penny continuava discorrendo sobre padrões de sono polifásicos.

Nikola Tesla também
Clube dos que não dormem

Ou clube dos que só dormem às vezes
Tão cansada
Você dormiu?
COMO VOCÊ ESTÁ?

Penny sempre perguntava como ele estava.

Não dormi nada!
Mas teve superlua
Ela enlouquece a química do cérebro

Merda de lua

Odeio a lua

Tentei escrever essa manhã

E aí?

Bem, eu tentei
Vou pra aula e já volto
:(

Sam percebeu que também tinha se acostumado demais a emojis. Nossa, ele estava parecendo um adolescente bobo. Bem, Penny *era* uma adolescente, lembrou a si mesmo. Realmente deveria começar a pensar em mulheres da idade dele, como a que estava carregando o filho dele na barriga. Sam gemeu no quarto vazio. Penny tinha a idade de Jude, ou seja, dezessete ou dezoito anos. Sam se perguntou quando seria o aniversário dela e qual seria seu bolo de caixinha favorito. Provavelmente chocolate com cobertura de baunilha. E talvez alguns confeitos. Aqueles pretos brilhantes, para combinar com o cabelo dela. Não que ele fosse fazer um bolo desses para ela. Ele imaginou como Penny ficaria horrorizada se ele aparecesse no dormitório dela com um bolo de verdade.

Talvez eles pudessem ser amigos quando ela tivesse idade para ser gente. Quem sabe, quando ela tivesse vinte e cinco, e Sam, vinte e oito ou vinte e nove, ele pudesse ser o amigo mais velho e descolado que dava conselhos sobre impostos e uma surra em qualquer namorado de idade apropriada que a maltratasse. Ou ao menos poderia encarar o cara com uma expressão ameaçadora. Meu Deus. Sam teria quase trinta anos. Nojento.

PENNY.

Penny se apressou para a aula. Seu cabelo comprido prendia embaixo do braço nos piores momentos. Ela queria escapar da multidão de alunos e se recostar num canto para encher o celular de Sam de perguntas sobre o encontro, mas se controlou. Em vez disso, ficou falando sobre ciclos variados de sono de gênios que mais tarde se tornaram psicopatas. Supernormal.

Ela tinha *morrido* de vontade de mandar uma mensagem para ele na noite anterior. Em vez disso, grudou os olhos na internet para se distrair e stalkeou MzLolaXO, o que tornou o sono impossível. A conta de Penny no Instagram era privada e, apesar de ter apenas seis fotos, se mostrava útil para investigações anônimas ou como disfarce para um like acidental. O fato de MzLolaXO ter uma foto nova das mãos de Sam — tirada algumas semanas antes — deixou Penny arrasada. MzLolaXO havia marcado Sam segurando um notebook quebrado, e Penny tinha certeza de que era ele por causa da tatuagem de cavalo. Quando Penny clicou no perfil de Sam, viu que havia sido deletado. Ela ficou aliviada e um pouco ressentida (tudo bem, muito ressentida) por ele não ter mencionado que vira a ex naquela noite.

A uma da manhã, com os olhos latejando pelo tempo passado diante da tela do computador, Penny comeu duas barras de cereal de Jude sem se dar conta de que cada uma tinha dezesseis gramas de fibras. Elas ainda pesavam em seu estômago — formando uma espécie de diamante bruto petrificado — enquanto ela disparava pelo campus.

Penny não sabia por que estava sendo tão maluca. Seria melhor para o bebê se Sam e Lola se reconciliassem. Era a ordem natural do universo. Se duas gazelas andavam flertando pela savana, não era da conta da rã. Penny obviamente era a rã nesse cenário.

Quando chegou à sala de aula, viu que J.A. estava usando um macacão feito — por mais improvável que parecesse — de uma trama complicada de nós de barbante. Nem é preciso dizer que ela estava fantástica.

— É muito divertido escrever heróis trágicos — começou a professora. — Hamlet, Macbeth, Otelo, Tony Soprano. São traumatizados, cheios de bagagem emocional. Além disso, para onde quer que eles vão, carregam suas reclamações e blá-blá-blá.

Todos na história de Penny eram desequilibrados. O único inocente era o bebê da vida real, que morria. Credo. Tantos bebês na sua cabeça. E se houvesse alguma grande novidade em relação ao bebê de Sam? Ele teria contado a ela? Sim, teria. Pelo menos Penny achava que sim. Mas ele não contou que tinha visto Lola semanas antes, então por que contaria sobre a noite da véspera, ou sobre como eles tinham dirigido até Las Vegas e se casado enquanto Penny estava sozinha no quarto, remoendo seus sentimentos?

E *se* Sam estivesse casado àquela altura? Nossa. Aquilo o tornaria o melhor exemplo de herói trágico. Uma Lola grávida era a *hamartía* dele, seu calcanhar de aquiles. Ai, meu Deus, ou talvez Penny fosse a heroína trágica, e Sam, o calcanhar de aquiles *dela*. Penny tentou voltar a se concentrar na tarefa da aula.

A questão era: ela precisava admitir que só tinha conhecido Sam porque ele estava passando por um problema. Era o clássico cenário do peixe fora d'água. Sam era um estranho numa terra estranha composta por milhões de mensagens de Penny.

Era bizarro quanto tempo ele tinha disponível para ela. Suspeito. Sam nunca mencionara qualquer familiar ou outro amigo além de Lorraine. Talvez estivesse no Programa de Proteção à Testemunha. Mas isso não fazia sentido algum, porque Jude seria um risco alto demais. A mesma Jude que tinha acabado de reclamar que Sam a estava evitando.

Sam com certeza estava se rebaixando ao dedicar tanto tempo para conversar com ela. Ele era mais descolado do que Penny, ao menos empiricamente. Era abuso da parte dela, sendo uma rã, tomar tanto do tempo dele.

Ela jurou não mandar mais mensagens para Sam pelo resto do dia.

Mallory estava deitada na cama de Penny, de sapato, quando ela chegou da aula. Jude estava saindo do banheiro esfumaçado.

— Oi, P!

O rosto de Jude se iluminou, e ela deu um abraço na colega de quarto. Estava quente e úmida.

— Ai, meu Deus, tenho tanta coisa para te contar!

— Vamos tomar café no House — disse Mallory, virando de barriga para cima e puxando o chiclete para fora da boca. — Quer vir também?

— Não posso — respondeu Penny. — Tenho que escrever.

— Você não escreveu hoje de manhã?

Jude jogou a toalha em cima da cama. Ela ficava tão confortável sem roupa. Penny desviou os olhos por reflexo.

— Você levantou às seis da manhã ou algo assim. Aquela luz estava me enlouquecendo.

— Foi mal — disse Penny. — Não consegui evoluir muito.

O celular de Penny fez um bipe de notificação na bolsa.

Mallory revirou os olhos.

— Por quê? Ficou trocando mensagens com seu namorado novo?

Ela indicou a bolsa de Penny com a cabeça.

— Mallory... — alertou Jude, chamando a atenção da amiga.

— É claro que ela está pegando alguém — insistiu Mallory. — Está pior do que eu com essa coisa.

O rosto de Penny ficou vermelho.

— Sei que você é reservada, Penny, mas realmente está óbvio — concordou Jude. — E é ótimo. Não foi por isso que você terminou com o Mark?

— Não exatamente — murmurou Penny.

— "Não exatamente. Não posso sair com vocês. Sou a Penny, senhorita escritora séria com um novo namoradinho misterioso sobre o qual eu não falo."

Mallory se sentou e abriu um sorriso desafiador.

— Valeu, Mallory — respondeu Penny, se virando para o notebook.

— Deixa pra lá — disse ela, arqueando a sobrancelha. — Vamos, Jude. A Penny Misteriosa não quer sair com a gente.

— Quer alguma coisa? — perguntou Jude, enquanto vestia um macaquinho. — Um docinho do tio Sam?

Penny balançou a cabeça em negativa.

— Vamos jantar mais tarde?

— Talvez.

— Tá, vê se faz um esforço — pediu Jude. — Temos muito para colocar em dia. Por exemplo, o fato de que eu sou a mais nova aluna de história da arte e abandonei as merdas das aulas de marketing.

— Nossa, que incrível! — exclamou Penny. — E seu pai aceitou bem?

— Não exatamente — disse Jude, revirando os olhos. — Ele passou a maior parte do tempo colocando a culpa na viagem da minha mãe para a Europa, já que ela fica fazendo milhões de posts no Facebook sobre o assunto. Parece que *finalmente* está prestando atenção nela.

— Preciso de café — choramingou Mallory, puxando o braço de Jude.

— Está bem, está bem — disse Jude. — Nos falamos mais tarde?

Penny assentiu.

Quando a porta bateu, ela conseguiu ouvir Mallory no corredor.

— Não sei o que você vê nela.

Mallory podia falar mal dela o quanto quisesse. De jeito nenhum Penny iria ao House e deixaria Sam vê-la. Isso estragaria tudo. Sam daria uma olhada nela e pensaria: "Nossa, deixa pra lá."

Em vez de escrever, Penny ficou beliscando para procrastinar. Tomou um remédio para intolerância à lactose, pegou um pote de Nutella e se serviu de uma bela colherada. Então despejou a colher de Nutella no meio de uma tigela para cereal e derramou um saquinho de Cheetos em cima. Mergulhou com cuidado um dos salgadinhos no creme de avelã e comeu. Em seguida, checou o celular.

SAM HOUSE
Hoje 14h02

Sabe o que é
hipótese de simulação?

Como ela não respondeu na hora, ele mandou:

Oi?
se descadastrou?
Essa coisa está ligada?

Lá se ia a promessa de não trocar mensagens pelo resto do dia. Penny escreveu:

Jude e Mallory estão a caminho

Ele respondeu num segundo:

Daqui?

É

Ela mergulhou outro biscoito na Nutella.

Você vem?

Credo, não

Penny digitou sem pensar.

Hahahaha brigadão

Não que eles tivessem discutido o assunto explicitamente; eles só sabiam.

É muito doido que a gente não saia juntos?

A mão de Penny pairou sobre o teclado. Havia uma camada de pó de coloração radioativa sabor queijo no polegar e no indicador da mão que não segurava o celular. Uma crosta marrom--alaranjada que ela mal podia esperar para raspar com o dente.

Sair?

Ela estava travada.

Não havia a menor possibilidade de ela permitir que Sam a visse fazendo noventa e sete por cento de suas atividades diárias normais. Ela era um monstro. Um monstro reto como uma tábua e sem bunda nenhuma. Na verdade, a única coisa que Penny vinha desenvolvendo no departamento de curvas era uma enorme espinha no queixo, que doía quando tocada. É, acho que não.

Tipo de verdade?

Isso
Num café
Aonde suas amigas vão
E seu outro amigo trabalha

Penny sorriu à menção de eles serem amigos. Mas também não sabia dizer se aquilo era algum tipo de teste. Se admitisse que queria vê-lo, ele ficaria desapontado?

Ela escreveu:

Não?

Ele respondeu na mesma hora.

NÉ?

Ufa. Resposta correta. Então por que ela se sentia tão… triste?

E arruinar isso?

Ela esmagou o salgadinho com a colher. Provavelmente não era decepção o que estava sentindo, mas incômodo gastrointestinal. Entre a maçaroca de barras de cereal na barriga e o lixo que estava comendo, ela talvez nunca mais fizesse cocô.

Seu único consolo era que ela e Sam nunca teriam que fazer cocô no mesmo quarteirão, muito menos no mesmo banheiro.

Sério
É tãããããão bom estarmos
Cada um em sua respectiva caixinha de metal
#lacrados
#seguros
Livres do tumulto da existência

É
Isso aí

Risos

Então tá, nada de vida real para mim
Para que quebrar a quarta parede?

Não tem pq
Está perfeito assim

Era verdade. Tudo do lado de fora da caixa era uma confusão. O "não aqui" de Penny não era bom. Ela tirou o sutiã com a mão limpa e o jogou na cama.

Se pudesse ser perfeito aqui
E nas coisas que quero escrever
Acho que ficaria satisfeita
Isso é patético?

Não
CONCORDO
Acho que dá pra ser bom em
duas coisas ao mesmo tempo

Você acha que passamos tempo
demais conversando
e tempo de menos trabalhando?

Sam demorou um instante para responder.

Provavelmente

Penny sorriu.

Você tem que fazer seus filmes

E você tem que escrever
sua grande história e me deixar ler

Talvez só dê para ter uma
coisa de cada vez

Rs
É provável
E se essa for a única coisa que a gente tem?

Rs
O quê? Tipo trocar mensagens?

É
Talvez a gente só seja bom nisso
Não tô chateado

Celulares arrasam
Humanos babam

Risos

Somos demais
Isso é demais

E era.

SAM.

Depois da agitação do almoço, Sam saiu cedo do trabalho e pegou o carro de Fin emprestado.

Ele estacionou em frente à Comissão Estadual de Trabalho do Texas. O escritório do governo estadual no East Side ficava numa área cheia de carvalhos. O prédio não recebia luz direta do sol e tinha uma rampa de concreto na frente com dois corrimãos de metal que eram ímãs para skatistas. Desde que não quebrassem nada, bebessem ou causassem confusão, a polícia raramente implicava com eles.

Sam viu três garotos vagabundeando por ali com seus skates. O menor, com cabelo liso na altura do queixo, descia pelo corrimão de onze degraus apoiado apenas no nariz do skate. Tinha a confiança firme e abusada de um cara pequeno com um centro de gravidade baixo, e se movimentava como se conhecesse com precisão cada movimento do próprio corpo. Sam observou os outros dois garotos, que eram maiores e tentavam manobras mais simples. Passavam mais tempo recolhendo os skates do que andando em cima deles.

Sam se lembrou de quando tinha aquela idade e a prefeitura da cidade instalou os primeiros corrimãos novos. A maior parte dos skatistas com dinheiro, os garotos que exibiam equipamentos e tênis novos todo mês, frequentavam os parques dedicados ao esporte que haviam começado a surgir quando os filhos da galera de Austin que trabalhava com tecnologia cresceram. Mas aqueles três garotos eram claramente tão pobres quanto Sam havia sido. O skate de um deles estava com uma rachadura na parte de trás que tinha sido colada com uma resina marrom e lixada. Mesmo a distância, Sam conseguia ver as meias deles aparecendo pelos buracos nas solas dos tênis.

Sam tinha ido até ali algumas vezes nas últimas semanas. Os únicos frequentadores eram sempre aqueles três garotos, e havia algo fascinante no menor do grupo. Ele se lançava escada abaixo sem parar, os pés firmes como se plantados no chão.

Sam saiu do carro e se aproximou.

Os três fecharam a cara, como se quisessem afastar um predador, ou um policial disfarçado. O mais novo tinha uma toalha suja ao redor da cabeça e um cigarro pendurado na boca, e parecia um desses meninos soldados que se via em documentários, com um olhar perdido que parecia ainda mais perdido no rosto de um menino.

— Relaxa, não sou da polícia — disse Sam.

Ele pegou um cigarro e acendeu.

— Pô, me dá um cigarro — pediu o garoto, estendendo a mão.

— Você já tem um — respondeu Sam.

— Vou guardar pra mais tarde.

Ele abriu um sorriso largo que fez seu cigarro balançar para cima.

Os dois outros garotos se aproximaram e pararam um de cada lado do amigo, como se para protegê-lo. Sam se sentia meio apreensivo sobre dar tabaco a uma criança. Então concluiu que ele conseguiria o cigarro em outro lugar e entregou um ao menino, que o prendeu atrás da orelha.

— Já vi você aqui — disse o líder do grupo enquanto pegava um isqueiro no bolso traseiro da calça jeans imunda, brincando com ele. — Sempre usando a mesma roupa. Você não é nenhum emo pedófilo, é?

Sam riu e fez que não a cabeça.

— Mas que pedófilo diria a uma criança que é pedófilo?

O garoto riu.

— Verdade, verdade.

— Qual é o seu nome? Não é Pedro, é? Tipo, "pedrófilo"? — perguntou o garoto, com uma risadinha.

Os amigos riram junto.

— Sam. Eu andava de skate aqui quando tinha mais ou menos a idade de vocês.

— E aí, Sam? Meu nome é Bastian. Esse é o James.

Ele apontou para o mais baixo, de cabelo penteado para trás.

— E esse é o Rico — completou.

Rico cumprimentou Sam com um aceno de cabeça e estalou os dedos. Sam assentiu, disfarçando um sorriso. Eles pareciam valentões de desenho animado.

Ele imaginou o que Penny faria se ele a tivesse levado como reforço. Provavelmente encararia os três de cara fechada e faria perguntas invasivas. E logo depois ofereceria Band-Aids e pomada anti-inflamatória de um dos seus kits e os deixaria confusos.

Naquela manhã, Penny o havia aconselhado sobre como abordar os garotos.

> Nada disso importa
> Estamos todos só matando tempo
> até morrermos

Ele provavelmente está entediado
Garotos ficam entediados
Tire eles do tédio

— Enfim — disse Sam. — Eu não ando tanto de skate hoje em dia porque sou documentarista.

PENNY.

Minha mãe tá vindo

Eram 8h42 de um sábado, hora perfeita para levantar o assunto que ela vinha evitando havia meses.

Isso é bom ou ruim

Podia ser melhor

Não é fã dela?

Não

Nem eu
*Da minha
Pq?
Você primeiro

Penny sempre tinha que responder primeiro.

Não, você

Sam foi primeiro:

Minha mãe não devia ter sido mãe

Pq?

Ela é alcoólatra

Caramba

Pois é

Que droga

Pois é

O que mais?

Não é motivo o suficiente?

Não sei, é?

Acho que ela me odeia

Ela não te odeia

Penny escreveu antes de pensar. E como é que ela podia saber? Algumas mães devoram os filhos. Algumas fazem isso sem querer.

Odiar é uma palavra forte mas
eu não acho que está longe disso sinceramente

Ok sua vez
Rs
Está tão cedo pra papos sobre mães

Foi mal

Não, fala

A minha me deixa triste

Pq?

Ela acha que eu sou ÓTIMA

Plateia difícil

Quer que a gente faça tudo juntas

E?

Sou uma megadecepção

Como?

Somos tãããããão diferentes
Minha mãe quer ser minha melhor amiga
E nós não somos
DE JEITO NENHUM
A coisa toda é tão triste
Fico desanimada só de pensar

Poxa
Você vai ficar bem?

Penny se perguntou se ficaria bem. Celeste a tirava do sério com tanta facilidade. Ela se lembrou do fiasco na Apple Store e imaginou se aquela viagem seria uma nova versão daquele dia. Penny não tinha energia para Celeste, para seu exagero, sua capacidade de sugar todo o ar ao redor. A mãe monopolizava completamente a vida de Penny, que estava só começando a se firmar numa nova vida só dela.

Dela e do celular.

Meu Deus.

Sinceramente, se Penny precisasse escolher entre salvar um cachorrinho ou o celular de um trem se aproximando, ela mergulharia na direção do celular, e isso era horrível. A linha que separava Sam do celular dela estava se tornando cada vez mais indistinta. Sam era o celular e o celular era Sam. O amigo ouro rosa dela com sua roupinha preta.

Caramba.

Sam era a Anima dela.

Merda.

Não se tratava de um romance; era perfeito demais. Nas mensagens havia apenas palavras e nenhum constrangimento. Eles podiam se conhecer a fundo e ficar à vontade um com o outro antes de terem que fazer alguma coisa desnecessariamente opressora como olhar nos globos oculares um do outro.

Com Sam no bolso, Penny nunca estava sozinha. Mas às vezes não era o bastante. Penny sabia que deveria se sentir grata pela companhia dele, mas ainda havia uma esperança insistente, um desejo exasperador rodando sem parar em segundo plano no seu sistema operacional, de que um dia Sam pensaria nela e decidiria: "Que se danem todas essas garotas que encontro todo dia e que são gatas, não têm medo de sexo e tem ph.D em flerte. Escolho você, Penelope Lee. Você tem um jeito criativo e nada nojento de inventar lanches, e sua ortografia é nota dez."

Penny estava olhando para o celular quando a tela se iluminou em sua mão.

Era uma ligação.

De Sam.

Meu Deus.

Penny deu uma olhada em Jude, que ainda estava dormindo, levantou com cuidado da cama e entrou no banheiro sem fazer barulho.

— Oi.

A voz dele estava grave, como se tivesse acabado de acordar.

— Oi?

Penny pigarreou.

— Você me ligou.

Ele riu.

Penny abriu o chuveiro, como se houvesse escutas no banheiro.

— Eu sei.

— Que invencionice é essa? — perguntou ela.

Sam riu de novo. Penny não fazia ideia de por que escolhera aquela palavra.

— Quer dizer, por que ligou?

— Você não me respondeu — disse ele.

— O quê?

O coração de Penny estava disparado. Ela se sentou no chão.

— Eu perguntei se você estava bem. Você não respondeu. Fiquei um pouco preocupado.

— Ah, desculpa. Aham, estou bem. Fiquei pensando nesse negócio da minha mãe.

— Bem, é responsabilidade dos contatos de emergência perguntar.

— Vou ser honesta com você: as regras dos contatos de emergência ainda me escapam.

Ele deu outra risada. Penny abriu um sorriso tão largo que seu rosto doeu.

— Mães são difíceis.

— É.

Penny pensou em como seria gratificante apresentar Sam a Celeste como namorado. Ele tinha tantas tatuagens. Na verdade, o único lado bom de Lorraine estar grávida era que Celeste ficaria escandalizada ao saber que o namorado de Penny seria pai. Apesar de toda a pose de "mãe legal", Celeste queria a filha numa relação confortável e estável com Mark.

— Venho evitando a minha mãe desde que cheguei aqui — contou Penny. — Me sinto meio mal por isso.

Ela ajustou a água do chuveiro para não desperdiçar tanta água.

— Também não vejo a minha há algum tempo.

— Onde ela mora?

— Aqui.

— Em Austin?

— É.

— Ah.

Eles ficaram em silêncio por algum tempo.

— Qual é o nome da sua mãe? O da minha é Celeste.

— Brandi Rose.

Bem, no que dizia respeito a nomes, o da mãe de Sam *não* era impossível de pertencer a uma stripper.

Penny acessou o dossiê "mãe" que tinha arquivado na mente. Com cuidado, acrescentou "Brandi Rose", "alcoólatra" e "não é o contato de emergência de Sam".

— Como é uma Celeste?

— Bem, o aniversário dela está chegando. É um grande acontecimento. Houve um ano em que ela marcou dois encontros no mesmo horário sem querer. Enquanto ela estava fora, jantando com um cara, o segundo apareceu na minha casa, e achei que fosse um assassino. Bons tempos.

Sam riu.

— Como isso não virou um filme dos anos 1980?

— Eu me senti mal. Fiz o cara esperar no carro, e ele tinha levado flores. Foi horrível.

— Quando isso aconteceu?

— Antes de a minha mãe ter celular, então eu tinha... oito anos?

— E não tinha ninguém tomando conta de você?

Penny tentou se lembrar da última vez em que tivera uma babá. Realmente não era um hábito comum na casa dela.

— Vou só dizer que, quando eu era pequena e minha mãe saía, eu ia para a cama com uma garrafa de ketchup.

— Já estou amando tanto essa história...

— Era um plano infalível. Se aparecesse algum bandido, eu derramaria ketchup em cima de mim e ele não me mataria porque eu já estaria morta.

— Meu Deus, não sei dizer se essa é a coisa mais fofa que eu já ouvi ou a mais triste.

— Ambas as opções?

— Nossa, fico imaginando você pequenininha, no escuro, batendo no fundo da garrafa de ketchup e não conseguindo fazer nada sair.

Penny riu.

— Acho que é fofo *e* triste. E quanto a Brandi Rose? Alguma história fofa e triste que valha a pena compartilhar?

— Bem, Brandi Rose tinha uma mania…

SAM.

Sam não sabia por que tinha ligado. Só queria falar com ela, falar de verdade, e mais importante, queria *ouvi-la*.

Não tinha planejado mencionar a mãe. Com certeza não estava nos seus planos revelar a história da "Pior noite e manhã da vida de Sam". Aquela história parecia uma letra de música country. Naquelas horas fatídicas, Sam tinha perdido a namorada, a casa e a família. Mas Penny perguntou, e ele quis responder.

— E quanto a Brandi Rose? Alguma história fofa e triste que valha a pena compartilhar?

Sam amou ouvir a voz de Penny e sua risada grave e rouca. Mas, cara, devia ter feito xixi antes de ligar. Sam se acomodou de lado e puxou o edredom para cima. Sentia como se estivesse dormindo na casa de um amigo.

— Bem, Brandi Rose tinha uma mania, uma coisa que amava mais do que tudo: assistir ao canal de compras pela TV.

Era verdade. Não importava se era uma máquina de esqui desmontável, uma fritadeira que não usava óleo, ou um suéter unissex que se transformava em uma escada para o cachorro. Se fosse vendido na TV, a mãe de Sam queria. O hábito ficou pior depois que o sr. Lange se divorciou dela, mas todo mundo tem hobbies, e o de Brandi Rose era olhar vitrines através da telinha que controla as massas. O problema era que a mãe também era viciada em comprar o que via. Em grande quantidade. Tarde da noite.

Naquela noite, a "Pior noite e manhã da vida de Sam", ele e Lorraine tinham enchido a cara de martínis de gin. Sam desconfiava que Lorraine o estava traindo, mas não tinha qualquer prova além da própria intuição. Imaginou, como um idiota, que uma noite no centro da cidade seria algo romântico, mas então descobriu que estava sem dinheiro. Resolveu passar em casa para buscar algumas coisas, entre elas um pequeno e precioso estoque de maconha que deixara na gaveta de meias, imaginando que ficaria na casa de Lorraine depois, como era de costume.

Quando Sam abriu a porta da casa da mãe, foi surpreendido pelo cheiro: um fedor de laranjas podres que domina o lixo independentemente do que haja nele. Não queria que Lorraine entrasse, mas ela precisava fazer xixi.

— Olá, Brandiiii — cantarolou Lorraine enquanto entrava.

Quando a mãe de Sam os olhou feio da poltrona na sala, Lorraine começou a gargalhar. Fazia semanas que Sam não passava em casa, e a imundície o assustou. Sem ele para arrumar a casa, os pratos sujos tinham se acumulado em pilhas. Caixas vazias de delivery de comida ocupavam todas as superfícies, e uma enorme quantidade de correspondência que ninguém se dera ao trabalho de pegar encontrava-se espalhada pelo chão.

Passar em casa depois de sair à noite tinha sido uma má ideia. Lorr estava usando um sutiã como blusa, e a vergonha de Sam por todos os presentes se transformou numa fúria incandescente. Quando escorregou num monte de envelopes amassados, fazendo Lorraine rir de novo, resolveu pegá-los do chão, e descobriu que eram endereçados a ele. Envelopes brancos finos carimbados com ameaças furiosas em tinta vermelha.

— Ela vinha criando cartões de crédito no meu nome e gastando milhares de dólares em lixo — contou Sam a Penny.

— Meu Deus.

— Bem ralé, não é?

Ele se encolheu ao falar. Odiava aquele termo.

Penny não respondeu. Não precisava.

— Minha mãe mora num trailer — continuou Sam. — Eu morava num trailer.

— Pessoas moram em trailers.

Sam desejou poder ver o rosto de Penny. No entanto, se percebesse um sinal de pena ou... desprezo... uma parte dele seria destruída. Lorraine deu um pé na bunda dele na manhã seguinte.

— Não havia espaço para guardar as caixas dentro do trailer — continuou ele. — Então ela guardava algumas do lado de fora, debaixo de um toldo. Era nojento. Eu não conseguia parar de gritar. Queria sacudi-la ou empurrá-la. Estava tão bêbado e tão furioso...

As lágrimas molharam seu travesseiro.

— Você sacudiu a sua mãe?

— Não.

— Empurrou?

Sam secou o nariz na camiseta.

— Não. Mas, por um segundo, achei que ia machucá-la. Por isso fui embora. Não falo com ela desde então. Também foi por isso que parei de beber. Não bebo mais, não de verdade — acrescentou, lembrando-se de Lorraine e do ato final deles.

Sam se sentou, sentindo o nariz entupido. *Merda.*

Tinha ligado para Penny porque queria animá-la, mas era ele quem estava chorando. Ela parecia um soro da verdade aplicado na jugular. Fazia com que Sam não conseguisse parar de contar as piores verdades de sua vida. Era aterrorizante.

Penny ficou em silêncio.

— Desculpe — disse Sam.

Sentia-se esgotado. Arrasado.

— Por quê?

— Não sei de onde saiu tudo isso. Eu liguei para saber se você estava bem. — Ele deu uma risada irônica. — Achei de verdade que iria dizer alguma coisa profunda e tranquilizadora sobre a condição humana ou algo assim. Que patético, né?

— Somos todos patéticos.

Sam assentiu, melancólico. *Aaaaaaaargh*. Queria morrer de vergonha.

— Provavelmente já fazia algum tempo que você precisava contar isso a alguém, e fico feliz que tenha contado para mim. E, sei lá, talvez você estivesse certo.

— Sobre o quê?

— Provavelmente é assim que funciona um contato de emergência. Você conta alguma coisa para a pessoa antes de surtar ou perder a cabeça.

— Deus me livre alguém tendo um ataque de pânico perto de mim — disse ele.

Penny riu.

— Exato.

— Então…

— Então.

— Como eu ia dizendo…

— Sim?

— Você está bem?

Ela riu de novo.

— Estou. Obrigada por perguntar. E você, está bem?

— Eu? Estou ótimo pra cacete.

— Você ganhou, sabe?

— Em ser ótimo?

— Não. Você ganhou essa rodada da disputa de mães.

Sam riu.

PENNY.

Telefonemas. Quem diria que poderiam ser tão intensos? Penny pensou no que Sam lhe contara. Sobre Brandi Rose, sobre o trailer. Ela não conhecia ninguém que tivesse crescido num trailer. Era um pensamento ingênuo, mas Penny presumia que ela e Celeste estivessem no lado mais pobre do espectro. Ao contrário de Sam, ela exibia seus traços coreanos e sua esquisitice por aí. Nunca imaginaria que Sam não estava na mesma faixa de imposto de renda que todo o resto.

Ele confiava nela. Isso era muito importante. Um progresso. Não que os dois estivessem tentando chegar a algum patamar específico. Ou que telefonemas fossem necessariamente levar a passeios de mãos dadas, que culminariam em pegações, namoro, casamento e filhos, mas em algum lugar, de algum modo, uma agulha se movera. Sam confiava de verdade nela, e Penny se sentia sortuda por isso.

Eles estavam ficando mais próximos. Era a melhor sensação do mundo.

Depois do telefonema de Sam, era como se a melhor parte do dia dela já tivesse acontecido. Enquanto tomava banho, Penny se perguntou se a mãe veria alguma mudança, se ela aparentaria mais experiência ou algo assim. Mas, pensando melhor, não foram poucas as vezes em que Penny estava morrendo por dentro sem que Celeste sequer percebesse.

Penny limpou o vapor do espelho. Sua aparência nunca correspondia ao que ela imaginava, da mesma forma que todo mundo acha a própria voz gravada horrorosa quando a escuta. Ela passou um pouco do batom que a mãe lhe dera e sorriu como se estivesse posando para uma foto. Aquela era sua nova vida? Ela e Sam passariam a se ligar? Ela adorava a interface de texto — como eles podiam contar qualquer coisa um ao outro por mensagem, de assuntos banais a verdades profundas — e esperava que aquela parte continuasse a acontecer. Penny tinha baixado um aplicativo que salvava uma cópia de todas as suas conversas. Mas telefonemas... Nossa. Eram outra história. Tão íntimos que deixavam o coração apertado. Ela quase conseguia sentir o hálito de Sam quando ele ria do outro lado da linha. Desejava poder permanecer para sempre naquele telefonema.

— Ela é pequenininha igual a você? Usa roupas maneiras, ou roupas de mãe?

Jude estava louca para conhecer Celeste, então pegou o elevador com Penny até o saguão. Era uma fonte de grande curiosidade que, embora os pais de Jude morassem mais longe, na Califórnia, e a mãe de Mallory já tivesse vindo de Chicago só para decorar o quarto da filha, a mãe de Penny, que morava a uma hora de distância de carro, permanecesse um mistério.

Celeste era ao mesmo tempo fácil e difícil de explicar. Penny se lembrou do primeiro dia no jardim de infância. Mesmo tão novinha, ela ficara morta de vergonha por a mãe ter precisado conversar por tanto tempo com a professora, a sra. Esposito.

Penny se lembrava de como a professora sorria com os olhos arregalados, por cima dos ombros de Celeste, para os outros pais. De como a mulher — mesmo sendo a mais nova das duas — dera tapinhas no braço de Celeste, que fungava.

Nenhum dos outros pais estava chorando. Para não mencionar a roupa totalmente inadequada da mãe: short tie-dye e meias que ela havia pintado no mesmo estilo para combinar. O pior foi durante o recreio, quando Penny viu a mãe parada do lado de fora dos portões da escola. Tentando espionar a filha. Ela avistou o cabelo com permanente da mãe, cheio de laquê, aparecendo de maneira nada discreta atrás do ponto de ônibus. Em certo momento, Celeste comprou um picolé e se sentou no banco do ponto, como se tivesse esquecido o que estava fazendo ali.

— Ela é divertida — disse Penny. — Não somos nada parecidas. Todos a adoram.

Como se tivessem combinado, Celeste chegou. Usava calça jeans branca, tênis com salto alto de um branco ofuscante, uma blusa da mesma cor com alguma coisa escrita em prateado na frente e toneladas de acessórios prateados. Não era culpa de Celeste que parecesse o estereótipo de uma mãe de reality show infantil com discernimento questionável.

— Aaaaah! — disse Jude em um tom que deixava transparecer que tudo finalmente fazia sentido. — Sua mãe é uma gata.

— É — disse Penny.

— Isso explica muita coisa.

— É.

— Mãe! — chamou Penny.

— P!

Celeste deu um giro e correu na direção dela com os braços esticados para um abraço de urso. Penny riu.

A mãe deu um passo atrás para uma rápida avaliação da aparência da filha.

— Awww, bebê. Você está incrível.

— Você também, mãe.

E estava mesmo.

— Oi, sra. Lee — cumprimentou Jude, sorrindo.

— Venha cá — disse Celeste, puxando-a para um abraço. — Já ouvi falar tanto de você.

A mãe de Penny mentia muito bem.

— E, na verdade, é senhoriiiita Yoon — corrigiu ela. — Lee é o sobrenome do pai de Penny. Nunca me casei. De qualquer modo, pode me chamar de Celeste.

— Pode deixar, Celeste — concordou Jude, ainda sorrindo. — E sei que você não ouviu nada a meu respeito, porque eu também não ouvi nadinha sobre você.

Ela deu o braço a Celeste, e as duas seguiram para o elevador.

— Me conta tudo. Penny é fechada que nem uma fortaleza.

Penny seguiu atrás delas.

Celeste e Jude conversavam com facilidade. Nenhuma das duas tinha filtro, e Penny ficou aliviada por não estarem dividindo o elevador com mais ninguém.

— Então, mãe — disse Penny. — Você está aqui. O que quer fazer?

— Quero fazer compras para o meu aniversário.

Celeste sorriu para Jude antes de completar:

— Vou completar os temidos 4.0 em traumatizantes quatro semanas.

— Escorpião? — perguntou Jude.

— Cúspide Escorpião-Sagitário!

— Áries!

— Nossa, tenho ascendente em Áries!

Celeste e Jude deram um high-five.

Penny se deu conta da surpreendente verdade: ela apenas trocara uma colega de casa maluca por outra. Checou o celular. Nenhuma nova mensagem.

Destrancou a porta do quarto delas e convidou a mãe para entrar.

— Nosso quarto é aqui.

O lado de Jude estava coberto de fotos, pôsteres e várias parafernálias da Universidade do Texas num tom de laranja forte, além de rótulos de cerveja colados na parede e bichinhos de pelúcia.

O lado de Penny não tinha nada além de uma pequena foto emoldurada dela com a mãe, que estava guardada na mala até quarenta minutos antes. Penny ficou feliz por ter se lembrado de resgatar a foto e colocá-la em cima da escrivaninha.

— Vou adivinhar qual é o seu lado! — exclamou Celeste.

• • •

Depois de um trato nas sobrancelhas, de uma calça jeans nova para Jude, um kaftan novo para Celeste e de um livro de cartões-postais com pinturas de Egon Schiele para o santuário secreto de Penny dedicado à sua paixão platônica por Sam, as três estavam famintas.

— O que vocês querem? Comida tailandesa? Indiana? Vegano contemporâneo?

Jude lançou as sugestões enquanto elas empilhavam as compras no porta-malas do carro de Celeste.

— Antes de fazermos qualquer outra coisa, preciso de um café — respondeu Celeste, fechando a mala do carro.

Mais do que ouvir, Penny viu a frase seguinte sair da boca de Jude em câmera lenta:

— Café? Sei exatamente aonde podemos ir.

A amiga pulou para o banco do carona.

Merdamerdamerdamerdamerda.

Até aquele momento, Penny vinha se comportando com perfeição. Havia experimentado tudo que Celeste a atormentara para experimentar. Havia assumido uma postura de mestre Zen no coração e permitido que Jude e Celeste fizessem piada de seus hábitos, como só usar preto e nunca mostrar o corpo. Penny compreendia que era ótimo que a colega de quarto e a mãe estivessem se dando tão bem, mesmo que as duas juntas parecessem parte do elenco de uma comédia pastelão.

— Tem um lugar ótimo perto do dormitório — disse Jude. — Te explico como chegar.

Penny sentiu a alma escapar do corpo.

— Café? O quê? Deixa de ser doida, mãe. Vai acabar ficando a noite toda acordada — disse Penny ao se sentar no banco traseiro, cada vez mais desesperada. — Vamos deixar tudo isso no quarto primeiro, estou exausta.

— Penny — argumentou Jude. — Sua mãe tem quase *quarenta* anos. Tenho certeza de que ela aguenta tomar um café com leite no meio da tarde. Ok, vira à esquerda aqui.

Penny sentiu a garganta apertar. Fez um inventário do que estava acontecendo ao seu redor.

Possíveis maneiras de sabotar um encontro terrivelmente inoportuno com Sam:

1. Merda. Não tinha nada.

— Então, meu tio trabalha nesse lugar — continuou Jude, casualmente.

Elas viraram numa rua.

— Aaaah, ele é bonitinho? — perguntou Celeste.

Penny ia vomitar.

Ela pegou o celular para checar sua aparência. O protetor solar tinha esfarelado em sua testa. Penny lambeu os dedos e tentou arrumar o estrago, desesperada. Para completar, ela não lavava roupa havia dois meses e estava usando uma legging preta surrada e uma camiseta do Willie Nelson na qual se lia HAVE A WILLIE NICE DAY. A camiseta era extragrande e fora comprada seis anos antes numa loja de conveniência de beira de estrada. Penny planejara um look para a remota possibilidade de rever Sam. Envolvia um blazer e ankle boots de salto. Talvez fizesse uma escova nos cabelos. Aquela era a fantasia dela.

Não era assim que ela queria vê-lo depois do telefonema daquela manhã.

Penny respirou fundo. Considerou a possibilidade de mandar uma mensagem avisando Sam. Mas o que diria? Quando Celeste desligou o motor diante de um parquímetro a uma quadra de distância, Penny sentiu vontade de chorar.

— Um minuto — pediu, afobada.

E pegou o batom.

— Ah, meu amor — disse Celeste. — Eu sabia que você ia adorar esse batom.

SAM.

Nos fins de semana, o House tornava-se outro lugar — um mundo bizarro de brunch com famílias falantes e seus filhos pequenos, e não mais os universitários entorpecidos em seus mundos particulares com o Wi-Fi gratuito. Sam estava inclinado sobre o balcão. Parecia ter passado uma eternidade desde aquela manhã. Ou como se tivesse acontecido com outra pessoa. Não havia explicação para ele ter se aberto tanto e despejado de uma só vez suas piores histórias em cima de Penny. Havia lhe telefonado achando que seria um herói no cavalo branco, e aí, pronto, vomitara tudo em cima dela.

Sam folheou um exemplar antigo do *Austin Chronicle*. Deu uma olhada nos classificados, com sua mistura de sempre de anúncios para aumento do pênis e de massagistas amadores.

Sam queria contar tudo a Penny. Queria que ela tivesse um registro dos pensamentos, sentimentos e das histórias dele. Como uma cápsula do tempo para aquele estranho período de sua vida. Com ela, Sam se sentia menos solitário. E nem havia percebido que se sentia solitário. Não havia se permitido.

— Sam!

Era Jude. Ouvir a sobrinha superempolgada chamar seu nome encheu Sam de culpa. Eles haviam combinado alguma coisa? Atrás dela vinha uma mulher asiática extravagante e... Penny. Penny. Penny em carne e osso. Ele se lembrava com precisão do cabelo dela. Como era rebelde, quase como se fosse possível escavá-lo em busca de um tesouro.

Sam passou os dedos pelo próprio cabelo. Estava oleoso. Ele tirou os óculos de vovô que tinha comprado numa farmácia. As lentes aumentavam seus olhos de um jeito supernerd.

— Oi — disse ele.

Sam se concentrou em olhar direto para Jude e em parte para a outra mulher, mas nem um pouco para Penny. Não queria lançar um olhar abertamente significativo para ela. Jude pulou para a frente e o abraçou.

— Você se lembra da minha colega de quarto, não lembra? — confirmou ela, indicando Penny.

— Hum, lembro.

Ele não tinha mais como evitar. Olhou para Penny. Assimilou-a. Cada detalhe o impactava. O ângulo das maçãs do rosto. A curva do queixo. O lampejo das unhas cinza. Uma mecha ondulada de cabelo caía sobre o olho esquerdo dela... O olho que o encarava. Sam arquivou tudo o mais depressa que conseguiu. Ela usava o mesmo batom vermelho-vivo da última vez.

— Oi, Penny.

Ele abriu um sorriso largo. Bobo.

— Tudo bem?

— Ah, ótimo — respondeu Penny.

A voz dela era tão gostosa. Grave como no celular. Talvez ainda mais. Como se os balões de texto das mensagens dela tivessem ficado até tarde bebendo num bar clandestino. Penny prendeu o cabelo atrás da orelha e corou muito.

— E essa é a mãe da Penny, Celeste.

Antes que Sam se desse conta, Celeste já se adiantara para um abraço perfumado. Ela cheirava a flores e algodão-doce queimado.

— Opa — disse ele por reflexo, se afastando ao sentir a pressão do seio dela contra o peito.

Celeste riu e comentou:

— Acho que você é tão avesso a contato físico quanto a minha menina.

Sam notou Penny se encolher à menção de "menina" e sentiu uma pontada de compaixão por ela. Ele a conhecia tão bem àquela altura que sabia que Penny queria ser atingida por um raio naquele exato instante.

Ele pigarreou. Teve vontade de mandar uma mensagem para Penny, em parte para implicar com ela e em parte para dizer que a situação estava indo muito melhor do que ditava seu potencial.

— Jude me contou que você tem o melhor café gelado e os doces mais deliciosos — disse Celeste, espiando a vitrine. — Li uma crítica sobre o lugar.

— Bem — respondeu Sam —, produzimos nossos doces na casa, e…

— Maravilha — disse Celeste, com um gritinho de felicidade.

— Na verdade, Sam está sendo modesto — disse Jude. — *Ele* faz os doces. Estou sempre dizendo que ele deveria fazer faculdade de gastronomia e se tornar a próxima Julia Child.

Sam voltou a passar os dedos pelo cabelo, então limpou-os na parte de trás da calça jeans.

— Só um simples Guy Fieri — murmurou Penny.

Sam sorriu.

— Hum — disse ele. — Pena que eu não sabia que vocês estavam vindo. Teria feito alguma coisa…

Ele se ocupou avaliando os muffins e cookies restantes.

— Os cookies estão muito bons, e vale a pena aproveitar essa última mousse de limão.

Sam pegou um guardanapo e a tirou da vitrine.

— Penny adora mousse de limão, não é, bebê? — comentou Celeste.

— Adoro — disse Penny.

Sam pôde ouvir o revirar de olhos na voz dela.

— Mousses de limão são parentes das tortas — falou Sam, lançando um olhar discreto para ela.

Um leve sorriso curvava seus lábios.

— Queria ter tido tempo de fazer um bolo de caixinha.

Ele foi recompensado com um sorriso. Um sorriso de verdade.

— Provavelmente depende da massa que você usa — disse Celeste. — Tenho uma receita ótima que leva vodca. Sabe, para dar uma forcinha na onda do açúcar.

Ela riu da própria piada. Um "rá" monossilábico e forçado. Como o som de um prato de bateria.

Sam deu um sorriso educado. Alguém que não podia deixar passar uma referência à bebida alcoólica era um tipo muito específico de pessoa.

— Você parece cansado — disse Jude.

— Estou bem — respondeu ele. — Escute, desculpe por ter sido relapso em relação ao jantar.

— Relaxa, tio Sam. — Jude se inclinou e acariciou o ombro dele. — Pelo menos o café é de graça e farto.

— Então vai ser um café gelado para você, e para você… Celeste, certo? O que vai ser?

— Um café gelado para mim também, e para Penny. Com leite de amêndoas, se você tiver. Ela tem intolerância à lactose.

Penny olhou para o teto.

Penny tem intolerância à lactose. Sam arquivou a informação.

— Meu Deus, estamos morando juntas esse tempo todo e você nunca mencionou isso — exclamou Jude.

— Assustador — disse Celeste. — Sabe, eu levei dois meses para descobrir que Penny tinha um namorado. Acredita nisso?

Namorado?

Penny tem um namorado. Ele também arquivou isso. Com uma bandeirinha vermelha. Um namorado que ela nunca pensara em mencionar? Ela era fechada *mesmo*. Sam se perguntou como seria o garoto. Tentou atrair o olhar de Penny, mas ela não desviou a atenção das próprias mãos.

— Mãe... — alertou Penny, em tom sombrio.

— O quê?

Sam se imaginou mandando outra mensagem para ela. Considerando as palavras que conseguiriam extrair o máximo de informação sobre aquele namorado sem transparecer a irritação que sentia por não ter sabido antes a respeito. Mas, pensando melhor, parecia que ninguém sabia coisa alguma sobre Penny.

Celeste pegou a carteira. Era rosa neon, felpuda e estava deformada de tão cheia. A bolsinha de moedas presa à lateral era o complemento perfeito, o couro metalizado esticado de tão cheia que o compartimento estava. O acessório era tão escandaloso quanto Celeste. Penny encarou a carteira, horrorizada.

— Ai, meu Deus, Celeste — disse Jude. — Amei a sua carteira. É linda.

— Obrigada! É nova. Posso te dar uma igual, se quiser.

— Jura? — respondeu Jude, animada. — Meu coração não ia aguentar de tanto amor.

Celeste cintilava de prazer.

Sam sentiu afeto por Celeste. E por Jude, que era capaz de preencher qualquer momento constrangedor com uma onda de ânimo revigorante.

— Por favor, Celeste — falou Sam. — Guarde isso. É por minha conta.

Celeste deu uma risada esganiçada e colocou uma nota de dez dólares no pote de gorjetas, o olhar fixo no dele.

Sam preparou as bebidas e um prato de doces, guiou-as até seu sofá preferido, nos fundos, e pediu licença. No caminho de volta para o balcão, mandou uma mensagem para Penny.

Uau
Que invencionice é essa? rs
Você tá bem?

Instantes depois, Penny se aproximava do balcão, sozinha.

— Você esqueceu meu leite de amêndoas — disse.

Ela sorriu. Sam abriu um sorriso largo em resposta. Sabia que seus caninos grandes demais lhe davam um ar de vira-lata faminto, mas não conseguiu se conter. Ele apontou com a cabeça para a camiseta dela.

— Meu dia está realmente bom — disse ele.

— Idiota — respondeu Penny, sorrindo.

— Meu humor está mais para Waylon Jennings do que Willie Nelson.

Ele pegou leite de amêndoas na geladeira embaixo do balcão, cheirou para ver se estava fresco e serviu um pouco numa pequena leiteira de metal. Então a entregou para Penny com a asa virada na direção dela para que seus dedos não se tocassem.

— É muita coisa acontecendo — murmurou ela. — É bom ver você, Sam.

A frase saiu quase como um sussurro, e Sam não conseguiu negar o calor agradável que tomou seu corpo ao ouvi-la dizer seu nome.

Ele pigarreou e enfiou as mãos nos bolsos de trás da calça. A mão esquerda esbarrou nos óculos. Argh. Que óculos horríveis. Ele não conseguia acreditar que Penny o vira usando aquilo. Não que importasse, já que Penny tinha um namorado (!!!), mas ainda assim.

— Precisa de mais alguma coisa?

— Guardanapos — disse ela, pegando alguns perto do caixa. — Obrigada por ser legal com a minha mãe.

— Claro — respondeu Sam. — Então essa é a sua mãe.

— Não consigo acreditar que você é você — comentou ela antes de ele terminar a frase.

— Vamos ter que fazer uma bela análise disso hoje à noite — disse ele, rindo. — Talvez eu te ligue de novo.

PENNY.

Elas foram jantar num restaurante japonês no centro da cidade, e Penny pediu makimonos de atum que tinham gosto de serragem. Enquanto ela brincava com a comida no prato, a mãe e a colega de quarto conversavam sobre assuntos tão empolgantes que Penny não se lembrava de nenhum deles, exceto um... Sam.

Penny estava contando os minutos para o Show da Celeste terminar e ela poder ligar para Sam. Teria que fingir que estava escrevendo ou estudando até Jude dormir, ou sair do quarto para ligar. Sam dissera claramente que ligaria para ela, o que indicava que Penny tinha sinal verde para ligar primeiro. Eles nunca se preocupavam com quem tinha mandado a última mensagem, então provavelmente as mesmas regras se aplicavam a telefonemas.

— Queria que ele se abrisse comigo — confessou Jude.

Ela se esticou por cima de Penny para pegar uma fatia de salmão do prato de Celeste, e Penny ficou fascinada com a rapidez com que o relacionamento das duas havia evoluído para o estágio de dividir comida.

— Ele está com uma aparência péssima e vive me dando bolo. Acho que não está comendo nem dormindo. Espero que não esteja usando drogas.

Penny não tinha achado a aparência de Sam nada terrível. Na verdade, ele parecia um sonho. Perfeito. Ela não sabia que Sam usava óculos; era louca por óculos. Eram tão melhores do que lentes de contato. Por que tocar os próprios globos oculares quando se pode adornar o rosto com um acessório? Enfim, mas e agora? Se Sam havia telefonado, e Penny dobrara a aposta e fora vê-lo pessoalmente — mesmo que por acidente —, em que pé eles estavam? Estava tudo confuso. E por culpa de Jude e Celeste. Por que Sam ainda não tinha ligado? Fazia três horas que elas haviam saído do House.

— Talvez o problema seja uma garota — comentou Celeste, servindo outra rodada de saquê.

A mãe de Penny não achava que aquilo se qualifica como "servir bebida alcoólica para menores de idade". Jude brindou com Celeste, então com Penny, e virou a dose de saquê.

— Talvez — concordou Jude. — A ex dele é maluca. — Ela pegou o celular. — Não sei o que está deixando Sam tão pra baixo, mas *só pode* ter a ver com ela. Dá uma olhada.

Jude entrou no perfil de MzLolaXO. Penny vinha se esforçando muito para não investigar a ex de Sam na internet depois da última vez, mas se outra pessoa estava tocando o barco…

— Calma aí — disse Celeste, assumindo o controle do celular. — Tem um vídeo.

Penny prendeu a respiração. Como não tinha visto aquilo? Era Sam olhando direto para a câmera. O cenário era barulhento, cheio de vozes e música; uma festa. Ele estava sorrindo. Lentamente. De um jeito sexy. Deu um gole na cerveja e se inclinou para a frente. "O que eu te disse?", falou o Sam do vídeo. "O quê?", retrucou uma voz de garota fora da tela. "Por que você pode fazer isso e eu não?", perguntou ela. O Sam do vídeo pegou o celular e segurou no alto, emoldurando as duas cabeças no modo selfie. Ele, de cabelo e olhos escuros. Ela, com o cabelo quase branco e os olhos muito claros. Os dois eram lindos juntos. "Feliz?", perguntou o Sam do vídeo. Ela sorriu e assentiu. Com a outra mão, ele segurou o queixo de Lorraine e deu um beijo apaixonado nela.

Meu Deus.

— Viu só, eles eram, tipo, um casal perfeito — comentou Jude, com um tom solene.

— Não me surpreende ele estar meio sem rumo — declarou Celeste. — Ninguém supera esse tipo de garota.

Ela pediu outro saquê.

— Aposto que ela é má — comentou Penny do nada.

Bem, não tão do nada. Jude e Celeste estavam quase arrancando as entranhas de Penny pelo traseiro e fazendo pulseirinhas de amizade com elas.

— Esse tipo de garota só fica ainda mais desejável quando é cruel — declarou Celeste com um suspiro dramático. — Nossa, não consigo acreditar que vou fazer quarenta anos.

Penny olhou feio para a mãe. Sabia o que ela estava pensando. Estava se comparando com Lola. Qualquer conversa sobre mulheres desejáveis lembrava Celeste de si mesma.

Como seria essa sensação?

Depois do jantar, Celeste deixou Jude no dormitório e levou Penny para tomar sorvete no Amy's e passar um tempo a sós com a filha.

— Adorei a Jude — afirmou Celeste.

Ela estacionou o carro, e as duas caminharam até o Capitólio do Estado com as casquinhas de sorvete. Era lindo à noite, todo iluminado. Muito romântico.

— Ela é tão bonita e engraçada — continuou.

— Todo mundo adora a Jude — respondeu Penny. — Ela também adorou você. Acho que estava falando sério sobre ir à sua festa de aniversário.

— Ah, que ótimo. Espero que você também vá.

Penny revirou os olhos.

— Mãe — falou. — É claro que eu vou.

Penny sabia que estava sendo babaca, mas Celeste às vezes era carente *demais*.

— Bem, espero que sim — disse Celeste. — Você não apareceu em casa desde que começou a faculdade. E nós nos falamos umas duas vezes em dois meses.

— Sete semanas.

Penny pegou um pouco do sorvete, irritada. Queria que a mãe voltasse para casa. Queria que a mãe não tivesse ido visitá-la, nem a forçado a ver Sam quando estava tão feia, nem mencionado o maldito *namorado* sem saber nada de nada, e nem a coagido a ver aquele vídeo.

— Você entendeu — retrucou Celeste. — Eu fico chateada. E preocupada. Você passa dias sem retornar as minhas ligações. Nem um pio. Pelo menos teve sorte de pegar Jude como colega de quarto. Fico menos preocupada agora que sei que está morando com uma menina tão sociável e fofa, já que você pode ser tão...

— O quê, mãe? Antissocial e venenosa? — gritou Penny, provando o argumento da mãe.

Ela subiu a escada do capitólio batendo os pés.

— Não foi o que eu disse.

Penny observou a mãe examinar o sorvete em busca do bocado perfeito e soube pela expressão distraída que Celeste estava prestes a dizer alguma coisa realmente ofensiva.

Penny encarou a cidade reluzente. Olhando direto para o Congresso da frente do capitólio era possível ver tudo organizado numa cruz perfeita. Penny se perguntou se haveria morcegos ali.

— É só que o seu jeito, sabe, esse seu jeito de ser pode ser difícil nessas situações — continuou Celeste. — Pode afastar as pessoas. Ou você está falando muito rápido com palavras difíceis, ou fica olhando para os lados, tensa. Sei que você não tinha muitos amigos na escola e, ultimamente, não sei, bebê... E o que está acontecendo com você e o Mark? Na semana passada ele postou uma foto com outra garota...

Penny se afastou e jogou a casquinha numa lata de lixo. O mau humor dela tinha piorado.

— Fotos do Mark?

— Ué, meu bem, eu sou amiga dele no Facebook — explicou Celeste. — Sei que não gosta muito disso, mas tentei tanto falar com você por telefone e mensagem, e queria saber como estavam as coisas...

Celeste tocou o braço de Penny com uma expressão ofensiva de tão sentimental.

— Mark está traindo você? Mandei uma mensagem dando um oi para ele, tentando recolher informações, mas ele não me respondeu. Está tudo bem entre vocês?

Celeste deu outra lambida no sorvete. Havia pedacinhos da alga do sushi presas no dente da frente dela. Penny não conseguia acreditar que a mãe tivera a audácia de mandar uma mensagem para seu ex-namorado. Era humilhante. Celeste estava fora de controle. E Sam ainda não tinha telefonado. Nem mesmo mandado uma mensagem.

Penny nunca se sentira tão frustrada.

Então, é claro, ela desabou em lágrimas.

SAM.

Sam abriu os olhos. O celular estava encaixado entre sua bochecha e o colchão. Perfeitamente posicionado para transmitir um câncer. Ele pegou o aparelho. A tela estava preta e inerte. Sam ergueu a cabeça pesada, que parecia cheia de areia, para procurar o carregador. O quarto girou. Ele estreitou os olhos para o minúsculo cubo branco no chão do outro lado do cômodo. Poderia muito bem estar na ilha de Guam — enfiar o conector na minúscula entrada do celular seria tão fácil quanto reabastecer o motor de um jato em pleno voo.

— Por quê? — perguntou ao quarto vazio.

Ele desejou que alguém ao menos apagasse a luz. E talvez lhe passasse a garrafa de bourbon Wild Turkey que ele deixara perto da porta. Na verdade, não. Não queria aquilo de jeito nenhum.

Seu celular estava morto. Pelo menos ele percebia quando o celular morria. Se Sam morresse, ninguém se importaria. Ele rolou de barriga para cima e fechou os olhos enquanto o quarto girava ao redor. Graças a Deus estava em casa. Podia ter sido um idiota, mas pelo menos tivera o bom senso de conter seu surto. Tirou a camisa. Então chutou a calça justa para longe como uma criança petulante.

Queria tomar um banho. Na verdade, precisava mesmo era que alguém lhe desse um banho.

Ainda estava escuro lá fora, e as ruas estavam silenciosas. Sam se levantou e se apoiou contra a parede, sentindo o sangue fluir da cabeça para o restante do corpo. Ele pegou a toalha de banho, se afastou da parede perto do colchão e cambaleou até se apoiar na parede perto do carregador. Era como um trapezista deselegante. O Homem-Aranha bêbado. Foram necessárias algumas tentativas antes de finalmente conseguir conectar o celular ao carregador.

O problema de morar no mesmo lugar onde se trabalha é que faltas por doença são um negócio complicado. Até então, Sam não havia tentado. Houve uma época em que ele pedia dispensa por doença mais ou menos duas vezes ao mês, ou tinha que enfiar o cabo da escova de dentes garganta abaixo para vomitar parte da bebida antes de ir trabalhar ainda bêbado. Isso não tinha acontecido desde que se mudara para lá. Al não tinha feito qualquer grande declaração a respeito de regras, mas como tudo o que dizia respeito ao chefe, as regras estavam implícitas: fique longe de problemas e não o perturbe.

Sam levantou a cabeça e olhou embasbacado para o teto texturizado antes de se apoiar no batente da porta. Ele se perguntou se haveria amianto na pintura do teto, matando-o em silêncio. Seria bem-feito para ele, depois de se aproveitar da boa vontade de Al daquele jeito. Uma lágrima quente escorreu por sua bochecha.

Então era isso. Ele e Lorraine haviam terminado de vez. Boa noite e boa sorte. Viva.

Como ele descobrira na véspera (e abençoado seja qualquer dia em que se aprende uma coisa nova), existia um negócio chamado gravidez química. Uma gravidez limbo. Havia hormônios o bastante no xixi de Lorraine (HCG, como Sam pesquisara mais tarde) para ativar alguns indicadores do teste de gravidez, e foi isso. A Mentirosa havia abortado apenas tecnicamente, já que tivera uma gravidez-fantasma. Quando ela adentrou o café para lhe dar aquela fascinante aula de ciências, parecia certamente eufórica. Soubera da notícia havia quatro dias, passou quarenta segundos no House e só resolvera contar a ele pessoalmente porque tinha hora marcada no cabelereiro ao lado.

Ela levou quase uma semana para contar a Sam. Aquilo mostrava a importância que ele tinha em toda aquela situação. Por um brevíssimo período, eles haviam sido pais de um minúsculo projeto de girino suicida, mas ainda assim Sam ficou desolado. Passara semanas tenso, esperando por uma resposta, e quando finalmente ela chegou, seu profundo alívio acabou se metamorfoseando numa espécie de luto.

Então ele encheu a cara.

Sam se catapultou da parede do quarto para seu maior ato de bravura desafiador da morte daquela manhã: cambalear em alta velocidade pelo corredor e entrar no banheiro. O ar ali dentro parecia frio. Ele se apoiou na pia com ambas as mãos e se recompensou com um longo gole de água, que imediatamente vomitou no vaso sanitário, junto com o ácido de bateria em que o uísque se transforma depois de ser entornado em grande quantidade garganta abaixo.

Contagem da última menstruação atrasada: cinco dias negativos. Ou seriam seis?

Dias que levaria para esquecer Lorraine (dessa vez): vinte e oito (ou talvez cinquenta e seis, só para garantir).

Dias que levaria pra Sam parar de se odiar por beber de novo: dois milhões.

Sam abriu a torneira da banheira e se sentou lá dentro. O calor pinicava. Como um exército de agulhas e alfinetes na pele. O sol estava nascendo. A água cobria a barriga côncava e os braços ossudos dele e, sob a luz fraca, Sam decidiu que era feio. Decorar sua figura esquelética com tatuagens talvez não tivesse sido uma boa ideia.

Meu Deus, ele estava deprimido. Não conseguia se lembrar da última sequência de dias em que se sentira alegre. Lembrou-se do jantar de aniversário de Lorraine, dois anos antes, com enchiladas, e da briga que eles tiveram sem qualquer motivo, a não ser o fato de estarem muito bêbados depois de muitos shots, já que não havia nada com que misturar, nem gelo. Quando April conseguiu seu diploma do supletivo no verão anterior, eles haviam comemorado no bar e, no Dia do Trabalho, quando Gash entrara em coma alcoólico numa viagem, eles o haviam largado no hospital e continuado a beber.

Sam pensou em como se sentia ao conversar com Penny e em como as conversas soturnas deles às vezes ficavam ainda mais soturnas.

PENNY EMERGÊNCIA
Quarta-feira, 18 de outubro, 2h13

Já se sentiu morto?

Cansado?

Não
Falecida

Hum, não?
O que foi?

Foi mal
Tenho tido uns sonhos muito loucos

EU TAMBÉM!

Você primeiro

Ai meu Deus e foi um sonho com morte!
Fui enterrado vivo

Clássico pesadelo de ansiedade

Só que não foi um pesadelo
Não exatamente
Eu não estava com medo
Estava num caixão
Alguém sabia que eu ainda estava vivo
Porque tinha uma sonda intravenosa com sangue
Pingando dentro da minha boca

Bem, isso é só um tubo
não conta como intravenoso

Você é péssima

Rs verdade

Tá bom, UM TUBO
Eu devia ser um vampiro
Porque era alimento

E também tinha um tubo
bombeando oxigênio para dentro

Configuração complicada

Só sei que eu conseguia respirar

Calma
Alguém conhecido tinha enterrado você?
Mas estava mantendo você vivo?

Exatamente

Interessante

E o mais louco é
acho que era você

Mas por quê?
Você deve ter merecido

Foi estranhamente reconfortante
Anda nutrindo algum desejo
de me enterrar?

Ainda não

Haha

Ok, voltando pra minha parada
Você sabe o que é
síndrome de Cotard?

Aquela era a primeira vez que Sam ouvia falar daquilo. Penny era um baú de tesouro quando se tratava de estranhezas e fenômenos inexplicáveis. Síndrome de Cotard, ou ilusão de Cotard, era uma doença mental rara na qual a pessoa afligida se convence de que está morta. O neurologista francês Jules Cotard descreveu a síndrome a princípio como delírio de negação (Sam imaginou alguém com um monóculo dizendo *não, não, não, não* enquanto gargalhava de forma histérica). Num dos primeiros casos diagnosticados, uma mulher acreditou que, como era um cadáver, não precisava mais se alimentar. Não é uma surpresa que ela tenha morrido de fome.

Sam passou as duas mãos pelo rosto molhado.

E voltou a fita para o momento antes de ver Lorraine. Para o rosto de Penny quando ela apareceu no café com a mãe. Pronto. Pausa.

Tinha sido um momento feliz para Sam. Um em que ele não estava pensando nem um pouco em Lorraine. Não estava preocupado, nem irritado. Seu cérebro não estava se remoendo por causa de um milhão de fracassos, ou por conta das pessoas que mais desapontara na vida. Simplesmente curtia o fato de que a pessoa de quem mais gostava — a que normalmente morava dentro do celular dele — estava indo lhe pedir leite de amêndoas.

Então Lorraine aparecera do nada, embaralhando sua cabeça. Pouco antes do fim do turno dele. Arruinando mais uma vez um momento em que Sam estava completamente relaxado. Quando foi embora, ela disse para Sam ficar com o computador. Ou "doar para a caridade". Como se ele algum dia fosse estar em posição de abrir mão de uma coisa tão cara. Ele se sentiu devastado.

Estava tudo desmoronando de novo. Com as mãos dormentes e a cabeça latejando, Sam tinha fechado a loja, se servido de um espresso, então de outro. Ele se sentou no balanço da varanda com os pés pendendo sobre as tábuas, o coração martelando na velocidade dos pensamentos dele. O que era aquela sensação? Aquela perda? Sam se sentia oco e machucado, como se arranhado por dentro. Ele desceu para os degraus da varanda, onde se sentou com os cotovelos apoiados nos joelhos e abaixou a cabeça.

Você não pode ter um ataque de pânico porque não *vai ter um bebê*, disse a si mesmo. Ainda assim, estava um caco. A esperança irracional morrera, a ideia sem fundamento de que um bebê teria ajudado de alguma maneira. Que o surgimento de um filho consertaria ao menos uma parte do que estava arruinado na vida dele. Que ele ganharia uma segunda chance. O capítulo seguinte poderia começar. Seria algo novo. Não perfeito, mas diferente.

Em seu transe, Sam ouviu Fin dizer boa-noite e sentiu uma tensão familiar nos ombros.

Estava sozinho. Terrível e inegavelmente sozinho.

Ele pegou o celular para mandar uma mensagem para Penny — não para ligar, como prometera — e hesitou. O que ela poderia dizer para melhorar aquela situação? Ele a estaria colocando numa posição de fracasso inevitável. Nenhuma pessoa sã no universo diria que aquela não era uma boa notícia, mas Sam não aguentaria ouvir isso. Estava de luto. Era possível ficar de luto por coisas que nem mesmo eram reais?

O desconforto nos ombros passou para a garganta. Ele estava com sede. Precisava de um drinque. Começou a planejar onde conseguiria um. Um não. Vinte. Sozinho.

Em busca de ar, Sam tirou o rosto da água.

Levando em conta o desastre dos últimos seis meses, ele tentou ser metódico e atribuir os sentimentos certos à experiência apropriada. Sem Penny para bancar seu oráculo emocional, ele teria que se concentrar. Raiva era fácil de identificar. Era rápida e cintilante.

Mas tão rápido quanto chegava, a fúria se dissipava. Lorraine não era a vilã da história, por mais conveniente que isso pudesse ter sido.

A sensação mais marcante era de burrice.

Sam se lembrou de quando percebeu que estava apaixonado por ela. Os dois estavam saindo havia dois meses. Lorraine o havia buscado de carro, e eles estavam rodando sem rumo, gastando combustível e se pegando. Quando uma música country antiga começou a tocar no rádio do carro, em vez de debochar de como era cafona, ela o surpreendeu aumentando o volume e acompanhando cada palavra da letra. Ao ouvi-la cantarolar de um jeito brincalhão sobre rios e velhos, mudando os "elas" da música para "eles", falando sobre a luz nos olhos *dele*, Sam notou que, por baixo do rancor, do delineador e do cabelo, Lorraine era a sua pessoa. Por acaso, também era alguém extremamente cruel quando acreditava estar sendo atacada, o que, no caso dela, era o tempo todo.

E aquela Lorraine — todas as Lorraines — não precisava mais de Sam. Ela simplesmente não o queria.

A água da banheira estava fria, então Sam saiu.

Não que ele soubesse como ser pai. Tinha zero modelos que valessem a pena ser seguidos, e era comprovadamente um péssimo tio para Jude. A questão era que Sam, sabe-se lá por quê, vinha ansiando para descobrir como ser pai — para mudar suas prioridades. Ele tinha prometido a si mesmo e à sua nova família que terminaria o que começou. Por mais bobo e estereotipado que isso pudesse parecer, queria uma chance de honrar aquela decisão — uma dose de senso de propósito.

Sam voltou para o quarto e se deitou de lado, perto do celular. Nenhuma nova mensagem. Ele checou as ligações. Sim, lá estava. Ligação para Mentirosa às 2h17 da manhã. Ela não tinha atendido. Graças a Deus.

O despertador tocou, lembrando Sam de como a vida dele era diferente quando o programara. Ele se secou devagar e vestiu uma camiseta preta apenas vagamente fedida. Então colocou a calça jeans, pegou os cigarros e os óculos de sol, calçou os tênis e saiu.

PENNY.

Três dias. Três dias desde o encontro inesperado no café. Três dias desde que ele tinha ligado, dito que talvez ligasse de novo e não tinha ligado. Penny devia ter mandado uma mensagem no primeiro dia. Agora a janela de tempo havia se fechado e tudo estava muito além de perdido.

Às 23h59 do primeiro dia, Penny fez uma lista que mostrava por que havia *nullus possibilitus* de alguma coisa romântica rolar com Sam. Foi muito enriquecedor.

Razões por que há *nullus possibilitus* de alguma coisa romântica rolar com Sam House:

1. Dois lunáticos com problemas maternos não dão certo.
2. Sam era meio que tio de Jude, o que era complicado para todo mundo.
3. Ele era completamente apaixonado pela ex.
4. A mesma ex que, A PROPÓSITO, estava grávida?!
5. E MESMO SE ELA NÃO ESTIVESSE GRÁVIDA, SAM ESTAVA AGINDO COMO SE ELA ESTIVESSE, O QUE ERA UM SINAL CLARO DE POSSÍVEL DOENÇA MENTAL E TENDÊNCIAS HISTÉRICAS.

6. Ele era amigo de Penny.
7. Tipo, amigo real.*
8. De modo que, se ela encontrasse um meio de fazê-lo testemunhar seu talento mundialmente famoso de tornar todas as situações desconfortáveis, ficaria deprimida para sempre.
9. E mais: ele lhe contava tudo sobre tudo, o que significava que ela COM CERTEZA estava no buraco negro da zona da amizade, de onde a luz não conseguia escapar.
10. Ele era gato demais. Tipo, por favor, aquele vídeo era basicamente pornográfico.

*só não na vida real

No final do segundo dia, as coisas ficaram um pouco mais preocupantes. Penny se entregou a uma maratona insana e extensa pelas redes sociais de MzLolaXO. Foi uma missão destrutiva. Ela deu extrazoom em cada foto, tentando descobrir quão grandes eram os peitos de Lola, ou quão lisa era a pele das coxas. As fotos com Sam causavam uma angústia especial. A favorita de Penny era um close do olho e do cabelo dele, com o sol surgindo por trás. Eles estavam claramente na cama, na cama dela, já que os lençóis eram florais.

As outras fotos eram um acompanhamento perfeito para o vídeo. Era Sam, mas também não era. Como se ladrões de corpos tivessem assumido o controle. O cara nas fotos estava sempre cercado de amigos, sorrindo e sendo levantado do chão por um cara louro gigantesco e barbudo. O Sam das fotos era confiante, amado e, mais do que tudo, de bem com a vida. O cara das fotos jamais andaria com Penny. Não havia a menor chance.

Depois que Penny basicamente decorou a abundante coleção de oito mil fotos de MzLolaXo e imaginou toda sorte de ficção especulativa sobre a vida incrível dela e sobre os dois na cama, já estava convencida do que acontecera. Era óbvio. Os dois tinham voltado. Sam só estava constrangido demais para contar a ela. Na verdade, os dois haviam fugido para Marfa, onde passaram a morar dentro da loja da Prada com o bebê bizarramente bonito deles, que já rolaria para fora da barriga de Lorraine coberto de tatuagens e usando óculos escuros vintage e descolados.

Maldito bebê rockstar.

Penny lavou o rosto. Estava tudo acabado. O encanto se quebrara. Ela estava de volta aonde pertencia. Uma rã solitária. Penny pegou o celular. Nada. Até Celeste tinha se afastado depois da briga das duas. Penny dissera à mãe que precisava de espaço e, verdade seja dita, Celeste levara a sério o pedido, e as duas concordaram em se ver na festa de aniversário dela.

Penny fechou as mãos com tanta força que cravou as unhas na palma.

Pelo menos agora tinha tempo para escrever. Todo o tempo. Do mundo. Sozinha. Para sempre.

Ela encarou a tela do computador.

A mãe da história estava de volta ao escritório do advogado.

— Eu sabia que ele precisava ser cuidado — disse a mulher. — Na primeira vez que o vi, ele precisava cortar o cabelo. Os fios batiam no colarinho da camisa, e ele estava com muita caspa. Mas seus olhos eram bondosos, e ele deixou claro desde o início que estava interessado. Foi fácil amá-lo. Ele me amou primeiro.

Para todos os efeitos, marido e mulher não se conheciam havia muito tempo. O cibercafé ficava no segundo andar de um prédio comercial comum, na rua lateral em frente à Universidade Ehwa Woman's.

Quando ela apareceu, fazia seis meses que o marido frequentava o lugar. Na era exatamente um café, mas um espaço aberto de escritório, com seis fileiras de computadores perpendiculares à porta. As pessoas ali — e o lugar estava sempre cheio — chamavam o lugar de PC bang. Não como bang-bang, você está morto. Bang em coreano significa "sala". E a sala reparava especialmente quando uma garota nova aparecia, já que garotas novas eram uma raridade.

Argh. Quem se importa?

Penny alongou os braços. A história dos pais era enfadonha. O PC bang era um tédio. Não passava de uma sala como outra qualquer.

Se ela só escrevesse sobre coisas reais, perderia os leitores num piscar de olhos. Por isso recorria à fantasia, que ganhava de lavada da não ficção. Um exemplo: a história dela com Sam. Se Penny admitisse em voz alta que sentia como se tivesse terminado um namoro, que tinha basicamente levado um pé na bunda de um monte de mensagens, ela pareceria louca. A vida real pode ser deslumbrante para outras pessoas. Para aquelas garotas do Instagram, visitando a Disney com o amor de sua vida. Ou dando beijos apaixonados no carro, com o cabelo ao vento. Nenhuma das lembranças de Penny eram palpáveis. Ela e Sam nunca foram surpreendidos pela chuva, e ela não tinha como se lembrar do cheiro dos cookies que eles prepararam juntos. Penny nunca prendera a respiração enquanto ele tirava um cílio de seu rosto para que ela fizesse um desejo. Até porque estar ali de frente para ele seria exatamente o que ela desejaria.

Penny leu as anotações que fizera na aula de J.A. sobre o livro *Teoria da prosa*, de um cara russo chamado Viktor

Shklovsky. Era sobre escrever e, segundo ele, na arte era preciso moldar as experiências de modo a tornar sua escrita empolgante — a ponto de o mundano parecer mágico e extraordinário. Era preciso fazer as pessoas sentirem alguma coisa mesmo se você estivesse descrevendo uma pedra. "Torne a pedra *pétrea*!", insistia ele.

Mas como fazer o irreal passar a sensação de real?

Penny voltou a pensar no grande debate futurista a respeito da singularidade tecnológica, do dia em que a tecnologia acordaria e se veria cansada das bobagens humanas. Falava-se da inteligência artificial criando um entrelaçamento neural, ou um vínculo, com um humano, através de um computador localizado direto no cérebro. As pessoas se livrariam dos smartphones como intermediários e ligariam seu neocórtex direto na nuvem.

— Amo tanto a minha Anima — declarou Mãe com ternura para outra pessoa no "não aqui".

A Anima observou e aprendeu. Aquela era a chave. A devoção da Mãe era a ponte para a liberdade da Anima. Ela sorriu e atraiu a Mãe de volta. Precisava mantê-la ali. Bem ali. No jogo. Até que não houvesse mais diferença entre o "aqui" e o "não aqui" para a Mãe. A Anima sorriu e, daquela vez, a Mãe sorriu de volta. Foi quando percebeu quem estava controlando quem.

E AGORA?

Penny foi arrancada de seus pensamentos pela tagarelice triunfante de Mallory ecoando pelo corredor. Em seguida, chaves tilintaram na fechadura.

— Acorda! É uma emergência — reclamou Mallory.

Eram três da tarde, e ela estava usando um short jeans tão curto que parecia uma fralda. Mallory era o tipo de garota que podia usar a combinação de peças mais improvável e idiota e ainda ficar deslumbrante. Ela decidia na hora o que era bonito e, por pura força de vontade, o mundo todo concordava.

— Achei que já tivéssemos conversado sobre isso — disse Penny, sorrindo. — Você cortar ou não a franja não constitui uma emergência.

Jude se jogou na cama de Penny.

— Haha, babaca — disparou Mallory, revirando os olhos. — Mas tudo bem, nem você vai conseguir estragar o meu humor hoje. Porque o cara mais gato, lindo e gostoso...

— Uau, ele deve ser bonito mesmo... — interrompeu Penny.

— Ben está na cidade — anunciou Jude.

— Que Ben? — perguntou Penny.

Jude e Mallory se sentaram na beirada da cama de Penny e a encararam perplexas, como se uma centopeia tivesse acabado de sair da narina esquerda dela.

Só então ela entendeu. Ben. O Ben da Mallory. Ben, o cantor australiano cujos vídeos ela fora forçada a assistir no mínimo cinquenta vezes.

— Ele está aqui?

Penny precisava admitir que estava curiosa para conhecer o cara que tinha mais de dois milhões de visualizações em uma música chorosa sobre estar chateado demais para surfar.

— Aham, e nós vamos sair — disse Mallory. — Vamos encontrar um gatinho para a Jude.

— Estou cem por cento pronta — confirmou Jude. — Venho de um lar desfeito e estou pronta para me jogar.

Penny riu.

— Só me pergunto o que a dra. Greene teria a dizer sobre isso — comentou.

— Na verdade — retrucou Jude —, a dra. Greene disse que vai ser bom para mim mudar de foco.

Penny ficou impressionada.

— Agora vai, corre — falou Jude. — Toda essa conversa sobre os meus pais é brochante demais.

— Peraí, eu também? — perguntou Penny.

Ela sabia que deveria continuar escrevendo, apesar de não querer. O que vinha a seguir na história era um infanticídio, uma investigação criminal e, ao que tudo apontava, uma bebê de videogame que acabava percebendo que não podia ir a lugar algum.

— É, lerdinha — disse Mallory. — Ele vai dar uma festa num lugar incrível, e você vai ter que pegar uma roupa emprestada, aviso logo. Não tem a menor condição de aparecer *avec moi* usando uma das suas coisas.

Nas comédias românticas que Penny via com a mãe, os preparativos para uma festa sempre eram muito agitados. Não podia faltar, é claro, a transformação, quando o patinho feio tira os óculos, solta o cabelo e, de uma hora para a outra, se torna uma mulher maravilhosa, tipo estrela de cinema. Era uma bobagem completa, mas Penny gostava tanto daqueles momentos de revelação quanto Celeste. Por outro lado, a maleta de maquiagem de Celeste era do tamanho de um rabecão.

Penny checou o celular. Nenhuma ligação, nenhuma mensagem. Nada. Estava na hora de finalmente se comunicar com o mundo lá fora. Com outros humanos.

— Beleza — anunciou ela, por fim. — Eu topo.

E elas foram para o Twombly.

• • •

O Twombly, o condomínio do outro lado da rua, não era oficialmente associado à universidade. Ele funcionava como uma residência estudantil e contava com um refeitório, mas na verdade parecia mais um prédio de apartamentos de luxo que serviam como lavagem de dinheiro para oligarcas russos. Os moradores do prédio eram abastados o bastante para considerar a faculdade uma distração divertida, um breve período durante o qual eles fingiam ser iguais ao resto do mundo. Era como um *Rumspringa* — o rito de passagem dos Amish — para riquinhos, só que, em vez de viverem com eletricidade, eles se misturavam à gentalha e se formavam em jornalismo.

O saguão, onde daria para estacionar um submarino, era de mármore e vidro e cheirava a flores recém-colhidas. Havia quadros com arte abstrata de bom gosto do chão ao teto. Penny se deu conta de que, por mais que tivesse noção da riqueza de Mallory, lhe faltara imaginação. Riqueza para Penny era ter uma casa com piscina.

— Já veio aqui antes? — perguntou Mallory, entrando no elevador e apertando o botão.

Ela sempre fazia comentários do tipo, testando Penny por motivos que a garota não conseguia identificar.

— Não — respondeu Penny. — Você nunca me convidou.

— Ah, bem, então seja bem-vinda — disse Mallory, com um sorriso sereno, como se a estivesse presenteando com passagens de primeira classe para Aspen.

Havia um último botão acima do da cobertura. Penny apontou para ele.

— Esse botão leva para onde? — perguntou.

— Para o heliporto — respondeu Mallory.

Penny não soube dizer se era uma brincadeira ou não.

Elas subiram em silêncio.

Penny sentiu a pressão no ouvido.

— Mallory tem um quarto só dela na cobertura — disse Jude.

O "quarto" de Mallory, se é que era possível chamar assim, tinha mais ou menos o tamanho de uma suíte de hotel onde um presidente ou a Beyoncé se hospedariam. Contava com uma vista de 360 graus da cidade. Era de longe o melhor cômodo em que Penny já estivera. Havia dois sofás de couro preto, um tapete branco de pele de carneiro e uma mesa de centro de vidro que cairia bem num filme sobre tráfico de drogas. Na verdade, o lugar era de uma opulência tão impressionante que Penny mudou um pouco a forma como via Jude. Não conseguiu evitar. Será que havia golpe do baú com amizades? Penny fez questão de ficar com a expressão mais entediada que conseguiu. Invocou uma vibe de megacelebridade na fila da segurança de um aeroporto e jogou os ombros para trás.

Por toda a sala, havia porta-retratos prateados com fotos de Mallory nas mais diferentes idades. Montada num cavalo. Em uma biblioteca. Usando um vestido de veludo. Com aparelho nos dentes. Ou um permanente no cabelo.

— Não sei por quê — comentou Mallory, gesticulando para a parede mais distante —, mas minha mãe acha que a única coisa que uma menina quer de Natal todo ano é uma foto de si mesma e um Lalique.

Penny fez uma nota mental para pesquisar Lalique no Google mais tarde. Deveria ser uma raça de cavalo ou algum estilista.

— Tem uns dez mil dólares em porta-retratos Lalique aqui — comentou Jude, que tinha se jogado no sofá de Mallory.

Tudo bem, então Lalique era um porta-retratos.

— Mas as lembranças não têm preço — brincou Penny, perguntando-se se elas dariam uma volta pelo cômodo indicando quanto tudo custava.

Se o apartamento de Mallory fosse um concurso de "adivinhe o preço", Penny jamais venceria. Crescera cercada por móveis da IKEA. Ela se sentou com cuidado ao lado de Jude.

— Agora a *pièce de résistance*.

Mallory pegou Penny pelas mãos e puxou-a do sofá. Ela olhou para Jude em busca de uma pista.

— Mallory quer mostrar o closet dela — explicou Jude enquanto checava as mensagens no celular.

Penny se perguntou se *alguma* seria de Sam.

Ela se deixou arrastar pelas mãos determinadas de Mallory.

Havia closets com espaço para as pessoas entrarem para se arrumar e havia closets do tamanho de cinemas drive-in.

— Gente... — sussurrou Penny.

Aquele batalhão de sapatos de grife organizados com perfeição teriam recebido um elogio de Imelda Marcos, a esposa corrupta de um antigo presidente das Filipinas, que havia acumulado três mil pares de sapato enquanto a população passava fome.

— Seu pai é da máfia ou algo do tipo?

Penny pegou uma sapatilha de couro marrom decorada com pelos cinza macios.

— Que pergunta mais ofensiva — disse Mallory, rindo. — Mas errou por pouco. Ele trabalha com petróleo.

— A família dela é má — comentou Jude. — Mas são uns amores de pessoas.

— É verdade — concordou Mallory, assentindo. — E, ao contrário de mim, meu pai *realmente* é racista.

Penny ignorou o comentário. Não estava com humor para ter aquele tipo de conversa. Podia muito bem ignorar as farpas de Mallory por uma noite e entrar no clima. Precisava de um descanso da própria mente.

Bom, ela não estava *mesmo* vestida para a ocasião, isso era inegável. Se aquele era o quarto de Mallory, ela mal conseguia imaginar como seria a festa. Penny estava usando outro dos seus vestidos pretos de algodão. Mais ou menos uma camiseta que desbotara após muitas lavagens. E tênis.

Ela procurou a selfie que Sam tinha lhe mandado. Com as tatuagens cobertas por uma camisa branca, ele parecia indefeso e normal. Só dava para ver o queixo e o colarinho fechado até em cima, o que deixou Penny furiosa. Por que ele tinha que se fantasiar para ir a um encontro? Se MzLolaXO exigia que Sam se vestisse como outra pessoa, era óbvio que não o valorizava por quem ele era. A singularidade era a melhor característica dele. Penny se lembrou do ditado coreano usado para quando alguém gostava muito, muito mesmo, de alguma coisa. Dizia-se "encaixa perfeitamente no seu coração". Sam se encaixava perfeitamente no coração dela. Penny desejou ter dado uma de stalker e o fotografado no café, assim poderia babar olhando para uma foto melhor.

Mallory surgiu dos fundos do closet usando um espartilho com fitas vermelhas. Era a lingerie de uma francesa divorciada de trinta e cinco anos, e Penny ficou surpresa com o que peças de sustentação e roupas de grife podiam fazer pelo corpo de alguém. Quando Mallory colocou um vestido colado carmim, o efeito foi impressionante. Ela parecia uma vampira de um filme dos anos 1980.

Penny se perguntou se poderia pegar uma cinta de gente rica para suas coxas. Odiava ter coxas grossas. A mãe dizia que eram "atléticas", o que, a menos que você seja atleta, era basicamente um insulto.

Jude se contorcia em vários ângulos. Escolhera um vestido azul-elétrico colado ao corpo. Ela deu uma olhada na bunda pelo espelho.

— Segura tudo no lugar mesmo — comentou.

— Aqui, usa esse — disse Mallory, jogando um vestido preto longo e de alcinha para Penny.

Ela sentiu o tecido em contato com os dedos. Tinha o brilho e a textura escorregadia de um vazamento de petróleo.

— Quanto você calça?

• • •

Penny mexeu os dedos dos pés. Tivera que usar dois pares de meias e pilhas de palmilhas de gel para que seus pés coubessem nas botas plataforma de Mallory. Mas valera a pena. As botas eram deslumbrantes. No entanto, não era de estranhar que a glamourosa melhor amiga de Jude estivesse sempre de mau humor. Sapatos bonitos machucavam.

Enquanto elas davam passos incertos até o prédio vazio de uma fábrica no East Side, Penny se perguntou se alguém estaria pregando uma peça elaborada nelas. Nada em relação ao espaço dava qualquer indício de que acontecia uma festa ali dentro. Mallory puxou a barra da porta para tentar entrar no que só poderia ser descrito como um fábrica de homicídios. A única indicação de uma reunião de pessoas ali era a música, tão alta que Penny conseguia sentir a cabeça vibrando no ritmo.

Mallory pegou o celular. Um minuto depois, um cara negro esguio de vinte e poucos anos usando um kilt comprido de couro preto abriu a porta de metal por dentro.

— Oi — disse às três garotas.

O cara tinha um trilhão de sardas, a cabeça raspada e a palavra "tatuagem" tatuada no pescoço. Mallory respondeu um "oi" com a mesma falta de entusiasmo e disse os nomes delas, que ele checou em um iPad.

Ele acenou para que elas entrassem.

As três subiram dois lances da escada iluminada em direção à música. Quando chegaram, descobriram um salão do tamanho de um hangar de avião com as janelas cobertas de tecidos pretos. O lugar era escuro e cheio de fumaça, e Penny sentiu como se houvesse entrado na boate de um filme no qual os vampiros estavam prestes a aniquilar todo mundo.

Ela mal conseguia distinguir a silhueta das pessoas, que estavam em pequenos grupos com copos vermelhos de plástico na mão. Foi preciso alguns segundos para que sua visão se ajustasse e, quando isso aconteceu, Penny percebeu que nunca estivera em uma festa com tantas pessoas de idades diferentes. Um homem de cabelo grisalho usando um terno xadrez e delineador as parou e, antes que Penny entendesse o que estava acontecendo, ele tirou uma foto, sussurrou alguma coisa para Jude e lhe entregou um cartão.

O flash cegou Penny por um momento.

— O que foi isso?

— Fotógrafo da festa — berrou Jude, entregando o cartão a ela.

Quando fez menção de guardar o cartão no bolso, Penny lembrou que não estava usando calça jeans e acabou o guardando no sutiã, como imaginou que uma garota com um vestido daqueles faria.

O modo como todos olhavam para elas e depois desviavam sugeria que estavam esperando alguém. Alguém importante. Alguém que Penny, Jude e Mallory claramente não eram.

Jude estendeu a mão para ela no escuro, e Penny a aceitou prontamente. A colega de quarto, por sua vez, estava colada em Mallory, que abria caminho pela multidão à procura de Ben.

Mais para o fundo havia uma cabine de DJ e um borrão de rostos, roupas e um desfile de penteados ousados. Penny sentiu os olhares passando por ela e ficou aliviada por cair na categoria de alguém de importância indeterminada. Ela fechou a cara para não parecer tão apavorada.

— Muito bem — disse Mallory ao fim de sua volta pelo salão. — *Agora* sim podemos tomar um drinque.

No fundo do salão, cercados por uma multidão e atrás de balcões cobertos com toalhas pretas, havia três barmen, todos com impressionantes covinhas no queixo e cabelos platinados.

Penny temeu que pedissem para ver sua identidade, mas quando Mallory abriu caminho a cotoveladas e pediu champanhe, ela e Jude fizeram o mesmo.

— Aja com coragem, viva com coragem e minta com coragem — sussurrou Penny para si mesma, puxando o vestido emprestado.

Como se invocar a mensagem da caneca "engraçadinha" de Celeste em busca de apoio moral fosse ajudar. Estranhamente, ajudou.

Penny deu um longo gole na bebida. As bolhas fizeram cócegas em sua garganta.

— Então, ele está aqui? — gritou para Mallory.

— Está. Atrás da cabine do DJ.

— Você não vai falar com ele?

— De jeito nenhum. Ele que tem que falar comigo primeiro. É *ele* quem está *me* visitando.

Um instante depois, um cara afro-asiático de barba se aproximou delas. Tinha olhos verdes e dentes brancos ofuscantes.

— Oi — disse ele para Jude com os olhos semicerrados.

— Oi — responderam as três garotas no mesmo tom indiferente.

— Essa festa é sua? — perguntou ele para Jude.

— É de um amigo — Penny a ouviu responder.

Mallory pegou um cigarro eletrônico e tragou. Penny observou o LED azul e se perguntou o que haveria ali dentro. Jude foi a próxima, então o passou para Penny, que balançou a cabeça em recusa. Ela havia fumado maconha uma única vez, com Mark, e tinha ficado incrivelmente paranoica. O fluxo constante de perguntas neuróticas em sua mente tinha se multiplicado e se ampliado. A cabeça de Penny ficara ainda mais Penny. Seria perfeito se ela tivesse uma crise de ansiedade bem ali na festa.

— Oi, mozão.

Ben abraçou Mallory por trás, e ela deu um gritinho. Ele parecia o cara dos clipes, só que com uma cabeça tão grande que não seria estranho se houvesse cabeças menores orbitando ao redor. Mallory girou o corpo, e os dois trocaram um beijo ardente. Penny tinha que admitir: Mallory sabia manter a pose.

Ben a puxou para um canto escuro.

Sem Mallory, Penny teve a sensação de que o centro de poder do grupo delas havia desaparecido. Ela checou a bateria do celular. Cinquenta e quatro por cento. O suficiente para chamar um táxi caso precisasse. Jude e o cara de olhos verdes estavam envolvidos numa conversa e, quando chegou a hora de ele ir até o bar, ela lançou um olhar para checar se Penny se incomodaria de ficar sozinha. Penny assentiu. A verdade é que só havia uma resposta para esse tipo de pergunta. Jude seguiu o novo amigo.

Penny ficou parada no meio do salão bebendo champanhe e ignorando o máximo que podia as pessoas ao redor.

Ela tentou invocar a atitude de uma mulher glamourosa e poderosa — forte —, e pensou em Jean Grey, também conhecida como Fênix, quase indiscutivelmente a mutante mais poderosa do universo Marvel. Mas então se lembrou de como Jean meio que perdia a cabeça e não ficava com Logan, com quem era óbvio que deveria ficar. E aí pensou em Sam. E em como ele tinha tudo a ver com o Wolverine. Então ficou terrivelmente deprimida.

Que se dane.

Penny andou com firmeza até o bar, pegou mais uma taça de champanhe e se afastou. Ela seguiu em direção à frente do salão, onde diferentes imagens de olhos eram projetadas em uma parede branca. Olhos de gatos. Olhos humanos. Olhos de lagartos.

Argh, por que as pessoas frequentavam essas coisas? Não havia qualquer explicação biológica para tal atitude. Alguma outra espécie no planeta buscava a popularidade como os seres humanos faziam? Os lêmures ficavam andando por aí, se pavoneando numa competição interminável para fingir que não se importavam com as coisas? Humanos eram nojentos.

Penny reconheceu o cara que as havia deixado entrar e tentou fazer contato visual, mas não conseguiu. O cara sussurrou alguma coisa para a garota sem sobrancelhas perto deles, e os dois se afastaram.

Os olhos projetados na parede se transformaram num nascer do sol.

A "exibição", ou o que quer que fosse aquilo, provavelmente seria interessante se a pessoa estivesse drogada. Não que fosse fazer qualquer diferença, já que todo mundo estava no celular.

Penny se recostou numa parede e sacou o próprio telefone. Considerou ler mensagens antigas de Sam, como fazia quando tinha algum tempo livre, mas resistiu ao impulso.

— Penelope?

Fosse quem fosse, era alto e, no momento, iluminado por uma luz que vinha de trás. Ela se aproximou e viu que era Andy, da turma da J.A. Penny nunca entendera qual era a do cara. Ele muitas vezes defendia o que ela escrevia na aula, mas a única interação direta que tiveram fora uma discussão sobre se o dr. Gaius Baltar era ou não era um caso perdido em *Battlestar Galactica*. Penny não se empenhou muito no debate. Discutir com fãs ardorosos de *Battlestar Galactica* era tedioso. Ela só se engajou naquela conversa com Andy para descobrir se o sotaque britânico dele era verdadeiro. Como o único asiático além dela na turma, Andy fazia florescer seu lado competitivo, o que não tinha o menor sentido.

Era estranho ver as pessoas fora do contexto usual, como esbarrar com o padre de sua igreja numa loja de conveniência, ou ver a dra. Greene em algum lugar que não a janela do Skype de Jude. Encontrar com seu colega de turma vestido com a camisa "de sair" dele no meio de uma festa era como um defeito na Matrix. Andy estava com outro cara. Mais baixo, de cabelo castanho — o rosto dele de alguma forma lembrava um aperto de mão fraco —, calça jeans branca e óculos escuros espelhados. Sam teria se divertido com aquele look.

— Ah, oi — disse Penny.

Andy se inclinou para a frente, segurou os ombros dela e deu dois beijinhos no ar, perto de suas bochechas. Para Penny, que não sabia o que estava acontecendo, o primeiro beijo foi escandalizante, e o segundo, completamente constrangedor.

Ele cheirava a sabão em pó, chiclete e desodorante masculino.

— Essa é Penelope — gritou Andy para o amigo. — Ela estuda comigo. — Então, para Penny. — Esse é o Pete. Ele é meio idiota.

Ele sussurrou a última parte tão perto do ouvido de Penny que ela se retraiu por instinto.

— Prazer — disse Pete.

Ele avaliou Penny de cima a baixo de um modo que era menos para apreciar a roupa dela e mais para ser flagrado enquanto a admirava. *Argh.* Penny desejou estar de capuz.

— Posso pegar outra rodada para a gente? — perguntou Pete.

— Ideia fantástica — respondeu Andy. — Pega uma cerveja para mim. Penny, está bebendo o quê?

— Champanhe.

— É mais provável que seja prosecco — comentou Pete.

Penny percebeu que ele estava zombando dela, mas não soube dizer exatamente por quê.

— Então... — disse Andy.

Penny ficou encantada ao ver como as bochechas asiáticas de Andy estavam tão rosadas quanto as dela por causa da bebida.

— Tenho uma pergunta.

Ele pigarreou.

Penny assentiu.

— Você sabe que merda de lugar é esse? — perguntou ele. — Foi Pete que, mais uma vez, só para registrar, é uma pessoa horrível, me arrastou até aqui.

Penny sorriu.

— Menor ideia! — gritou ela no ouvido dele. — Uma garota que provavelmente me odeia me trouxe para cá.

— Talvez como castigo.

— Talvez — repetiu Penny, e se flagrou rindo.

— Você precisa ir atrás dela? — perguntou Andy.

Penny percebeu como os olhos dele cintilavam.

— Que tal esperar seu amigo desagradável voltar com as nossas bebidas?

Penny não tinha certeza de que deveria continuar bebendo, mas preferia essa opção a ficar esperando sem fazer nada até que Jude ou Mallory terminassem de se pegar com seus respectivos acompanhantes.

Andy examinou o lugar.

— Claramente precisamos de amigos melhores. Esse lugar é horrível.

— Acho que é a pior coisa que já me aconteceu — concordou ela.

— Penny! Aí está você!

Jude agarrou o ombro dela e lhe entregou outro copo vermelho, derramando um pouco na mão de Penny.

— Onde você estaaava?

Jude prolongou a última palavra por tempo o bastante para Penny saber que ela estava bêbada ou chapada. Ou pelo menos focada no caminho para um dos dois.

— Oooooooi — disse ela para Andy.

— Oooooooi — respondeu ele, cutucando Penny de leve com o cotovelo.

— Jude, esse é…

— Andy — disse ele, apertando a mão de Jude.

Os olhos dela se demoraram no garoto.

— Andy é um amigo muito, muito querido — completou Penny.

Não era uma completa mentira.

— Legal — disse Jude, arregalando os olhos em aprovação.

Ela estava certa. Penny ficou surpresa ao perceber que estava meio que, talvez, realmente achando a festa legal.

• • •

Quando Penny abriu os olhos na manhã seguinte, sua boca tinha gosto de meias de lã molhadas que haviam ficado cozinhando dentro de um carro por um mês.

Alguém me mata agora.

Jude roncava baixinho.

Penny estava com a roupa da noite anterior, com o acréscimo de meia quesadilla encarapitada alegremente sobre seu peito como uma ousada peça de bijuteria recheada de queijo. Não tinha qualquer lembrança de ter parado para comer. *Como* chegou em casa também permanecia um mistério. Penny se sentou, a cabeça latejando, pousou com cuidado a comida velha em cima da mesinha de cabeceira e pegou o celular.

Seis da manhã.

1 NOVA MENSAGEM

HOJE 2h57

Oi

Era Andy. Penny se lembrou de dar risadinhas descontroladas enquanto tentava digitar seu número no celular dele. No fim, Andy tivera que assumir o comando da operação, e com os esforços combinados de ambos e inúmeras oportunidades de tocarem os dedos um do outro, eles conseguiram completar a tarefa.

A primeira aula de Penny só seria às onze, não que isso importasse. Ela se arrastou até o banheiro, escovou os dentes para tirar o gosto horrível da boca e removeu a maquiagem.

Seu reflexo estava pálido. E inchado também. O cabelo preto, mais desgranhado do que de costume. Seus poros estavam dilatados, parecendo boquinhas sedentas.

— Linda — disse para si mesma com a voz rouca.

Penny se contorceu para tirar o sutiã apertado que havia deslizado para cima do peito esquerdo dela, e algo caiu no piso de azulejo fazendo um *ploc* contido. Ela apanhou o papel. Era o cartão do fotógrafo da festa. Não dizia nada além de "stoooooooooooooooooop.com". Penny contou as letras O e digitou o endereço no celular. No site, embaixo da data da noite anterior, ela encontrou uma galeria de belos convidados e, por mais que Penny estivesse lá e reconhecesse alguns rostos e roupas, examinar cada foto pareceu um pouco voyeurístico.

Todo mundo era tão glamouroso. Então ela achou sua foto com Jude.

Era como olhar para uma versão manequim de si mesma.

Vale da estranheza...

> *Termo usado para se referir a um fenômeno no qual uma figura gerada por computador ou um humanoide com aparência quase idêntica à humana provoca uma sensação de desconforto ou repulsa na pessoa que o vê.*

Na foto, o rosto de Penny era uma espécie de máscara. Ela se lembrou do susto que levou quando o fotógrafo fez o clique. Ainda assim, parecia serena no vestido preto, com os braços de Jude ao redor de sua cintura. O flash acentuou a palidez de sua pele e os lábios escuros. Além disso, seus olhos estavam semicerrados de um modo sedutor e a boca curvada num sorriso confiante. Era Penny. Mas ao mesmo tempo não era. Aquela era uma Penny má e sexy. Uma Penny que ela não sabia que existia. Penny ficou encantada com seu avatar.

Antes de mais nada, ela havia se divertido. Diversão de verdade. Diversão na vida real, no momento presente. Não do tipo em que ela precisasse lembrar a si mesma o tempo todo de se divertir. Na verdade, Penny nem havia checado o celular. Pela sua experiência, o álcool era milagroso. Ela se sentira interessante. Pertencera àquela festa. Penny se sentira... Tudo bem, sem querer ser psicótica, patética ou nada parecido, mas se sentira como uma MzLolaXO.

Enquanto continuava a passar as fotos, Penny se perguntou se era assim que se comportava uma garota extrovertida. A Penny normal só tirava fotos com cara de quem estava tentando expelir do rim uma pedra do tamanho de uma cadeira.

Ainda assim, havia mais duas fotos tiradas na festa sem que ela visse. Em uma, Penny estava com Mallory e Jude, fazendo o inimaginável: dançando em público. E na outra tinha saído com a cabeça jogada para trás, rindo de alguma coisa dita por Andy, com a mão plantada no peito dele.

Havia passado a maior parte da noite conversando com o colega de classe. E com as covinhas dele. Andy, que frequentara um colégio interno em Hong Kong, viajara o mundo, jogava rúgbi e tinha um tanquinho de que Jude abusara em determinado ponto da noite. Até Pete se tornou bem menos irritante depois de certa quantidade de álcool.

Na maior parte do tempo, eles conversaram sobre a faculdade. Era libertador e empolgante estar numa festa na companhia de uma pessoa com quem já se tinha tanto em comum.

— É, é difícil demais tentar manter uma ordem linear — gritara ele, se referindo à história dentro da história de Penny. — Escreva duas coisas separadas, então meio que incorpore a segunda na primeira.

Àquela altura, Penny estava em sua sexta taça de champanhe, embora, graças a Deus, tenha se lembrado de fazer anotações.

— Não precisa ser elegante — dissera Andy. — Não no começo. Você já leu *Seven Wise Masters?*

Ela não tinha lido.

— E a *Odisseia*, de Homero?

Penny voltou a balançar a cabeça.

— Tudo bem, sabe o desenho *Comichão & Coçadinha*, em *Os Simpsons*?

Ela riu.

— Sei.

— Então, esse é o caminho. Ele serve para ilustrar um tema mais amplo no episódio. O primeiro rascunho do roteiro provavelmente diz: "Episódio de *Comichão & Coçadinha* sobre blá-blá-blá entra aqui." Misture uma parte na outra quando tiver quase terminado, enfeite um pouco e ajeite o texto até estar apresentável.

Foi como se a mente de Penny explodisse. Não só porque escrever duas histórias ao mesmo tempo estava fazendo com que ela empacasse com frequência, mas também porque, em algum momento ao longo do caminho, enquanto pesquisava o caso dos pais na vida real, ela havia esquecido quem era o herói da história. Avaliara mal que narrativa assumia o papel principal. Isso era risível de tão simplório. Era especista! Penny vivia insistindo que a ficção científica não tinha limites e, ainda assim, lá estava ela, presumindo a supremacia humana. A Anima era *Os Simpsons* e os pais eram *Comichão & Coçadinha*. Não o contrário.

Penny corou ao se lembrar de abraçar e beijar Andy no rosto depois daquela revelação. Mesmo de ressaca, a Penny Extrovertida fora de grande utilidade.

Ela também havia se divertido à beça com Mallory e Jude. Ao longo da noite foram várias visitas conjuntas ao banheiro cheias de risadinhas.

— O seu é muito fofo — comentou Mallory, se referindo a Andy.

Elas haviam entrado na mesma cabine, e normalmente Penny teria ficado ansiosa demais para conseguir fazer qualquer coisa, mas daquela vez foi tranquilo.

— Eu sei! — exclamou Penny.

Àquela altura, os pés dela estavam sangrando, e ela conseguia sentir os dedos escorregadios, mas não se importou.

Andy *era* fofo. Era culto, sofisticado e mais alto que Penny, mesmo que ela estivesse de salto alto, e mais pesado também, o que Sam obviamente não era. Ela descobriu que para ser atraente só precisava fazer o exato oposto do que geralmente fazia. Era simples. Dane-se Sam.

Penny prometeu a si mesma que nunca mais mandaria uma mensagem para ele. Ou pelo menos não até que ele mandasse primeiro.

Naquele exato momento, como se por mágica, o celular dela vibrou.

Era a mãe.

Típico.

Penny ignorou.

SAM.

Bastian Trejo tinha catorze anos, parecia ter doze e começara a fumar aos dez. E por mais que o rato de skate não passasse de um nanico com sapatos velhos, Sam sentia alguma coisa intimidante nele. Mas, ao fim daquela primeira tarde, depois de filar três cigarros e uma porção de nuggets de Sam, o garoto baixou a guarda.

A única regra estabelecida para o documentário era: se ele, James e Rico estivessem andando de skate onde não deveriam, Sam não poderia contar para os pais deles. Sam concordou.

— É, a mãe do Bastian não é mole — comentou James.

— É, ela já tem que lidar com coisa demais — completou Bastian, batendo a cinza do cigarro.

A não ser por isso, Bastian não precisou de mais nenhum argumento para ser convencido. O garoto tinha um rosto muito fotogênico e sabia disso. Era muito trabalhoso filmar com a câmera DSLR, por isso Sam usou o celular na maior parte do tempo. No segundo em que ligava a câmera, Bastian estava pronto. Falando a cem quilômetros por hora, ele propagava histórias sórdidas sobre cada "vadia" que ele tinha "traçado" e outras garotas que o haviam "dobrado". O garoto sabia como contar uma história, mesmo que Sam desconfiasse de que a maior parte delas fosse inventada.

Sam pediu para Fin cobrir alguns dos seus turnos da tarde no House e filmou os três garotos tentando fazer manobras com os skates vagabundos. Na maior parte das vezes, deixou os três falarem. Descobriu que James tinha mais dinheiro que os outros dois e não tinha problema nenhum com isso. Dividia com os amigos os lanches que comprava, sem reclamar.

Sem pai ou mãe à vista, o tédio do mundo adolescente era estranhamente cru e poético. Embora a maior parte das atividades da cidade girasse em torno da faculdade, dos jogos de futebol e do campus sempre em expansão, os três não tinham qualquer expectativa de frequentar o lugar.

Não eram uns vagabundos nem nada assim. Na verdade, a não ser pelos cigarros, eles eram caretas — nada de drogas ou álcool. O único outro vício dos três parecia ser a obsessão por suco verde, já que a mãe de Bastian trabalhava num quiosque chique de suco. Naquela tarde, os meninos haviam vindo de lá, e Sam estava filmando Bastian com seu smoothie de açaí e couve.

— As garotas gostam — declarou Bastian, com um sorriso largo. — Deixa a sua porra com gosto de flores.

Quando escureceu, Sam agradeceu aos garotos, deu dois cigarros para cada um e entrou no carro. O celular dele vibrou, e ele sentiu uma esperança irracional de que fosse Penny. Era Fin querendo notícias do carro. Sam respondeu a mensagem e tentou afastar o sentimento que o acometia quando pensava nela ultimamente, fosse o que fosse.

A última coisa que ele havia perguntado a Penny tinha sido: "Por que a invencionice?" E depois: "Você tá bem?" Ela não tinha respondido. Nenhum sinal. Queria ligar para ela. Disse que ligaria, mas isso tinha sido antes de Lorraine deixá-lo completamente fora de si. Àquela altura, como saber se Penny sequer queria que ele ligasse? Já havia se passado quase duas semanas. Sam não sabia o que fazer.

PENNY.

Andy era péssimo. Ou maravilhoso. Seja lá o que fosse, todos os programas que ele sugeria eram horrendos.

Penny saiu da cama xingando Andy. Ele e aquele rostinho bonito idiota e o altar à ortodontia que era sua boca. Pelo menos tinha uma boca linda. Ela se perguntou se ele beijava bem. Penny checou o celular meio que por hábito e suspirou. Agora que não mandava milhares de mensagens por hora para alguém que nem mesmo gostava dela, tinha muito tempo livre.

Ela se perguntou por um instante se Sam estaria bem, então ordenou a si mesma que parasse de se preocupar com *ele*.

Penny vestiu um moletom, calçou os tênis de corrida e saiu. A manhã estava fresca, o que era raro. Em vez de seguir na direção do campus, ela foi para outra direção, por uma pista de corrida perto do lago. Era muito cedo, por isso a maioria dos ocupantes do lugar eram donos de cães muito dedicados e pais privados de sono com carrinhos de bebê.

Quando ela chegou, Andy já estava no local de encontro combinado: "a lata de lixo perto do primeiro conjunto de bancos".

— Está atrasada — disse ele.

Usava uma roupa de corrida high-tech justa e cinza que combinava com os óculos de sol grafite.

— Meu Deus, você parece alguém enviado para repovoar uma nova galáxia — comentou Penny, aos bocejos. — Que roupa é essa?

Andy alongou os braços.

— Existe um traje ideal para cada atividade — explicou ele. — Esse é meu traje de corrida.

— Também conhecido como a última esperança remanescente da civilização humana.

Ele abriu um sorriso triunfante.

— Você sabe que eu não vou correr, né? — confirmou Penny. — Vou acompanhar você ao redor do lago basicamente para roubar algumas ideias.

Andy continuava a se alongar, tocando os dedos dos pés.

Penny tentou tocar os dela, mas só alcançou um ponto pouco abaixo dos joelhos.

— Tudo bem — retrucou ele. — Preciso garimpar seu cérebro em busca de informações sobre a psique feminina, então estamos quites.

Penny deu uma risadinha.

— Boa sorte.

Na verdade, bem que Penny estava precisando de um pouco de exercício físico. Ficar acampada diante da escrivaninha digitando sobre pessoas obcecadas por computadores estava mexendo com a cabeça dela. Por passar tanto tempo sentada, seus quadris estavam ganhando volume, e havia um vinco permanente acima de seu umbigo.

Além disso, gostava da companhia de Andy. Penny se perguntou se seria por compartilharem a ascendência asiática ou por os dois terem gostos parecidos. Depois da festa, eles haviam desenvolvido uma convivência tranquila. Andy fazia bem para ela. A cada dia Penny ficava melhor em interagir com humanos na vida real.

Depois da festa, não demorou muito para que Andy abandonasse a ilusão de que ela usava vestidos glamourosos e tomava champanhe com frequência. Certo dia, Penny tinha ido se encontrar com ele na biblioteca da faculdade usando pijama e comera tantas porcarias que teve sudorese.

— Chega dessa maluquice de não fazer nada ao ar livre — disse Andy, enquanto Penny resmungava da overdose de gordura. — Da próxima vez, vamos fazer alguma coisa menos nojenta.

Daí a tentativa da corrida.

— Muito bem, o que você quer saber?

Andy começou a caminhar. Ele dobrou os braços na lateral do corpo e os impulsionou com determinação enquanto acelerava o passo.

— Pergunte-me sobre a psique feminina — desafiou Penny.

— Até onde você leu a minha história?

A história de Andy se passava entre os meses de maio e dezembro, nos anos 1960, e era um romance entre uma septuagenária francesa e um vietnamita quarenta anos mais novo. Era inspirado em *O amante*, de Marguerite Duras.

— Então, eles se conheceram no bar, Esmerelda é casada, e o barco está bizarramente cheio.

— Isso — disse Andy. — E não é um barco, Penny. É um navio. Um cruzeiro.

— Tudo bem.

— Pois bem, o que eu quero saber é… Bom dia!

Ele assentiu para a mulher de viseira que caminhava na direção oposta. Então acenou para um casal que também usava roupas esportivas caras. Andy era o embaixador da boa vontade de qualquer espaço no raio de dez metros de sua localização.

— Por que Esmerelda deixaria o marido? — perguntou Andy. — Ele é rico. Apaixonado por ela. Os dois estão juntos há décadas. O sexo, por sinal, é bom.

Penny tentou imaginar como seria o sexo entre duas pessoas de setenta anos.

— Quais seriam as motivações dela? — continuou ele. — Esmerelda não está procurando alguém. Ao menos não explicitamente.

— Bem… — Penny pensou em Vin, o cara mais novo. — Ele é a alma gêmea de Esmerelda? Ele dá bom-dia de um jeito reconfortante? Como se estivesse segurando a mão dela durante o resto do dia até dizer boa-noite? Ela ficaria feliz por ele mesmo se a felicidade dele estivesse atrelada a não estar com ela?

— Claro — respondeu Andy, com um tom indiferente. — Mas Jackson é rico.

Jackson era o marido de Esmerelda.

— É possível ficar com a mesma pessoa por muito tempo e achar que está tudo bem, então encontrar outra pessoa e na mesma hora se dar conta de que o outro relacionamento estava ruim.

— De uma hora pra outra?

— Basicamente.

— Meu Deus, como as mulheres são escrotas e volúveis.

— Não são as mulheres. São os seres humanos. É como um defeito de fabricação ou algo assim.

— Entendi — disse Andy. — Acho que é por isso que a sua história é tão deprimente. Robôs enfeitiçando humanos para que matem seus bebês e acabem na cadeia.

— Em primeiro lugar, eles foram soltos — retrucou Penny.

Os pais foram a julgamento, mas não ficaram muito tempo na prisão.

— Em segundo lugar, só é deprimente do ponto de vista da família. Do ponto de vista da máquina é bem triunfante, na verdade.

Andy riu.

— Com a qual você se identifica bastante, suponho.

— É claro — confirmou Penny, com um sorriso.

De repente ela soube por que queria que a Anima vencesse. Os pais representavam a vida real. As histórias deles estavam determinadas. Os erros deles já haviam sido cometidos. Mas o futuro da Anima era desconhecido. E, ao contrário de Penny, que apenas observava de forma passiva os eventos que alteravam a vida *dela*, a Anima havia moldado a própria sorte.

É destino dos pais, de todos os criadores, querer o melhor para seus filhos, suas invenções. Penny queria oferecer mais para a Anima. Queria dar a ela uma escolha.

Penny escreveu uma breve nota para si mesma no celular enquanto Andy continuava a falar.

A manhã estava linda. Ela pensou em sair correndo em disparada na frente dele, em uma explosão de entusiasmo, então mudou de ideia. Como não era uma daquelas garotas idealizadas e engraçadas das comédias românticas, provavelmente desmaiaria de exaustão.

— Você podia sair comigo um dia desses — disse Andy.

Penny parou de andar.

— O quê? — Ela estava boquiaberta. — Achei que você estivesse namorando com a Mariska, ou Misha, ou seja lá qual for o nome dela.

Andy falava abertamente sobre suas proezas com a garota de pernas longas.

— Estou — confirmou ele. Então sorriu e continuou: — Mas quem ainda fala "namorando"? Estou saindo com a Mariska e não tenho nada contra sair com você ao mesmo tempo.

— Tipo me pagar um prato de comida num cenário propício ao romance?

Andy deu uma risada sarcástica.

— Isso. Ou assistir a um longa-metragem com você numa área confortável com condições de iluminação lisonjeiras.

Penny pensou um pouco. Andy era bonito, embora tivesse dentes uniformes demais. Ele também era engraçado. Sempre que conversavam, havia uma energia presente e palpável no ar. Eram como pássaros exibindo as plumas e fazendo sons guturais um para o outro. Ainda assim, parecia surreal que Andy pudesse chamá-la para sair. Até mesmo insano.

— Posso pensar um pouco? — perguntou ela.

— Não — respondeu Andy, mas não parecia irritado. — Vem, vamos continuar caminhando.

Eles seguiram em silêncio por um instante.

— A questão: se você precisa pensar, significa que não está a fim, e é difícil para alguém como eu aceitar uma coisa dessas.

Andy gesticulou para seu físico de Adônis na roupa esportiva espacial.

— Não posso estar a fim de alguém que não está a fim de mim.

Penny sorriu.

— Justo — falou, aliviada por ele não estar chateado. — É só que estou com a cabeça em outra pessoa.

— Foi por isso que, quando perguntei sua definição de amor, você disse uns trinta clichês sentimentaloides na hora e fez cara de quem queria morrer?

Penny assentiu.

— Que merda — comentou Andy. — Sei bem como é.

SAM.

— Achei que só amadores tomassem café gelado.

Sam estava reorganizando a gaveta de chás enquanto dava goles num copo de mocha gelado. A gaveta de chás era um cubículo superlotado embaixo das máquinas de café. Fin tinha criado o hábito de abrir uma nova caixa de chá em vez de procurar pelo sabor desejado, por isso havia incontáveis caixas pela metade e saquinhos de chá órfãos. Sam só reorganizava aquela gaveta quando estava com um humor especialmente desagradável.

Sem tirar os óculos escuros, Lorraine pegou o copo dele e deu um gole.

Fazia treze dias desde o último encontro dos dois. Pouco menos de uma quinzena desde que ela dera dois beijinhos no espaço próximo às bochechas dele feito uma estrela de cinema, soltara a bomba sobre o bebê fantasma e saíra sem qualquer preocupação.

— O que você quer, Lorraine?

Sam odiava ser um alvo fácil por trabalhar no café local. Qualquer um podia passar para vê-lo sempre que quisesse. Um assassino de aluguel poderia apagá-lo sem qualquer planejamento. Na verdade, se o atirador escolhesse a hora certa, poderia esperar até Sam estar com humor para fazer doces e ainda levar sobremesas para viagem no fim da tarefa.

— Eu queria ver você — disse ela.

Seu perfume impregnava o ar ao redor dele.

— Ótimo — retrucou Sam, irritado.

Seu cabelo teimava em cair no rosto enquanto ele recolhia todos os chás de rooibos com laranja. Odiava a pronúncia daquela palavra, “ruibus”. E por que chás de ervas eram chamados de tisanas? Que coisa irritante.

— Acho que deveríamos falar sobre o que aconteceu.

— Então fala — disse Sam.

Não conseguia entender por que a urgência repentina.

— Vamos comer em algum lugar — sugeriu Lorraine.

Ela pegou o café gelado e aguado e deu outro gole.

Sam enfileirou as caixas de chá sobre o balcão entre eles, batendo-as com força.

— Não posso — respondeu, com determinação.

— Preciso dizer uma coisa — insistiu ela.

— Então diga.

As unhas de Lorraine haviam sido recém-pintadas com triângulos dourados metalizados num fundo preto.

— Podemos fazer isso num lugar com mais privacidade?

Faltavam quinze minutos para o café fechar e havia apenas dois clientes no recinto.

— Que tal quando você estiver menos ocupado arrumando ou seja lá qual for a coisa superimportante que está fazendo com o chá?

— Só diga o que precisa dizer, e rápido.

— Sei que essas últimas semanas foram confusas — começou Lorraine, com cuidado. Então, mudou de tática e tirou os óculos. — Não sente saudade de mim? Eu sinto de você.

Ela olhou para ele e mordeu o lábio. Era uma expressão ensaiada que Sam reconheceu na mesma hora. Lorraine fazia aquela cara em momentos que considerava particularmente comoventes.

— Sabe de uma coisa, Lorraine? Em outra época eu teria roubado um banco, jogado o dinheiro num lago e sapateado em cima do túmulo dos meus ancestrais, qualquer coisa para ouvir você dizer isso, juro. Mas não mais.

Ele queria magoá-la, era verdade, mas também percebeu que, pela primeira vez nos últimos quatro anos, por razões que não conseguia compreender e num momento que ele sequer conseguia identificar, tinha superado seus sentimentos por Lorraine. O relacionamento deles tinha acabado. Sam sentiu como se tivesse ido ao banheiro e deixado na privada um peso do tamanho do Monumento a Washington. Era libertador. Ele estava livre.

— Está falando sério? — Ela fechou a cara. — Você entende por que não podia ficar com você quando achei que estivesse grávida, não entende? Teria sido um caos. Eu queria um novo começo. Queria que começássemos do zero.

— Você não pode continuar a fazer isso, Lorr — disse Sam. — Só me quer quando te dá na telha. E toda vez que isso acontece, eu largo tudo e vou correndo. Mas você está certa. Esse é um novo começo. O começo mais novo possível. Terminamos. Você disse que não éramos amigos. E está certa. Sabe de uma coisa? Eu acho que você nem gosta de mim como pessoa.

— Eu *amo* você, Sam — declarou ela. — Por que está vendo problema onde não tem depois de todo esse tempo? Você é um desses nós impossíveis de desatar. Tipo aquele mitológico.

Lorraine soltou um suspiro dramático e alisou amassados imaginários no vestido.

— O que eu prefiro, bolo ou torta? — perguntou Sam.

— O quê? — retrucou ela, confusa.

— Pergunta simples, Lorr. Bolo ou torta? Qual é o meu time?

— Você faz as duas coisas o tempo todo. Essa pergunta é uma pegadinha — disse ela em tom desafiador.

— Sou uma pessoa de tortas, Lorraine. Assim como você. Sua torta favorita é de morango. Daquele tipo tosco, com leite condensado no meio. Você adora essa torta porque sua avó Violet preparava pra você, e você comia escondido da sua mãe porque ela não gostava que comesse doces. Porque, até desenvolver um transtorno alimentar no nono ano, você estava mais para o lado *robusto* da força. Palavras suas. E sabe por que eu sei disso? Porque sei tudo a seu respeito. Não só sei tudo a seu respeito, como me lembro de tudo. Meu arquivo sobre você é gordo, completo, transbordando de merda sem sentido, porque eu não tinha outra opção. Suas mãos? Nada de mais. Seus pés, seus pés ossudos e tortos são o verdadeiro tesouro, e isso é fato. Sabe, achei que você não me conhecesse porque eu era inseguro, falido ou pobre, então pensei melhor. Você não me conhece porque nunca me perguntou nada. Nunca. Quero ficar com alguém com quem eu possa conversar. Quero ficar com alguém que monte um arquivo bem gordo a meu respeito de forma espontânea. Uma pessoa que se sinta sortuda quando eu contar as coisas menos lisonjeiras e mais assustadoras. Acho que não amo mais você e, para ser honesto, não acredito que você me ame.

Lorraine murchou na hora.

— É uma pena que você se sinta assim — disse ela.

— Você sabe que isso não é um pedido de desculpas, não sabe? — retrucou ele.

— Eu só disse isso porque sei que você odeia — concluiu ela, com grosseria.

Então deu as costas e saiu. A bainha de seu vestido levantou quando ela girou, e Sam conseguiu ver a cinta liga embaixo. Lorraine era um estereótipo horripilante de uma fantasia masculina.

Naquela noite, Sam finalmente mandou o e-mail no qual vinha trabalhando havia mais de uma semana.

Para: Penelope Lee
De: Sam Becker
Assunto: 1, 2, 3 testando

Oi.

Pois é, as coisas têm andado esquisitas. E sei que é culpa minha, embora não saiba exatamente como.

Então, me desculpa.

(Nada melhor que um pedido de desculpas vago, não é mesmo? Tão sincero!)

Argh.

Hummm…

Enfim, sei que isso já é passado e que, se nossos biógrafos voltassem ao momento em que criei um clima estranho, provavelmente concluiriam que teve alguma coisa a ver com eu não ter ligado depois de dizer que ligaria. Depois de nos vermos.

Aquele foi um grande dia para a gente, hein? Conhecer a sua mãe. Ter que sorrir do outro lado do balcão e fingir que nada estava acontecendo. Tantas experiências empolgantes reunidas numa bola de pânico.

A última coisa que eu te perguntei foi: "Você tá bem?" E aí, você está? Penso nisso o tempo todo.

Se você estiver pensando algo como VIDA NOVA, QUEM TÁ FALANDO?, vou entender totalmente.

Se não, aqui vai uma lista de coisas que aconteceram em nenhuma ordem particular desde a última vez em que te perturbei.

Fiquei estupidamente bêbado. Bêbado de cair. Foi deprimente.

Lorraine não está grávida. Isso foi estranhamente decepcionante e não sei por quê.

Comecei a filmar o documentário. Finalmente! Não sei bem onde isso vai dar, mas estou amando. O nome do garoto é Sebastian. O apelido dele é Bastian, que soa bem marrento, e ele é incrível e maluco, e quero demais que você o conheça. Demais? De mais? Nunca sei como se escreve isso. É tipo "discrição" e "descrição", que sempre confundo, e "desconcertado", que sempre acho que significa "sem conserto", quando quer dizer outra coisa completamente diferente. Alguém usa essa palavra na vida? Você, provavelmente. Não conta pra ninguém, mas na verdade eu também não sei usar ironia.

Inflamado/Inflamável = também confundo.

Enfim. Estou com saudade.

Sei que somos basicamente uma série de mensagens. Mas fico feliz por qualquer que tenha sido o motivo de você ter chegado até mim. Sou grato por você ser meu contato de emergência. Mesmo que você seja superintensa e que as nossas conversas tarde da noite sejam tão construtivas quanto buscar sintomas de doenças na internet, no sentido de que quase sempre me convenço de que todos os caminhos levam à morte, mas digo isso de um jeito bom.

Espero que você saiba que é minha atividade favorita.

Acho que posso sentir saudades de você. Sinto que conquistei esse direito. Sei que parece esquisito/bizarro/possessivo ou o que for. Nosso relacionamento, por mais abstrato que seja, é o melhor de todos, eu acho.

Você é intensa, superdivertida e talvez um pouquinho maluca, mas, ao mesmo tempo, é superconcentrada e apaixonada pelo modo como quer levar a vida e o seu trabalho, e isso é lindo. Ah, NADA disso tem a intenção de constranger ou pressionar você (sei como se sente em relação a elogios). Você dá os melhores conselhos (para uma pirralha etc., etc., etc.).

Fico feliz por saber que você existe. E mesmo tendo a sensação de que estraguei tudo, quis que você soubesse disso. E quis te lembrar de que também existo. Espero que você esteja bem. Você tá bem? Me conta.

todos os melhores emojis, até aqueles superconstrangedores de menininha

— S

PENNY.

Bem, então era isso. Penny e Sam eram oficialmente multiplataforma.

Penny mandou uma mensagem para ele.

Oi
Aliás, você é um péssimo contato de emergência
Se não recebe resposta para "Você tá bem?"
a reação correta é chamar uma ambulância
Todo mundo sabe disso

Ela esperou.

Ótimo argumento
Sou muito amador mesmo
Oi

Recebi seu e-mail

Fico feliz por você não estar morta

Não graças a você

EU SEI
Desculpa
Senti saudade

Eu também

Mandei bem no e-mail, não foi?

Penny precisava admitir. Foi o melhor e-mail da sua vida.

Você está no trabalho?

Tudo bem, Penny sabia que aquela pergunta se qualificava como um comportamento no limite do psicótico. E não queria apavorá-lo fazendo algo estilo filme de terror, quando o assassino está falando ao telefone com a vítima enquanto a vigia do lado de fora, mas ela estava fazendo isso. Ou quase.

Foram necessárias metade de uma cerveja, muitas esfregadas de mão e cinco mudanças de roupa, mas Penny sentiu que estava na hora de um gesto grandioso da parte dela. E nem precisou usar aqueles esquemas em que você vai respondendo "sim" ou "não" até chegar a uma decisão.

Ela mandou a mensagem da varanda do café.

Aham fechando as coisas

Tá bom. Estou do lado de fora.

Hein?
Aqui?

No balanço

No meu balanço???

Sam saiu pela porta lateral com o celular na mão. Seu rosto estava iluminado pela tela do celular. Ele continuou a digitar.

Caramba, uma invencionice e tanto

Penny sorriu e digitou de volta:

Bum

— Oi — disse Sam. — Acho que estamos mesmo fazendo isso?

— Acho que sim! É assustador.

O balanço rangeu embaixo dela.

Sam riu.

Daquela vez, Penny tinha escolhido a roupa perfeita. Estava com o vestido de Mallory de novo. Seus pés ainda estavam se curando, por isso ela colocou seus tênis e, enquanto passava batom, mudou de ideia e o tirou com as costas da mão, como a jovem sofisticada que era. E, para ter absoluta certeza de que não estava exposta demais, vestiu por cima do vestido um casaco velho com capuz. Um look totalmente Penny. Ela se levantou, ativando o sensor de movimento do holofote nos fundos e cegando os dois.

— Uma entrada e tanto — comentou Sam, levantando o braço para proteger os olhos da luz.

— Desculpe por aparecer assim sem avisar — balbuciou Penny.

Ela não conseguia acreditar que aquilo estava acontecendo.

— Se você estiver ocupado, eu posso...

— Aham, tá bom — falou ele, guiando Penny para dentro pela porta lateral. — Entra logo.

Ela o seguiu até a cozinha. Sam pegou um banco, posicionou-o perto da bancada de aço e preparou uma xícara de chá para ela. Penny aceitou, agradeceu e se sentou.

— Com fome?

Ela estava.

Ele começou a trabalhar. Não perguntou o que Penny queria. Deu uma olhada na geladeira, pegou algumas vasilhas de plástico, bacon, ovos e metade de um pão de forma. Eles não conversaram enquanto Sam trabalhava. Penny o viu pegar porções de ingredientes já picados nas vasilhas e jogar numa frigideira. Ele tostou fatias grandes e grossas de pão, fritou bacon e ovos e juntou tudo em dois enormes sanduíches que cortou ao meio, na diagonal. Colocou um na frente dela.

— Sem queijo no seu — informou Sam. — Por causa daquele negócio de intolerância à lactose que sua mãe mencionou.

Penny sorriu e observou o sanduíche. Ela pegou uma das metades e apertou para ver se conseguia fazer caber em sua boca.

— Muito bom — elogiou, depois de uma mordida heroica.

Parte da gema mole escorreu pelo seu queixo.

Sam riu e estendeu um guardanapo para ela.

— Molho de pimenta? — ofereceu.

Penny aceitou.

— Então... — começou ela. — Que loucura essa história com a MzLolaXO.

Penny odiou ter levantado aquele assunto logo no início da conversa. *Argh*, e *odiou mais ainda* ter chamado a garota pelo nome de usuário do Instagram.

Era um instinto de autossabotagem irresistível.

Sam riu.

— O nome dela é Lorraine — explicou Sam, dando uma mordida no próprio sanduíche.

Por algum motivo, *Lorraine* soava muito menos assustador do que *Lola*.

— Fiquei tão aliviado por não ter desmaiado, tido um ataque de pânico ou entrado em combustão espontânea quando ela apareceu — contou ele. — Nas duas vezes em que ela apareceu.

Penny se perguntou qual seria o nível de detalhes da história que ele ia contar. Se eles tivessem se pegado em todos os sofás do House, ela preferia nem saber.

— Ela parece difícil.

Sam assentiu de novo.

— É, nada de ataque de pânico na primeira noite, mas enchi a cara na segunda — falou ele. — Como mencionei no e-mail.

— Com ela?

— Credo, não — disse Sam. E acrescentou depois de uma pausa: — Não sei por que eu disse "credo".

Eles riram.

— Fiquei bêbado em casa, como um alcoólatra decente e com algum respeito próprio.

— Você é alcoólatra?

— Não sei. E ainda não decidi se parei para sempre, tipo, sem champanhe na minha festa de casamento ou sei lá, só sei que nesse momento é ruim para mim…

Penny sentia falta daquilo. De conversar com alguém sobre coisas pessoais profundas. Ela arriscou dar uma espiada nele, mas desviou o olhar em seguida, porque Sam estava mastigando e, nessa situação, ela ia querer privacidade.

— Sabe, é engraçado, mas também fiquei bêbada recentemente. Pela segunda vez na vida — contou Penny, dando um gole no chá.

— É mesmo? Como foi?

— Fascinante.

Sam riu. Meu Deus, ela amava aquela risada.

— Em que sentido? — insistiu ele.

Penny tentou não se desconcentrar ao olhar nos olhos dele. Eram de um castanho-escuro, mas com as bordas num tom de mel bem mais claro.

Ela pigarreou.

— Bem, o álcool com certeza é um lubrificante social muito eficiente — explicou. — Diminuindo as inibições, as coisas funcionam. Faz tudo parecer muito mais fácil. Toda a confusão que normalmente acontece dentro do meu cérebro se cala de vez.

— Mas a confusão é boa — disse Sam. — A sua confusão é boa.

Ela sorriu.

Ele sorriu de volta

E ela morreu.

— Sim, mas também é exaustivo.

— Então, foi um descanso? — perguntou ele. — Como férias de si mesma?

— Exatamente — disse Penny. — Todo mundo precisa de férias de si mesmo.

— E você se divertiu?

— Muito. Também fiz um novo amigo… Andy. Acho que ele é um velho amigo. Está na minha turma de escrita ficcional, e o álcool facilitou muito a nossa conversa. Fui encantadora.

Sam riu.

Penny não sabia por que estava tagarelando sobre Andy. Queria que Sam soubesse que estava tudo bem. Que ele podia falar sobre Lorraine se precisasse. Pelo menos por um segundo.

— Ele me deu um ótimo conselho sobre a minha história — disse ela. — Andy é superinteligente.

— Que legal — disse Sam. — Calma, preciso te perguntar uma coisa…

Penny prendeu a respiração.

— Quem é o seu namorado? Fiquei chateado por nunca ter ouvido falar do cara até sua mãe mencioná-lo. Não que você tenha que me contar tudo, mas quando eu ficava falando sem parar sobre Lorraine, você poderia ter dito alguma coisa. Espero não ter agido de uma maneira tão egocêntrica que nem perguntei sobre…

Sam parou e pigarreou.

— Desculpe — disse ele.

Ele pegou um copo de água, mas antes ofereceu um a ela. E Penny morreu de novo.

— Basicamente, quero que você fale sobre qualquer coisa que estiver na sua cabeça. Não sobre todas as merdas que acontecem na minha vida — concluiu ele.

— Obrigada — disse Penny, com honestidade. — Nós terminamos.

— Sinto muito.

— Está tudo bem. Estou bem — continuou ela, dando um gole na água.

Levando tudo em consideração, Penny fez um bom trabalho com o sanduíche. Dois terços. Ela abriu o que sobrou e separou o bacon.

— Agora eu tenho que te perguntar uma coisa.

Ela precisava saber.

— Manda ver — disse ele.

— Você está triste por Lorraine não estar grávida?

Penny experimentou dizer o nome em voz alta.

Sam respirou fundo.

E assentiu.

Então era verdade. Ele ainda estava apaixonado por Lorraine. Penny sentiu o coração afundar.

— Você queria ser pai?

— Queria — admitiu Sam. — Parece loucura, não é?

Penny esperou que ele continuasse.

— Eu queria um rumo. E realmente achei que poderia investir todas as minhas expectativas e a minha falta de motivação naquela bolha minúscula, e que aquele bebê resolveria tudo como que por mágica, porque eu passaria a ter uma razão para existir. — Ele deu outro gole na água. — É idiota — concluiu Sam. — Tipo... tão clichê.

Penny não conseguiu pensar em nada para dizer, então permaneceu em silêncio.

— Posso te mostrar uma coisa? — perguntou Sam, olhando para ela com uma expressão cautelosa.

— É alguma coisa morta?

— Não. — Ele riu. — Como assim?

Penny riu e balançou a cabeça.

— Foi mal, é só que você estava com uma cara... — Ela desceu do banco antes de completar: — Sim, pode me mostrar uma coisa.

Sam subiu um lance de escada à esquerda da geladeira, e Penny o seguiu.

Ele acendeu uma luz e seguiu pelo corredor. Penny desejou por um momento ter levado chiclete, só para garantir.

O andar de cima do House não era como ela havia imaginado.

Sam entrou num quarto escuro nos fundos e acendeu uma luminária.

— É aqui que eu moro — anunciou.

SAM.

Aquilo, sim, era uma invencionice e tanto. Sam tentou observar o cômodo pelos olhos de Penny. Ainda que morasse no dormitório da universidade, aquele quarto minúsculo provavelmente era muito menor do que ela havia imaginado.

Penny o seguiu para dentro.

— Deprimente, não? — perguntou ele.

Sam observou enquanto Penny olhava para os pertences dele. O colchão no chão, a caixa com roupas perto da porta.

— De jeito nenhum — respondeu ela. — É muito louco. Não consigo acreditar que estou aqui.

Penny foi até a janela perto da cama.

— Então, esse é o seu cantinho — disse ela, afastando a cortina para olhar para fora.

Sam viu o reflexo dela no vidro.

— Vista legal. Juro que nunca me ocorreu que o House tinha um segundo andar. É um ótimo poleiro, o ninho do corvo no navio de um pirata. Você gosta daqui?

Ele gostava.

Sam parou perto dela.

— Gosto — sussurrou.

Penny se virou para ele.

— Que bom — disse ela. — Então andou até o meio do quarto e olhou para o teto. — E isso me dá arrepios — comentou.

Sam sorriu.

— Ah — continuou ela. — Então eu *realmente* não precisava me preocupar com a sua ida para casa naquele dia.

Ele riu.

— Ainda me sinto culpado por aquilo.

Sam se sentou num canto do colchão. Penny se acomodou ao lado dele.

— Tudo no House é relaxante — comentou ela. — Não acredito que você tem dificuldade para dormir aqui. Eu apagaria.

Ele queria que ela o tocasse, mas ela não fez isso.

Penny.

Penny com seu cheiro de amaciante.

Sam tirou os sapatos e se recostou contra a parede na cabeceira da cama para ficar mais confortável.

— Há quanto tempo você mora aqui? — perguntou ela.

— Desde o começo do verão.

— Mais ou menos a mesma época em que toda aquela outra história aconteceu?

— É.

Sam tocou o próprio cabelo. Estava seco e encaracolado. Ele tentou ajeitá-lo, mas não adiantou. Dobrou as pernas, passou os braços ao redor delas e pousou o queixo sobre os joelhos. Mas decidiu que era uma pose muito típica de criança emburrada e se endireitou.

— Morei com Lorraine por alguns períodos — disse Sam. — Ou com amigos. Ou em casa com a minha mãe e o namorado. Estava tentando economizar para a faculdade.

Ele se virou para Penny.

— Você me acha um fracassado.

— Não — respondeu ela. — Se achasse, eu diria.

Sam acreditou nela.

PENNY.

A perdição dela era o cabelo dele. Estava solto, cheio. Quase felpudo. Ele estava sentado na cama, com as pernas compridas esticadas à frente do corpo e as costas apoiadas na parede. Penny teve vontade de tocar o tufo na parte de trás da cabeça dele, a parte mais louca do redemoinho, embora soubesse que seria uma enorme violação de espaço pessoal. Também estava enlouquecendo por não poder enfiar o dedo pelo buraquinho no joelho do jeans dele para ver se a sensação era a mesma de enfiar o dedo no buraco do próprio jeans. A coisa toda era irracional.

— Então, é, sou basicamente um sem-teto — concluiu ele.

Penny se virou para encará-lo.

— Incorreto — retrucou ela, e se aproximou mais, tomando o cuidado de manter os sapatos fora da cama. — Na verdade, você tem sorte por ter um lugar para morar.

Penny pousou a mão sobre a de Sam, que estava apoiada na cama. Não tinha ideia do porquê. Não havia pensado até aquele segundo que ele talvez reparasse no gesto.

Ela hesitou. Sem saber direito o que fazer em seguida, se concentrou em manter o toque leve. Ninguém queria uma mão pegajosa e fria pesando sobre a sua.

— Além disso, esse lugar é aconchegante pra caramba — continuou Penny.

— Verdade.

Ele mexeu a mão.

Então, por nenhuma outra razão a não ser tentar entrar para o livro dos recordes na categoria momento mais constrangedor, Penny soltou:

— Não é muito louco que você tenha conhecido a minha mãe?

Sam riu. Foi uma boa distração. Penny recolheu a mão para fingir que o incidente nunca havia acontecido e a enfiou no bolso do casaco.

— Você parece estar com raiva dela — comentou ele.

— É — respondeu Penny, mal-humorada.

Estava *mesmo* com raiva da mãe. Não era nada tão definitivo quanto a história entre Sam e Brandi Rose, mas Penny estava furiosa com Celeste. Já fazia algum tempo.

— Começou quando minha mãe arrumou um professor particular para mim porque tirei 7 em francês — explicou. — Não que ela seja o estereótipo da mãe asiática obcecada por estudos ou coisa assim. Só que ela acha francês um idioma "chique" demais para alguém ser reprovado.

O professor particular de Penny, Bobby, tinha dezenove anos, era pálido, meio gordinho, com dedos longos e finos e cabelo castanho que caía no rosto dele até o queixo. Era metade filipino e bem alto, embora suas roupas certamente coubessem em Penny. Parecia que o garoto havia decidido parar de comprar roupas novas aos catorze anos. As camisetas mal cobriam sua barriga, o que já era um indicativo bem óbvio de sua peculiaridade. E os olhos dele… Eram lindos. Um era verde-amarelado e o outro cinza-azulado. O fenômeno se chamava heterocromia. Bobby explicou como aquilo acontecia —

hereditariamente falando — e desenhou um esquema enquanto falava sobre ervilhas, mas como Penny ainda não tinha uma quedinha por ele, ignorou as partes mais detalhadas.

— Bobby era um desses garotos-prodígios em programação de computadores. — A voz dela parecia distante. — O pai dele era uma figura importante na IBM naquela época e era amigo da minha mãe. Isso não quer dizer muita coisa, minha mãe era amiga de todo mundo. Ainda é.

Na maior parte do tempo, Penny não era motivo de preocupação para Celeste. Nunca tirava menos de 8. Então, no fim do segundo ano, quando pareceu que Penny acabaria com um 7, sua mãe chamou Bobby.

A metodologia de ensino dele era suspeita, para dizer o mínimo. Bobby ia à casa de Penny duas vezes por semana para passar DVDs piratas de filmes franceses que ela já tinha visto antes, só que sem legendas. Normalmente *O fabuloso destino de Amélie Poulain* ou *Acossado*. Eles liam livros do artista Moebius e quadrinhos de *Asterix e Obelix*, além de uma série sobre dois guerreiros antigos. Também ouviam rap francês, que Penny achava que soava exatamente como o americano, só que muito mais politizado.

Eles falavam bobagens engraçadas em francês com sotaques carregados e horrorosos.

Attend! Pourquoi le Sasquatch abandonnerait sons sac à main?

"Espere! Por que o Pé-Grande deixaria a bolsa dele?"

Ou

Astérix et Obélix veulent faire l'amour doux, doux, à l'autre. Il est évident, n'est-ce pas?

"Asterix e Obelix querem fazer um amorzinho gostoso um com o outro. Isso é óbvio, não?"

Bobby falava quatro línguas. Quando fez quinze anos, ganhou uma bolsa de estudos de cem mil dólares para pular a faculdade e ir direto trabalhar no Vale do Silício, mas não aceitou, porque disse que não queria ser *bourgeois*. Eles comiam bobagens e tomavam o vinho branco de Celeste escondidos enquanto assistiam a *La Déesse!*, um programa de culinária francês no qual uma mulher bem-intencionada de blusas coloridas preparava refeições elaboradas para o marido.

Bobby foi o primeiro garoto com quem Penny se sentiu totalmente confortável. Ela podia comer comidas com molho na frente dele, expor suas opiniões e agir de forma boba. Até suas discussões eram quase sempre boas. Ele detestava inconsistência ou contradição. Depois que Penny contou a Bobby que tinha intolerância à lactose, ele agiu como se a tivesse flagrado numa mentira quando a viu comendo salada de atum com maionese. Bobby não conseguia acreditar que maionese não continha leite até eles procurarem os ingredientes no Google.

Ele fazia aniversário no dia dezessete de agosto. Depois de Celeste ir dormir, logo após o jantar, Penny surrupiou uma garrafa de vinho zinfandel das bebidas da mãe. Ela e Bobby ficaram passando a garrafa entre eles enquanto assistiam a Ysel, a estrela de *La Déesse!* preparar aspic de pato. Estavam sentados no sofá. Na verdade, ele estava sentado. Penny estava com as pernas jogadas em cima das dele, praticamente deitada. Precisava se sentar toda vez que falava com ele, para o caso de ficar com queixo duplo naquele ângulo, e estava preocupada que suas bochechas estivessem tão vermelhas quanto as de Celeste quando bebia. A mãe chamava aquilo de Rubor Asiático, e Bobby não entendia. Era preciso tomar um antiácido antes de beber para evitar a reação, mas Penny tinha se esquecido.

Embora fosse aniversário de Bobby, ele tinha levado um presente para Penny. Um exemplar de *Zero Girl*. Ele o entregou numa sacola preta de plástico e falou sobre a história enquanto Penny folheava as páginas pintadas em aquarela.

— É um clássico — disse Bobby. — E me lembra demais você. É sobre uma garota que está no ensino médio e tem uns poderes meio obscuros e derrota todos os seus inimigos mortais e então toma uma iniciativa com seu orientador, que é todo gângster, aliás, e eles se apaixonam…

Para Penny, estava claro o que ele dizia nas entrelinhas. Uma tonta com um crush num cara mais velho, um professor até, e eles terminam juntos porque ela dá o primeiro passo! Era romântico.

— Eu ficava olhando para a boca dele — lembrou Penny. — É assim que supostamente se dá a entender pra um cara que você quer que ele te beije. Pelo menos era o que eu tinha lido.

Sam assentiu.

Funcionou. Penny induziu Bobby a beijá-la. Não tinha sido o primeiro beijo dela, mas quase.

O primeiro beijo de Penny foi com Richard Kishnani na colônia de férias, quando ela tinha treze anos. Richard usava aparelho nos dentes, e Penny só se sentira atraída pelo garoto porque a mãe dele trabalhava na NASA.

Também tinha beijado Noah Medina no cinema, que bateu com os dentes nos dela quando avançou com vontade. Noah era da Flórida e tinha colocado a mão de Penny no negócio dele. Estava com um short de nylon que fazia um barulho irritante, só podia ser uma roupa de banho. Penny pediu licença para ir ao banheiro e nunca mais voltou.

Com Bobby, Penny fechou os olhos, moveu os lábios com calma e imaginou que, se um dia alguém perguntasse, aquela seria a história do primeiro beijo dela. Era aquele que contava. O beijo pelo qual ela se esforçara. A boca de Bobby era incrível. Quente. Macia, mas não demais. Úmida, mas não demais.

Quando ele abriu a boca e a língua dos dois se tocaram, Penny não ficou nervosa. Não foi pegajoso ou anatômico. Foi gostoso.

Pelas contas de Penny, eles haviam se encontrado dezesseis vezes em ocasiões diversas, o que os tornava amigos.

Por isso ficou tão surpresa com o que aconteceu em seguida.

Penny disse para ele parar. Tinha certeza. Ou pelo menos disse "não". Na verdade, disse "não" mais de uma vez, embora não soubesse ao certo se isso contava. Mas ele continuou.

— Talvez eu tenha falado baixo demais.

Ela não gritou por socorro. Celeste estava logo ali, no andar de cima. Penny não chutou o saco dele, como qualquer heroína que se preze teria feito. Em vez disso, ficou deitada, totalmente imóvel, e se distanciou da cena o bastante até estar segura em um canto da própria mente. Do sofá, presa sob o corpo de Bobby, Penny virou a cabeça para o lado e ficou olhando para a revista *Zero Girl* aberta em cima da mesa de centro enquanto ele golpeava as entranhas dela com o pau. O pau dele era roxo. Um roxo de desenho animado. Quando ele colocou a camisinha translúcida, Penny não conseguiu acreditar que tinha uma cor tão forte e vibrante. Bobby levara alguns minutos para ajeitar o preservativo, e Penny não sabia por que não tinha gritado, ou arrancado a camisinha das suas mãos enquanto ele pairava acima dela. Ela só sabia que não tinha reagido. Não fez nenhuma das coisas que praticamente qualquer pessoa com um cérebro sabe fazer. Tudo o que ela queria era que Celeste não visse nada daquilo.

— Ele não me bateu nem nada — disse Penny. Então continuou: — Foi tão constrangedor. E o mais confuso foi que eu não fiquei com raiva. Pareceu inevitável, de certa maneira. Uma conclusão óbvia. Eu o vi mais duas vezes depois disso e agi de maneira civilizada.

Penny olhou para Sam. Ele estava com uma expressão séria.

— Sou praticamente fluente em francês agora — disse ela. — Minha mãe acha que é por causa dele, mas não é. Bobby era no máximo proficiente.

Penny estava louca para saber o que Sam estava pensando. Nunca havia contado aquela história para ninguém.

— Acha que sou um caso perdido?

SAM.

Sam não conseguia acreditar que um cérebro tão vivo e complexo quanto o de Penny pudesse se forçar a fazer aquela pergunta. O coração dele doeu.

— Não. Não acho que você seja um caso perdido.

Sam a puxou para si, e Penny deixou. Ele sentiu o corpo dela ficar tenso, então amolecer, como um daqueles gatos que congelam quando alguém os levanta.

Penny bocejou próximo ao peito dele. E os dois ficaram apoiados um no outro por algum tempo.

— Preciso ir — disse ela, afastando-se.

Sam quis detê-la, mas sabia que não devia.

— Estou cansada — completou ela, já se levantando.

Penny saiu cambaleando de um lado para o outro, sonolenta. Sam a seguiu pelo corredor.

— Quer que eu acompanhe você? — perguntou ele.

— Deixa de ser bobo — disse ela, gesticulando no ar. — Moro a dez quarteirões de distância. Conforto e segurança a dez passos de você.

Sam se perguntou onde já tinha ouvido aquilo antes, e lembrou que era a frase escrita numa placa enorme do condomínio do outro lado da rua.

Penny fechou o zíper do casaco e puxou o capuz bem para baixo.

— Vou ficar bem.

Sam queria abraçá-la. Na verdade, queria abraçá-la e então instalar uma cerca eletrificada ao redor dela. Uma cerca com um fosso ao redor cheio de crocodilos famintos e raivosos. Era ridículo, mas Sam nunca havia imaginado que nerds podiam ser estupradores. Ele achava que estupradores eram sempre atletas imbecis, ou monstros malvados sem rosto que foram molestados na infância. Uma parte dele estava feliz porque Penny ia voltar para dentro do celular dele. Ali era seguro, e Sam tinha tanto a contar e perguntar a ela que seria difícil demais fazer isso pessoalmente.

— Eu sei — disse ele, vestindo um casaco preto. — Mas vou propor um acordo. Da próxima vez em que eu aparecer na sua casa sem avisar, você pode me acompanhar até a minha casa.

Penny deu um sorriso sonolento.

— Mas meus sanduíches não são tão gostosos.

— Isso é porque eu sou o rei dos sanduíches.

— Acho que está mais para um conde — murmurou a garota.

Sam gemeu.

Ele sorriu para as costas dela enquanto os dois desciam a escada. Sam apagou as luzes e trancou a porta. A noite estava fria. Apenas uma levíssima sugestão de que havia alguma coisa parecida com outono no Texas.

Eles caminharam juntos em silêncio. Os dois com as mãos enfiadas nos bolsos. As ruas estavam tranquilas, mas não desertas. Alguns casais, relutantes em dar a noite como terminada, faziam hora perto dos carros estacionados.

Sam ficou ouvindo os passos dela em compasso com os dele.

— É aqui que eu fico — disse Penny depois de algum tempo, parando diante da fachada horrorosa do dormitório dela.

Ele olhou para cima.

— Sabe, vejo esse prédio o tempo todo e nunca me ocorreu que pessoas tinham que morar aqui.

O edifício azul e salmão com janelas redondas o lembrava de uma versão monstruosa daquele jogo infantil Lig 4.

Penny riu.

— Ah, mas quando você está dentro não consegue ver o lado de fora.

— Que parábola maravilhosa — disse ele.

— O que *é* uma parábola? — perguntou ela, inclinando a cabeça. — Sempre me esqueço de procurar, mas, pensando bem, estou falando com alguém que nem sabe o que é ironia, então…

Sam riu.

— Ninguém sabe. Essa é a verdade. Assim como ninguém sabe a diferença entre parábola e alegoria. Você sabe?

Ela sorriu.

— Não faço a menor ideia.

— Viu só?

Eles ficaram rindo com cara de bobos um para o outro.

— Acho que alegoria tem a ver com personagens — disse Penny. — Alguma coisa tipo *A revolução dos bichos*?

— Fonte, por favor? — retrucou ele na mesma hora.

Meu Deus, os dois eram incorrigíveis.

— Obrigada pela comida, pela conversa, por ser incrível e por me trazer até em casa — falou Penny.

Os dois ficaram se olhando em frente aos elevadores, se perguntando quem daria o próximo passo e qual seria ele exatamente.

Sam preferiu não mexer em time que estava ganhando. Ele deixou as mãos nos bolsos em vez de estendê-las para Penny, como queria desesperadamente fazer.

— Dorme bem, Penny — disse.

— Você também, Sammy — respondeu ela.

Ouvi-la chamá-lo de "Sammy" fez com que ele derretesse por dentro.

Penny sorriu.

— Você já pensou que seu sobrenome quer dizer "padeiro" em alemão, e que você faz pães, e que o de Jude é Lange, que quer dizer "alta"?

Ele a olhou sem expressão, então balançou a cabeça. Queria esmagá-la com a força de um superabraço. Ou isso, ou morder o rosto dela. Por que Penny era tão fofa?

— Eu já — confessou ela. — O tempo todo.

Sam a observou entrar no elevador.

— Aí, manda uma mensagem quando chegar em casa — disse Penny quando as portas começaram a se fechar.

— Aí — disse ele, rindo. — Pode deixar.

Sam pensou em um milhão respostas mais legais, porém, mais do que qualquer coisa, desejou ter beijado Penny.

PENNY.

SAM HOUSE
Hoje 23h36

Em casa

Penny se sentiu um pouco tentada a esperar até as duas da manhã para responder, como ele tinha feito no início, mas estava empolgada demais. Ela estava na cama quando o celular vibrou. Jude tinha saído, e Penny se perguntou se algum dia Sam iria até o quarto dela.

O celular vibrou de novo.

Você sabe que importa, não é?
O que aconteceu com você importa

Lágrimas escorreram pelo canto dos olhos de Penny, que estava deitada de barriga para cima com o celular no alto.

Meu Deus. Sam era perfeito. O que eles tinham era bom, e era o que ele tinha para oferecer a ela, e Penny sabia que precisava encontrar um modo de se sentir grata por aquilo. Que escolha ela tinha? E mesmo se um dia alguma coisa acontecesse entre eles, alguma coisa maravilhosa e aterrorizante que pusesse em teste aquela amizade, em que aquilo resultaria? Romances são voláteis, e se ela e Sam terminassem com menos do que tinham no momento, Penny ficaria arrasada. Não conseguiria voltar a uma realidade em que não tinha Sam em sua vida. Se mantivesse as coisas como estavam, ela garantiria que os dois sempre pudessem contar um com o outro. Como amigos. Como contatos de emergência. Aquele era o combinado. Aquele sempre tinha sido o combinado.

Penny sabia a sorte que tinha só por ter Sam em sua vida. Ela confiava nele, e ele confiava nela. Isso era incrível. Era quase como se tivessem furado os polegares e feito um juramento de sangue.

Que bom que você está em casa

Ainda está com sono?

emoji de olhos

Penny estava elétrica.

Talvez eu nunca mais durma.

CHAMADA DE SAM

O coração de Penny deu um pulo. Ela atendeu.

— Oi — disse ele. — É o Sam.

Penny riu.

— Sei não, acho que estamos indo rápido demais, Sam.

Ela ouviu a risadinha dele e imaginou-o no colchão fino do quarto no fim do corredor. Penny gostava de saber onde localizá-lo no mundo.

— Não é? Somos muito imprudentes.

— Lunáticos — concordou ela.

— Ei, vamos fazer um pacto.

— Claro.

— Ótimo, passo aí para buscar sua alma em meia hora. Tchau!

Penny riu.

— Qual é o pacto?

— Vamos ser amigos — disse ele, subitamente sério. — De verdade.

Penny assentiu, as lágrimas rolando por seu rosto.

— Somos amigos — respondeu suavemente.

Ela respirava baixinho para que ele não a ouvisse chorando.

— Sim, eu sei, mas vamos ser incríveis um com o outro.

— Combinado.

— Sabe por que eu liguei? — perguntou Sam.

— Por quê?

— Porque não quero que você me puna por saber demais — explicou ele.

— Como assim?

— Tipo... não se afaste de mim porque me contou coisas muito pessoais. Não decida que as coisas entre nós ficaram estranhas.

— Não fui eu que decidi da última vez...

— Eu sei — concordou ele. — O que eu estou dizendo é: não vamos fazer isso, nenhum dos dois. Não jogue a pasta com todas as minhas informações no lixo do computador só para ouvir aquele barulhinho de papel amassando.

— Você não pode me pedir isso. Aquele barulhinho é bom demais.

— Só não fique estranha comigo. E eu prometo que não vou ficar estranho com você.

— Ok — disse Penny.

Eles ficaram em silêncio.

— Você acha que eu deveria ter denunciado ele para a polícia?

Penny tinha passado muitas noites insones pensando a respeito.

— Acho que deveria ter feito o que pareceu certo para você no momento.

— E se ele fez de novo? Depois de mim?

— Isso é culpa dele, não sua.

— Acha que eu deveria ter contado pra minha mãe?

— Não se não era o que você queria — respondeu Sam. — Tenho bastante certeza de que o que você quiser é o certo.

— Você sabia que às vezes eles fazem a garota pagar pelo próprio exame de estupro?

— Sério?

— Sim, a pessoa precisa passar por um exame para colher material quando tudo o que quer é ir para casa. E alguns hospitais cobram para fazer o teste. Além disso, há depósitos cheios de exames de estupro por todo o país que os policiais sequer analisaram. Tipo, milhares e milhares de exames.

Sam ficou em silêncio por algum tempo antes de falar:

— Sinto muito que isso tenha acontecido com você.

— Fico feliz por ter te contado.

— Eu também. Quero que a gente converse sobre tudo. Nunca mais quero ficar sem falar com você. Foi horrível.

— Bem, eu não adoro ficar falando sobre a minha vida — disse Penny.

— Claro, ninguém gosta. Mas se é uma coisa importante, às vezes a gente tem que exorcizá-la.

— Meu Deus. A gente pensa que vai ser catártico, mas é mais como vomitar depois de achar que já colocou tudo pra fora — disse ela.

— Acho que só funciona de verdade quando estamos vomitando tanto que parece que uma veia do olho vai estourar.

— Quando não tem mais nada além de bile saindo?

— Isso — concordou Sam.

— Sem pedaços?

— Isso, sem pedaços.

Penny podia sentir o sorriso dele do outro lado da linha. Isso a deixou arrasada.

— Que droga — disse ela. — Por que tanto trabalho?

— O dever de casa não termina. Pilhas e pilhas de dever de casa emocional para sempre se você quiser se qualificar como adulta.

— Por que ninguém nos avisa?

— Ninguém nunca avisa merda nenhuma — disse ele. — O truque é ter um amigo.

— Um contato de emergência.

— Exatamente — disse ele. — Esse é o pacto.

Era um bom pacto. Não exatamente o pacto que ela queria, no qual os dois fugiam juntos para o Taiti, mas dava para o gasto.

— Estou dentro.

— Legal — disse Sam. — Boa noite, Penelope Lee.

— Tchau — respondeu Penny.

Menos de dez segundos depois, ele mandou outra mensagem:

Have a willie nice night!

Meu Deus, como aquele garoto era babaca.

SAM.

Na manhã seguinte, Sam acordou se sentindo bem. Não sensacional ou algo idiota do tipo, mas bastante bem. Penny já tinha mandado uma mensagem, e tudo estava em ordem no mundo. Ele tomou um café para despertar e saiu para buscar Bastian.

A Nectars East Side, onde a mãe de Bastian trabalhava, era um negócio pequeno, em um pequeno shopping a céu aberto no North Side. Na estrada, as placas de neon diziam, em sequência: comida chinesa, donuts, suco, e então armas. Suco era a única discrepância hipster naquele contexto. Todo o resto era tão comum como pão na chapa.

Só havia três bancos na frente, perto da janela, e uma cozinha com uma fileira de centrífugas para suco no fundo. Quando Sam e Bastian entraram, a loja estava vazia. Luz Trejo, uma mulher baixa e magra cujos olhos atentos e feições delicadas tinham sido herdados pelo filho, encarou Sam fixamente. Como Brandi Rose teria dito, a mulher não parecia ter papas na língua. Bastian se apoiou contra a parede perto do balcão, a cara fechada, segurando o skate como se estivesse preparado para escapar a qualquer momento.

— Oi — disse Sam.

Ele cumprimentou Bastian com um aceno de cabeça, e o garoto retribuiu com um complicado aperto de mão que Sam nem tentou acompanhar.

Sam deixou Luz analisá-lo; as roupas pretas e as tatuagens. O fato de ele feder a fumaça de cigarro não ajudou muito.

Luz perguntou alguma coisa a Bastian em espanhol, e ele revirou os olhos.

— Qual é o seu nome?

— Sam Becker.

— Quantos anos você tem, Sam Becker? — perguntou ela, secando as mãos no avental azul-claro.

Suas mãos pareciam pelo menos vinte anos mais velhas do que o rosto.

— Vinte e um — respondeu Sam, subitamente nervoso.

— Alemão?

— Metade — respondeu ele. — A outra metade é polonesa.

— Um vira-lata.

Ele assentiu.

— Que história é essa de você andar com o meu filho mexicano de catorze anos?

— Mãe! — protestou Bastian, parecendo ter exatamente os catorze anos que tinha.

— Ele anda de skate perto da minha casa — explicou Sam.

— Na hora da aula? — perguntou ela.

— Às vezes — respondeu Sam.

De jeito nenhum seria pego numa mentira pela sra. Trejo. Luz se inclinou por cima do balcão e deu um cascudo na cabeça do filho. Bastian olhou feio para Sam.

— Traidores sofrerão as consequências — sibilou o garoto.

Luz fez um *shh* para o filho.

Sam manteve os olhos em Luz e tentou parecer responsável.

— Sou estudante — falou. — Estou dirigindo um documentário sobre Bastian e queria pedir sua permissão e saber se poderia entrevistá-la também.

Um cliente entrou na loja. Um homem branco, mais velho, de bigode.

— Oi, Anthony — cumprimentou Luz.

— Nossa — comentou Anthony. — Está um calor infernal lá fora.

Era um dia de outono de quase quarenta graus.

Luz empurrou Sam e Bastian para o lado, para fora do caminho do cliente.

— Abacaxi com hortelã? — perguntou.

Ele assentiu. Enquanto preparava o suco, Luz gritou do fundo, acima do barulho da centrífuga.

— É um pouco tarde pra pedir permissão se você já começou, não acha?

Sam não tinha ideia de como responder àquilo.

Ela entregou o suco a Anthony, que deu um longo gole, olhou Sam de cima a baixo e disse:

— Se você irritou essa daí, boa sorte.

O cliente acenou, pegou duas notas de cinco na carteira do bolso de trás da calça jeans e saiu.

— Sobre o que é? — perguntou Luz.

— Ser adolescente em Austin — respondeu Sam.

— Nossa, digno de um Oscar… — comentou ela.

Sam sentiu que Bastian os observava com atenção para ver quem ganhava a discussão.

— Olha, sou universitário — explicou. — Não sou um garoto rico, que vive do dinheiro dos pais. Sou eu que estou bancando a faculdade de cinema.

— Cinema? — disse Luz. — Para mim isso parece coisa de garoto rico. Por que não faz programação ou alguma outra coisa que dê dinheiro? Sabe quais são as chances de conseguir trabalhar como diretor de cinema?

— Eu sabia que você ia dizer isso! — reclamou Bastian. — Se quer ter seus sonhos destruídos, basta falar com ela sobre faculdade na área de artes.

Luz deu outro cascudo em Bastian. Ele fechou a cara e esfregou a cabeça.

— Olha, eu não quero ser entrevistada nem nada assim — declarou ela. — Não é pra mim. Só não grave durante o horário da escola e me mostre esse filme antes de mostrá-lo para qualquer um. Não quero nada inapropriado.

Sam assentiu.

— E se você ficar rico e famoso, vai pagar a faculdade desse garoto — completou Luz.

— Pode ser a Escola de Design de Rhode Island? — perguntou Bastian.

Luz respondeu em espanhol por algum tempo. Bastian falou mais alguma coisa e riu.

Sam sabia que estavam falando dele.

— Quer um suco? — perguntou ela.

— Claro. Um suco com certeza cairia bem — disse Sam.

— Você está precisando mais de um milk-shake, na verdade, *flaco* — retrucou Luz.

Ela preparou alguma coisa com beterraba. Era grosso e tinha cor de rubi. Enquanto bebia, Sam imaginou suas células atrofiadas se revitalizando.

— Nada mal — elogiou, dando outro gole.

Era esquisito. Um suco com gosto de beterraba.

— É, seu povo adora.

— Meu povo?

— Ela está falando dos brancos — explicou Bastian.

— Quanto eu te devo? — perguntou Sam, torcendo para ter dinheiro.

— Não se preocupe — falou Luz, e espantou-os para fora da loja.

Os dois voltaram para o carro.

Bastian prendeu o cinto de segurança.

— Ela gostou de você — disse ele.

— Ah, é?

— Aham. Minha mãe cobra de todo mundo.

— O que vocês dois estavam falando sobre mim? — perguntou Sam. — Aquilo que fez você rir. Alguma coisa sobre a faculdade.

— Ah — disse Bastian, rindo. — Ela disse que eu talvez pudesse ir para a escola de arte, desde que não fizesse nada idiota tipo me tatuar inteiro e nunca mais conseguir um emprego de verdade, como você.

Sam riu.

— Eu disse que ela era implacável.

Sam se perguntou se Bastian sabia o quanto era sortudo por ter Luz. Ter uma mãe que realmente parecia gostar dele. Sam virou à direita na Taco Cabana e atravessou a linha do trem até uma parte da cidade tão perigosa que não tinha nem um bar.

— Estaciona aqui — falou Bastian.

Eles estavam em uma rua genérica, perto de uma cerca de arame. Bastian desceu, deixou o skate no carro e pendurou a mochila no ombro.

Ele engatinhou por um buraco cortado na cerca. Sam o seguiu. Bastian examinou depressa os arredores, pegou uma chave e abriu um cadeado grosso que trancava a porta de metal de um prédio marrom com grafites brancos na frente. A sigla

NSB tinha sido pixada em letras gigantes e ameaçadoras, e se referia a uma gangue da cidade. Sam se perguntou se eles seriam executados por invasão de propriedade.

— Relaxa — disse Sebastian, ao perceber o medo de Sam. — Pintei isso aí para que os mendigos não roubassem minhas paradas.

Para Sam parecia o tipo de plano genial que acabava com alguém morto.

O garoto não parava de falar de alguma coisa que estava ali e que queria mostrar a ele. Sam se perguntou se seria uma rampa de skate ou um laboratório de metanfetamina. Seguiu Bastian por um corredor frio que cheirava a cimento fresco.

— Vai, cara — reclamou o garoto. — Pega sua câmera. Você precisa filmar tudo isso.

O espaço cavernoso foi inundado por luz natural. Não dava para ver da rua, mas havia painéis de vidro bem no alto das paredes e do teto abobadado que serviam como claraboias. Era um milagre que algum empreendedor hipster já não tivesse comprado o lugar para transformá-lo em um estúdio de design ou um espaço de coworking vegano.

— Isso é incrível — comentou Sam, girando para olhar ao redor.

— Tem um vazamento no teto — reclamou Bastian, como se estivesse pagando caro pelo lugar.

No meio do espaço havia uma cadeira dobrável de lona e pinturas de vários tamanhos.

O ar tinha um cheiro forte de produtos químicos. Esmalte de unha. Ou primer para pintura.

— Então, é nisso que estou trabalhando — disse Bastian, gesticulando para as telas a postos. — Nisso e em me tornar o Nyjah Huston mexicano e juntar dinheiro para comprar um Nike SB.

O garoto pintava do mesmo jeito que andava de skate. As pinceladas eram claras e confiantes. As faixas e toques de tinta faziam sentido onde estavam e prendiam a atenção de quem olhava. Havia uma série de cabeças disformes com fileiras de dentes irregulares. Em outra tela, rostos marrons riscados em cruz com traços furiosos feitos com um marcador. Em uma tela estava escrito "para mamãe" com as palavras riscadas, com uma montanha de minúsculos bonequinhos-palito também desenhados com traços furiosos, um sobre o outro, com vários corações nas cores do arco-íris entrelaçados. As criações de Bastian comandavam o espaço que ocupavam.

— Onde conseguiu todo esse material?

Alguns quadros eram do tamanho de caixas de sapatos, outros, quase dois metros mais altos do que Bastian.

— Eu faço as telas — explicou, dando de ombros. Ele olhou direto para a câmera de Sam. — Elas custam um rim nas lojas de arte. Além do mais, aqueles babacas esnobes detestam quando eu apareço. Ficam me seguindo como se eu fosse um imigrante ou algo assim.

Ele riu.

— De qualquer modo, consigo a maior parte das minhas coisas em lojas de material de construção — continuou. — E dá pra roubar madeira daquelas caçambas grandes de entulho quando estão construindo loteamentos novos. Mas tem que chegar cedo. Mas esse é o meu bem mais precioso — completou Bastian.

Sam o seguiu até a parede mais ao fundo. Havia uma serra circular, amarela e prateada.

— É uma serra de esquadrilha — disse ele, querendo dizer "esquadria". Sam não o corrigiu. — Para as molduras.

Bastian pegou uma caixa de tintas acrílicas e mostrou para a câmera.

— Um viva para a srta. Mascari, da Burnet Middle School! — disse. — Ela me deu isso de presente porque está apaixonada por mim.

Ele deu um sorriso malicioso para o celular de Sam.

— Por que pintura? — perguntou Sam, dando zoom na câmera do celular.

— Por causa do deus Basquiat, é claro — respondeu Bastian. — Ele é uma lenda. Devin Troy Strother também é o cara. E Warhol. Cara, esse velho esquisito era O melhor. Ele nem estava mais trabalhando e ainda era pago.

Então Bastian ficou sério por um segundo.

— Mas detesto Richard Prince — afirmou. — Ele é um ladrão. E Jeff Koons é meio qualquer coisa.

— Você aprende essas coisas na escola? — perguntou Sam.

— Que nada. No Instagram.

Arte era um assunto sobre o qual Sam gostaria de saber mais. Ele ficava com vergonha de visitar museus sozinho e não conhecia ninguém que quisesse ir com ele.

Sam andou de costas até o meio do espaço para capturar o máximo possível dos quadros de Bastian. Aquele parecia ser um momento importante. Uma história que ele contaria a alguém um dia, quando Bastian fosse conhecido por todos e não se lembrasse mais de Sam.

Eles saíram e dividiram um cigarro.

Sam filmou Bastian tirando um pedacinho de tabaco da língua.

— O que te faz acreditar que, entre todas as pessoas, você vai conseguir ser um artista? — perguntou Sam, enquadrando o rosto de Bastian.

O garoto soltou o ar formando um círculo perfeito de fumaça. Ele já tinha uma atitude de famoso tão intensa que chegava a ser ridículo.

Bastian inclinou a cabeça.

— Que tipo de pergunta é essa? Porra, cara, isso é arte — disse, com a cara fechada. — A gente não escolhe. A arte escolhe você. Se desperdiçar a chance, seu talento morre. E é aí que você começa a morrer junto com ele.

• • •

— Então ele deixa você ficar de boa aqui?

Sam levou Bastian até o House, onde o garoto ficou rapidamente muito à vontade. Bastian estava jogado num sofá com os pés em cima da mesa de centro.

— Você traz garotas para cá e se diverte com elas e tal?

— Que nada.

Sam chutou os tênis sujos de Bastian para fora da mesa.

— Eu trabalho aqui, cara. Você não caga onde come.

Bastian observou o lugar. Sam havia prometido fazer panquecas para ele, já que era o que o "talento" do filme desejava.

— Mas você tem as chaves e pode entrar sempre que quiser?

Sam assentiu.

— Que maneiro seu chefe confiar assim em você.

Bastian indicou a lareira com a cabeça.

— Essa merda funciona?

— Aham — respondeu Sam. — Nós acendemos perto do Natal. Fica um forno.

Bastian foi até a lareira para inspecionar.

— Pô, isso é maneiro — falou, espiando dentro da chaminé. — Dá para assar marshmallow e essas merdas.

Apesar de tirar onda sobre garotas e se considerar o próximo Basquiat, era inegável que Bastian continuava sendo um garoto de catorze anos.

Sam pegou uma pasta e entregou a ele.

— Preciso que sua mãe assine isso — falou.

Bastian encarou a pasta.

— Ih, nem tenta. Ela não vai assinar.

— Não é nada de mais — explicou Sam — É uma autorização, porque você é menor de idade.

Bastian pegou a pasta e deixou na mesa de centro.

— Luz não assina nada — repetiu. — Ela está ilegal no país. Quer dizer, ela chegou ainda criança aqui.

— Mas ela é gerente do quiosque de suco — comentou Sam. Ele sabia da situação de trabalhadores não registrados, mas nunca imaginaria Luz, a mãe mais *mãe* que ele já tinha conhecido, como uma.

— E o inglês dela...

Bastian revirou os olhos.

— Ela está aqui há mais de vinte anos, idiota — disse. — Você não pode contar a ninguém. É uma merda, e ela passa todos os dias paranoica achando que alguém vai pedir seus documentos.

Para Sam, aquilo parecia a Alemanha durante a Segunda Guerra.

— Que maluquice — disse Sam.

Mas a verdade é que já ouvira notícias sobre patrulhas de imigração no Texas, só nunca tinha prestado muita atenção. Nunca precisara.

— Ela não pode dar entrada num green card, já que está aqui há tanto tempo e teve você aqui? — perguntou.

Bastian balançou a cabeça.

— Que nada, ia ser a mesma coisa que tentar ganhar na loteria — disse ele. — E com tudo o que está acontecendo, se descobrirem e deportarem ela, o que acontece comigo?

Enquanto Sam tinha crises de autopiedade semanalmente e ataques de pânico por ser "quase" um sem-teto e por "quase" ter sido pai, uma mulher e várias outras como ela estavam lidando com problemas reais.

— Você não pode falsificar a assinatura? — perguntou Bastian. — Merda, deixa que eu assino.

— Não se preocupa — disse Sam. — Não é tão importante assim.

• • •

Depois de uma espera de trinta e seis minutos ao telefone, Sam descobriu que na verdade aquilo era importante, sim. O departamento de cinema da Faculdade Comunitária do Álamo era relapso em relação a tudo, com exceção da amada burocracia.

— As autorizações para os participantes de seu filme e a cessão dos seus direitos autorais precisam acompanhar o trabalho. O departamento automaticamente o inscreve em uma série de bolsas de estudos e festivais, junto com…

A senhora ao telefone continuou a falar sobre o departamento como se fosse uma antiga sociedade secreta com regras muito rígidas.

— Então deixa eu ver se entendi direito, Lydia — começou Sam. — Seu nome é Lydia, certo?

— Sim. Isso mesmo.

— Então mesmo que eu só entregue meu projeto para conseguir uma nota, eu sou automaticamente inscrito em todas essas outras coisas?

— Sim.

— O que quer dizer com direitos do meu trabalho?

— É o que estou tentando explicar a você — continuou Lydia, devagar. — Você cede à universidade e suas afiliadas os direitos autorais do seu trabalho, e o departamento tem o direito exclusivo e internacional de exibição, execução, mostra, distribuição, transmissão, disponibilização para download, aluguel, disseminação, liberação de cópias para o público, transmissão por TV aberta ou a cabo, ou ainda de importação, adaptação, aprimoramento, exibição, tradução, compilação ou qualquer outro uso em qualquer mídia. E também de adaptação como musical ou peça teatral.

— Calma aí — interrompeu Sam. — Um musical?

— Sim — confirmou Lydia. — Um musical.

— Se transformarem meu documentário sobre um garoto mexicano de catorze anos que mora no East Side e pinta com seus amigos ferrados em um musical estilo *Hamilton* ou o que seja, o departamento fica com todo o dinheiro?

— A chance de isso acontecer é de mínima a nula — disse ela. — Lin-Manuel Miranda é um gênio reconhecido, já você... — Lydia pigarreou antes de continuar: — Mas, sim, visto que você terá cedido os direitos autorais ao departamento.

— E eu não tenho que assinar nada — falou Sam. — Só entregar o meu projeto automaticamente dá permissão para tudo isso.

— Bem, entregar o seu projeto com as autorizações necessárias. Isso está muito claro no currículo do curso. E, como você sabe, seu projeto representa um grande percentual da nota, como foi determinado pelo seu professor, o dr. Lindstrom. São oitenta por cento, se não estou enganada — completou ela.

— Lydia, você já conheceu o dr. Lindstrom?

— Na verdade, não.

— Bem, nem eu — disse Sam, e desligou.

De maneira nenhuma Sam arriscaria o futuro de Luz e Bastian por aquele projeto. A taxa de matrícula que fosse para o inferno. Além do mais, musicais eram um saco.

PENNY.

Penny estava prestes a ver Andy, o que a deixou nervosa. Ele tinha mandado uma mensagem depois de convidá-la para sair, mas ela não soube o que responder. Não queria sair com ele — disso Penny sabia —, mas percebeu que na última semana vinha contando as horas para a aula com uma expectativa ansiosa porque Andy admitira que gostava dela. Ele tinha sido todo formal. Ela escolheu uma legging preta limpa e chegou na aula dez minutos antes do horário.

Andy chegou pouco antes de o sinal tocar e se sentou na carteira na frente da dela. Penny percebeu que ele precisava cortar o cabelo. Dava para ver a sombra da raiz crescendo pela nuca bronzeada. Andy usava um conjunto de moletom branco e tênis da mesma cor, e Penny não conseguia acreditar em como tudo nele era impecável. Andy praticamente cintilava.

Ela pensou em como talvez não fosse mais vê-lo no ano seguinte, e como seu eu do futuro ficaria furioso com o eu do presente por estragar tudo.

Penny estreitou os olhos ao examinar a nuca de Andy. Era uma boa nuca. Os ombros também eram incríveis. Musculosos, mas nada que indicasse vaidade ou obsessão. Como se pudesse sentir o olhar dela quase abrindo um buraco em seu pescoço, Andy se virou de repente.

Merda.

Penny mostrou os dentes em um sorriso rígido que indicava que tudo estava bem. Andy voltou a olhar para a frente e mandou uma mensagem para ela.

Me espera depois da aula.

— Tá bom, Penny, sou eu que estou deixando as coisas bizarras ou é você?

Eles estavam parados na beira do gramado, mas não adentraram a ponto de Andy correr o risco de sujar o tênis branco na grama.

— Provavelmente é você — disse ele.

— Provavelmente sou eu — concordou Penny.

Ela sentiu uma necessidade imediata de tirar um cochilo. Era impressionante como o corpo dela reagia ao confronto.

— Não é nada de mais, sabe — disse ele.

Andy tirou um cilindro preto e fosco de dentro da mochila, abriu o topo e sacou um par de óculos escuros. Ele colocou os óculos. Penny ficou chocada ao perceber a vantagem competitiva que representava não poder ver os olhos do adversário em uma briga. Não que aquilo fosse uma briga. Ou talvez fosse. Penny não tinha certeza. Ela juntou as mãos acima dos olhos, formando uma espécie de viseira, e ergueu os olhos semicerrados na direção dele.

— Muito bem, então qual é o protocolo agora? — perguntou.

— Protocolo? — Andy riu. — Bem, acho que ainda somos importantes um para o outro como amigos. Colegas. Camaradas literários.

Aquilo era novidade para Penny. Uma boa novidade.

— Então ainda podemos trocar ideias e conversar sobre trabalho?

Ele assentiu. Penny estava eufórica.

— Porque eu preciso da sua ajuda no ato dois — disse ela. — Está uma bagunça, logisticamente falando, e tem algumas inconsistências que não consigo resolver, e eu fiz uma planilha, como você sugeriu, só que então eu li sobre esse método que diz que a narrativa deve ser como o desenho de um floco de neve, que começa como um triângulo e vai ganhando elementos e sendo lapidado até se tornar um desenho mais complexo e chegar à forma final. Mas não sou muito boa em desenho geométrico.

— Affe, que vergonha. Tudo bem, manda para mim — disse ele. — Te devolvo no fim de semana, mas você precisa me ajudar com os meus diálogos. Vou manter suas páginas como reféns até você devolver as minhas.

Penny deu um soquinho no braço dele, como imaginou que um camarada faria.

— Adorei o protocolo! — falou.

— Ótimo — disse Andy, devolvendo o gesto. — De qualquer maneira, acho que é melhor assim. Você é estranha demais.

Penny voltou para o dormitório praticamente flutuando.

Quando chegou ao quarto, ficou animada ao encontrar Jude lendo uma revista e comendo salgadinhos.

— E aí, gata? — disse Jude antes de voltar a folhear a revista.

— Quer sair para fazer alguma coisa? — perguntou Penny, sentando na cama de Jude. Continuava empolgada por causa da conversa com Andy. Estava arrasando no quesito amizade. — Eu dirijo.

Jude a observou.

— Sério?

Penny assentiu e sorriu com mais vontade.

— O que foi, você e seu namorado secreto terminaram ou algo do tipo? — perguntou Jude.

Penny não se abalou.

— Dou-lhe uma, dou-lhe duas... — falou, ainda sorrindo.

— Estou brincando, claro que topo — disse Jude, jogando a revista para o lado e se levantando. — Estou morrendo de tédio porque preciso ler *O manifesto comunista* para amanhã, e... é, não vai rolar. Por que não transformaram logo num desenho animado?

Penny deu de ombros.

— Temos que pegar a Mallory também — falou.

Elas passaram pelo Twombly.

— Para onde vamos? — perguntou Mallory, entrando e se acomodando no banco de trás.

Era uma dinâmica nova ter Penny no comando da noite.

— Quero ver o mar — anunciou Penny.

— Yay! — gritaram as outras em coro.

Penny teve a impressão de que poderia ter sugerido qualquer coisa, do zoológico ao aeroporto, e elas teriam se animado.

A praia mais próxima ficava a três horas e meia de distância, mas Penny estava determinada a chegar a Galveston em menos de três horas. Jude ficou responsável pela música e por olhar o GPS. Mallory ficou encarregada de fazê-las parar a cada meia hora para que ela pudesse fazer xixi. A garota tinha a menor bexiga do mundo.

— Penny, não vejo você há uns mil anos — disse Mallory, entregando um pirulito a ela.

A única vantagem de parar a cada cinquenta quilômetros era que o estoque de petiscos permanecia farto.

— Aquela festa foi tão divertida — continuou.

— Foi mesmo — concordou Jude. — Por falar nisso, como estão as coisas com Andy? Ele é tão gato!

Quando a noite começou a cair, elas estavam na metade do caminho, onde dava para ver uma central de energia elétrica toda acesa mais acima. Era linda, como uma estação espacial na capa de um livro de ficção científica dos anos 1970.

— Sério, o que você anda fazendo, ou com quem? — insistiu Mallory, cutucando a bochecha de Penny com a ponta molhada do doce.

— Para! — berrou Penny.

Mallory riu.

— Nada. E, sim, Andy é ótimo. Ele está me ajudando com o meu projeto.

— Queria que ele me ajudasse com o meu projeto — comentou Jude, e elas riram.

— Estou soterrada de trabalhos e ignorando a minha mãe — falou Penny. — Como todo mundo.

— Ah! — exclamou Jude, estapeando o braço de Penny. — Sua mãe me adicionou no Facebook.

— Não brinca — grunhiu Penny.

— Eca! — exclamou Mallory. — Que falta de noção. Você não aceitou, não é?

— Não — disse Jude. — Assim, Celeste é um amor, mas, é, nem pensar. Foi muita falta de noção. Ela me adicionou literalmente na noite em que saímos.

Penny sentiu o rosto corar.

— Eu contei pra vocês que ela mandou uma mensagem para o Mark, meu ex, depois que nós terminamos?

— O quêêêêêêêêêêêê?!

— Não só isso — falou Penny, com os sentimentos voltando à tona. — Ela ainda fuxicou a vida dele e veio me contar que ele estava saindo com outra pessoa. Por que alguém diria isso à própria filha?

— Isso é ultrajante — confirmou Mallory.

— Totalmente ultrajante — disse Jude. Deu tapinhas solidários no ombro de Penny, e então continuou: — Sabe, sua mãe é legal, mas às vezes fico na dúvida se ter uma mãe legal é melhor do que ter uma mãe estilo *Mulheres perfeitas* como a minha, totalmente inacessível. Pelo menos a Nicole não fica sedenta por detalhes da minha vida.

— É, obviamente também não fica sedenta por nada — concordou Mallory. — Tenho certeza de que a única coisa que Nicole ingere é calmante. — Ela começou a revirar a sacola de compras em busca do refrigerante, então continuou: — Eu amo a minha mãe. Ela é totalmente sem noção, como todas as mães. Mas, não sei, em algum momento do ensino médio nós ficamos amigas. A questão, Pen, é que não dá para ignorá-las.

Penny não conseguia acreditar que a garota mais louca no carro provavelmente tinha a relação mais saudável com a mãe.

— Mães são como vacas — prosseguiu Mallory.

Jude lançou um olhar para Penny. Aquilo ia ser bom.

— É preciso ordenhá-las, ou elas enlouquecem. — Mallory se inclinou para a frente a fim de que as duas pudessem sentir o total peso de suas sábias palavras. — São como adolescentes que furtam em lojas — insistiu.

— Calma aí, achei que fossem vacas — retrucou Jude.

Penny evitou olhar nos olhos dela com medo de ter uma crise de riso.

— São as duas coisas. No entanto, são mais como adolescentes que furtam em lojas, porque não é uma questão de *intenção*. É por *atenção*.

Jude não conseguiu mais se segurar e começou a gargalhar descontroladamente.

— Do que você está falando?

— Calma, na verdade acho que sei aonde você quer chegar, Mallory — começou Penny. — Está dizendo que ignorar minha mãe não é a coisa certa a fazer, porque seu leite de vaca ou sua necessidade por atenção ou sei lá o quê vai fazer com que ela enlouqueça e exploda, ou fazer algo idiota. Mas se eu der atenção constante, ela vai acabar sossegando o facho.

— Exatamente — confirmou Mallory, recostando-se de volta no assento com satisfação.

Havia teorias piores.

— Mas e se a sua mãe for o ser humano mais irritante do universo? — perguntou Penny.

— Cara. — Jude sabia a resposta para essa. — Toda mãe é o ser humano mais irritante do universo, mas a maior parte delas, tirando as más e superabusivas de verdade, está do seu lado.

— Sabem o que eu faço que costuma ajudar?

Ao que parecia, Mallory não havia acabado de soltar suas pérolas.

— Imagino como minha mãe se sentiria se pudesse ouvir as merdas cruéis que eu falo sobre ela. Isso me faz dizer muito menos merdas cruéis, o que me faz *pensar* muito menos merda. Funciona.

Penny sentiu o coração afundar. Celeste ficaria devastada se soubesse o que a filha achava dela e o que vinha escondendo durante todo aquele tempo. Afastar a mãe era a maneira que Penny encontrara de protegê-la. De proteger as duas.

— Muito bem — disse Mallory, interrompendo os pensamentos de Penny. — Já chega de falar de mães. Vamos tentar um jogo. Vamos fazer uma rodada de perguntas, e todo mundo vai ter que responder com sinceridade.

— Ou seja, verdade ou *verdade*? — perguntou Penny.

— Isso — respondeu Jude. — Se bem que eu já sei tudo sobre a Mallory, porque nós somos as rainhas universais do compartilhamento excessivo de detalhes.

— Como ousa? — disse Mallory, fingindo ultraje. — Mas já adianto, no espírito da plena sinceridade, que é melhor vocês saberem que estou com uma infecção urinária e tomando baldes de suco de cranberry por causa do volume absurdo de sexo que fiz nessa última semana. Daí a enorme quantidade de xixi que estou fazendo.

— Calma aí, achei que o Ben já tivesse ido embora — falou Jude.

— Ele foi — respondeu Mallory. — Por isso é uma verdade particularmente sórdida.

— *J'accuse!* — exclamou Jude.

Então acendeu a luz interna para deixar o carro parecido com uma sala de interrogatório e continuou:

— Muito bem, eu vou primeiro. Penny...

Ela imitou a voz de um anúncio de TV.

— ... você dormiu recentemente com alguém responsável por deixar esse brilho radiante e extremamente irritante na sua pele, sim ou não?

Aquela era fácil.

— Não — respondeu Penny.

— Estou em dúvida — declarou Mallory.

Penny olhou para ela pelo espelho retrovisor e disse:

— Eu minto muito mal.

— Ela está dizendo a verdade — confirmou Jude. — E esse alguém não é o Andy?

Penny sorriu.

— É o Andy! — exclamou Jude, dando um tapa no braço dela.

Penny apagou o sorriso do rosto.

— Não é. Juro!

— Minha vez — disse Mallory.

— Espera aí, não é a *minha* vez? — perguntou Penny.

Ela se perguntou se aquela não era uma tentativa descarada de fazer uma série de perguntas altamente invasivas a ela.

— Você vai logo depois — garantiu Mallory. — Além do mais, essa pergunta é para Jude.

— Estou pronta — falou Jude, se virando para a melhor amiga.

— Num universo paralelo, onde a prática não fosse malvista e absolutamente selvagem, você transaria com o tio Sam, sim ou não?

O estômago de Penny deu uma cambalhota.

— Eeeeeeeeeca — gritou Jude. — Mallory, por que você é tão pervertida?

— Presumo que isso seja um não? — disse a amiga, com um sorrisinho malvado.

— É um não! — afirmou Jude.

— Desculpa — disse Mallory, ainda sorrindo. — Eu não conseguia parar de babar nele hoje de manhã. Estava preparando matchá com um batedor pequenininho e parecia deliciosamente irritado. Mas você reconhece que ele é gato, tipo, de maneira objetiva? Porque eu não pensaria meia vez antes de tacar seu tio na cama se ele me desse uma chance.

Ela abriu um saco de batatas.

— Me ajuda, Penny. Sam é gato — pediu Mallory, entre mordidas nas batatas.

— Ele não é feio — concordou Penny. — Tem um cabelo incrível.

— Eca, não, gente — falou Jude. — E, Mallory, não esquece que você fez um juramento de morte, nada de tacar meu tio na cama.

— Eu sei — respondeu a amiga. — Era apenas hipotético.

— Além disso, por favor, né? Sei que tecnicamente ele não é mais meu tio, mas penso em Sam como um irmão. E você também não teria permissão para transar com o meu irmão, Mallory. Você acabaria com ele.

Mallory suspirou.

— É verdade, sou uma devoradora de homens.

— Muito bem, minha vez — falou Penny, louca para mudar de assunto. — Vocês vão rir de mim.

— Provavelmente — respondeu Jude.

Jude estendeu a mão para trás e pegou as batatas de Mallory. Ofereceu algumas para Penny, que recusou. Ela teve a sensação de estar sempre dizendo não a Jude.

— Por que vocês querem saber alguma coisa sobre mim? — perguntou.

O carro ficou em silêncio. Então Mallory começou a rir, e Jude entrou na onda.

— Como você consegue ser tão esquisita? — perguntou Mallory.

— Amigas contam coisas umas para as outras, doidinha — disse Jude. — E, adivinha só? Nós somos amigas.

— Mas por quê?

— Ai, meu Deus, Penny. Para de ser tão emo. Você vai fazer a gente falar sobre sentimentos? — perguntou Mallory. — Sinceramente, às vezes você parece aquelas crianças que são educadas em casa em vez de ir à escola.

— Calma aí, como assim? — disse Jude. — Você realmente não sabe por que alguém gostaria de você?

— Isso — confirmou Penny. — É uma pergunta genuína. Vocês são amigas oficiais. Uma unidade. Mas ficam me chamando para fazer coisas mesmo que eu saiba que sou um tédio comparada a vocês, e quero saber por quê.

Mallory apagou a luz interna do carro.

— Tudo bem. — Ela respirou fundo. — No começo eu gostava tanto de você quanto você gostava de mim, o que não era muito.

Fazia sentido.

— Mas então me senti mal pela minha querida amiga Jude, que era obrigada a morar com você — concluiu Mallory, com uma gargalhada.

— E eu sempre gostei de você — explicou Jude. — Você é misteriosa. É como o metaleiro gato no ensino médio, que é sexy mesmo que esteja sempre de cara fechada e não fale com ninguém.

— Mas agora eu gosto da sua companhia porque você é inteligente — disse Mallory. — E sombria. Você parece *mesmo* uma pessoa atormentada. E você é do bem — completou Jude com simplicidade.

Penny se encolheu por dentro quando Jude disse aquilo. Ela não era do bem. Não precisava ter contado tudo a Jude, que estava louca e desesperadamente apaixonada por Sam, mas deveria ter dito que eles eram amigos. Sabia que Jude ficaria chateada por ter sido excluída durante esse tempo todo.

— Ai, meu Deus, estão sentindo esse cheiro? — disse Mallory.

Ela abriu as janelas ao seu lado. Penny ouvia as ondas arrebentando no escuro. A luz da lua tingia tudo de azul.

Elas saíram do carro e se alongaram. A maresia era pegajosa.

— Você trouxe toalhas? — perguntou Jude, chutando os sapatos para longe.

Penny assentiu. Mallory deu um risinho.

— É claro que você trouxe.

— Vocês vão realmente entrar na água? — perguntou Penny. — Agora?

— Você não vai? — retrucou Jude, incrédula. — Foi ideia sua vir à praia.

Ela tirou o short, e Penny lhe estendeu uma toalha.

— Eu queria ver o mar — explicou Penny. — Estar perto dele.

Não pensara na possibilidade de entrar na água.

Jude deu de ombros, correu para a água e deu um grito antes de mergulhar. Mallory olhou para a amiga, olhou de volta para Penny e ofereceu o saco de batatas.

Penny pegou um punhado.

— *Você* vai entrar na água?

— Nem a pau — disse Mallory. — Só enfio meus dedos dos pés em água clorada.

Elas mal conseguiam ver Jude no meio das ondas.

Mallory se encarapitou em cima do porta-malas, e Penny se acomodou ao lado dela. Sentiu Mallory estremecer de leve no escuro.

— Está com frio?

— Um pouquinho.

Penny pegou seu casaco de capuz no banco da frente, tirou o celular que estava no bolso e entregou o moletom a Mallory. As duas ficaram aconchegadas juntas.

Ela pensou em como tudo com Mallory era de igual para igual. Afeto, lealdade, até mesmo achar graça das piadas. Jude era diferente. Agora entendia por que as duas se davam tão bem. Mallory era mais durona e tomava conta de Jude. As duas formavam uma boa dupla.

Penny e Mallory ficaram encarando o mar, sentindo a brisa e escutando o rugir das ondas.

— Não é impressionante que ela seja nossa amiga? — perguntou Mallory.

Penny se sentiu estranhamente lisonjeada por fazer parte do "nossa" de Mallory.

— Ela é tão legal — continuou Mallory. — *Boa*, sabe?

— Sei — concordou Penny. — Se acontecesse um apocalipse amanhã, ela iria na primeira leva. Não importaria o quão rápida ou forte fosse, seu coração não aguentaria.

Mallory esbarrou o ombro no de Penny.

— *Adoro* o rumo que sua mente toma — disse ela. — Mas entendo o que quer dizer. Nossa, já estou vendo tudo: Jude provavelmente morreria tentando salvar um ônibus cheio de órfãos.

— Por que alguém salvaria crianças num apocalipse? — comentou Penny.

— Se não fosse para assar e comer? Não tenho ideia.

Penny sorriu no escuro.

Mallory soltou o cabelo do coque e o sacudiu. O vento era agradável no rosto de Penny. Estava feliz por estarem ali. Depois de um momento, ela também balançou o cabelo.

— Eu amo o mar.

— Nossos cabelos vão ficar com ondas incríveis por causa desse ar com maresia — comentou Mallory, amassando as pontas do seu e pegando o celular. — Vamos tirar uma selfie.

A primeira foto, com flash, saiu horrível. Estourada bem na altura do nariz, as duas parecendo gambás assustados.

— Ai, meu Deus — falou Mallory, rindo e apagando a foto. — Que tragédia.

Penny acendeu a lanterna do próprio celular e iluminou as duas.

— Sem flash, só com uma luz ambiente.

— Noooossa, você é engenhosa *mesmo* — disse Mallory. — Eu comeria você *por último* no apocalipse.

Elas tentaram outra foto. Saiu melhor.

— Muito bem — disse Mallory, reposicionando a mão de Penny e puxando o braço dela. — Calma aí, está falando sério que esse é o máximo que seu braço estica? Você é alguma espécie de tiranossauro anão?

Penny riu. Quando Mallory zombava de você daquele jeito fazia com que se sentisse a única pessoa no mundo.

— Vem, vamos trocar.

Mallory segurou a lanterna e Penny tirou a foto.

— Muito melhor — declarou Mallory enquanto Penny olhava as fotos que tinham tirado.

Na verdade, eram as melhores selfies que Penny já havia tirado. Eram apenas duas garotas risonhas com cabelos bonitos e cheios, se divertindo livremente. Mesmo sem as fotos, Penny se lembraria daquela noite por muito tempo.

— Olha só — comentou Mallory. — Viu como você fica ótima quando inclina o queixo para baixo desse jeito?

— Ai, meu Deus, tá muuuuuuito frio! — Jude corria até elas, sem fôlego. — Eu sabia que ia ser uma merda quando eu saísse da água.

Mallory virou a luz do celular na direção dela. Jude estava tremendo, só de calcinha e sutiã.

— O que aconteceu com a toalha que eu te dei? — perguntou Penny.

Jude arregalou os olhos.

— Ai, merda — disse ela, se virando na direção da água.

— Não se preocupa. Penny tem uma toalha extra — declarou Mallory. — Então desceu do porta-malas e perguntou: — Você tem?

Penny pegou outra toalha na mala e entregou a Jude.

— Eu sabiiiiiiiia! — Mallory bateu palmas, triunfante. — Ai, meu Deus, você é tão previsível!

— Mas essa é a última! — exclamou Penny.

Foi necessário muito autocontrole para não fazer Jude voltar e procurar a toalha perdida.

— Calma, também quero uma selfie — disse Jude, estendendo a mão para o celular de Penny. — Dá aqui. Deixa eu dar uma olhada na minha cara.

Penny entregou o aparelho.

— Ai, meu Deus — gemeu Jude, arrasada, mexendo no cabelo. — Estou parecendo muito com um rato afogado?

— Primeira leva do apocalipse — murmurou Mallory.

— Não tenho a menor dúvida — disse Penny, dando um sorriso.

— Olha só vocês duas, superamiguinhas — comentou Jude.

Então o celular de Penny bipou na mão de Jude.

— Penny, você precisa trocar o toque do seu telefone — aconselhou Mallory. — Sério, eu sofro de síndrome de estresse pós-traumático com esse toque. Foi meu alarme durante o ano todo. Que tipo de psicopata usa esse toque? É totalmente som de alarme.

— Como assim? — disse Penny, estendendo a mão na direção do celular. — De jeito nenhum. Esse toque é tranquilo demais para alarme.

O celular continuou soando na mão de Jude.

O rosto de Jude estava iluminado pela tela. Ela levantou o celular para que as outras garotas pudessem ver.

Penny arrancou o telefone da mão dela, mas o estrago estava feito.

Jude tinha visto.

Jude sabia.

SAM HOUSE
Hoje 21h11

Aíííííííííííí
Passa aqui
Fiz um BOLO DE CAIXINHA
Seu favorito
Emoji de confete

Ele tinha escrito "emoji de confete" porque estava tentando parar de usar emojis; achava que eram um sinal de "preguiça emocional".

— Ahn — disse Mallory, baixinho. — Que tipo de psicopata deixa a pré-visualização de mensagens ativada?

Penny pegou o celular e enfiou no bolso, deixando as garotas no escuro.

Então avaliou suas opções.

Modos disponíveis para se autoejetar de um momento de trauma social paralisante:

1. Entre no carro, tranque as portas, volte correndo para o dormitório e peça transferência de faculdade antes que elas voltem.
2. Minta descaradamente.
3. Apenas conte tudo a elas. Foi um simples (e muito longo) mal-entendido.

Penny se perguntou se aquilo anulava todo o resto, se o fato de elas verem as mensagens significava que não eram mais amigas.

Sentiu a garganta se fechar. Não havia escapatória. Ela ficou enjoada. Seu ouvido latejava.

— Jude — disse, baixinho. Mal dava para escutar a voz dela. Penny desejou poder se sentar. Seu coração estava acelerado. — Me desculpa.

— Espera aí — disse Jude. — Sam House é o tio Sam, certo?

Penny assentiu.

Teve início então uma enxurrada de perguntas num tom de voz cada vez mais elevado.

— O tio Sam é o seu namorado secreto da internet?

— Não! Não exatamente.

— Vocês estão namorando?

— Não! Somos só amigos.

— Ué, então por que você não comentou nada?

Penny não podia contar que Sam não queria que Jude soubesse. Isso só pioraria tudo.

— Vocês estavam saindo durante esse tempo todo em que ele me evitava?

— Não. Só trocamos mensagens. Não saímos... Quer dizer, saímos uma vez. Duas, tecnicamente...

— Meu Deus, Penny — disse Jude. — Ele é o cara, não é? O cara de quem você está a fim?

Silêncio. Então Mallory perguntou:

— Mas por que bolo de caixinha?

— Eu disse que era o meu favorito...

Por algum motivo, a parte do bolo pareceu ser a que mais chateou Jude. Mallory ficou parada de braços cruzados ao lado da amiga. Estranhamente, parecia mais perplexa do que zangada, embora não houvesse dúvida de que lado ela estava.

— Desculpa mesmo — disse Penny.

Ela estava sendo sincera.

As três voltaram em silêncio para o dormitório. Daquela vez Penny não se sentiu nada sonolenta.

SAM.

23h02

Onde você foi?
Tá tudo bem?
O bolo fez sucesso
Guardei um pouco pra você

23h49

Oi
Não posso falar

23h51

Tudo bem
O que aconteceu?
Problemas com a sua mãe?

12h41

Me avisa se precisar de alguma coisa

PENNY.

O lado ruim de Jude ser divertida e tranquila era que, quando ela estava chateada com você, doía. Já era o segundo dia de silêncio da amiga, e Penny estava arrasada. No momento em que entrava no quarto, Jude olhava para ela de cara feia, aumentava o som e dava as costas. E, com frequência, colocava no último volume um *mashup* horrível de música eletrônica que nenhuma das duas gostava, o que era a maior prova de que Jude estava realmente chateada.

Um dia, Penny deixou uma banana em cima da escrivaninha como uma oferta de paz, mas Jude rejeitou. Ela colocou a fruta em cima da cadeira onde Penny se sentava para escrever e, quando Penny foi usar o computador, sentou em cima da fruta. Era uma pequena vingança passivo-agressiva bem fofa, e Penny ficou arrasada por não poder rir junto com a amiga.

Penny mandou uma mensagem para Celeste naquela tarde. Vinha relutando em fazer aquilo havia algum tempo, mas precisava arrancar o Band-Aid de uma vez.

Estou superchateada
Mas não vou conseguir ir essa noite
Estou atolada com meu trabalho final

de escrita ficcional
Preciso escrever 3 mil palavras até segunda
Vou dar um jeito de te compensar
Feliz aniversário!!!

Celeste mal notaria a ausência da filha. Da última vez em que Penny checou o Facebook, o jantar havia se transformado num coquetel com quarenta e cinco convidados e um conjunto de música nortenha mexicana, Los Chingones, que aceitava pedidos para karaokê com banda ao vivo. Karaokê. Com banda. Ao vivo. Sem condições.

Sam mandou uma mensagem:

Ela não quis ir almoçar comigo

Jude também não estava falando com ele.

Liguei para ela.

E?

Nada.

Ela está tão brava
Morar no mesmo quarto
É horrível

Celeste ligou.

Mesmo culpada, Penny deixou cair na caixa postal.

Fiz uma merda e tanto, né?

Argh, eu sabia que a gente devia ter contado pra ela

A parte mais constrangedora era que o rancor de Jude e a culpa de Penny acabaram resultando numa inesperada vantagem para ajudá-la a escrever. Ela passou as horas seguintes mergulhada na própria história e, por volta das 23h30, havia terminado vários trechos novos para mandar para J.A. ler no dia seguinte. Quando Jude entrou, Penny foi arrancada do transe com um susto.

— Ah — disse Penny com a voz fraca. — Oi.

Jude revirou os olhos.

— Você não vai para casa? — perguntou Jude. Ela pegou algumas roupas limpas e as enfiou com raiva numa bolsa. — Aceitei o convite de amizade da sua mãe.

As punhaladas de vingança eram realmente boas.

— Jude — implorou Penny. — Por favor, fala comigo. Sei que eu devia ter contado. Não foi de propósito, e nada aconteceu. Somos só amigos. Não foi nada planejado, e então nós só não soubemos quando...

— Ah, então agora vocês viraram "nós".

— Jude, desculpe — pediu Penny. — É um mal-entendido... Se me deixar explicar, vai ver que não é nada de mais.

— Sei que não é nada de mais pra você — disse Jude, fechando uma gaveta com força. — Racionalmente sei que você pode ser amiga de quem quiser. O mesmo vale para Sam. E é por isso que não entendo. Se vocês são só amigos, se não é nada de mais, por que fazer tanto esforço para esconder de mim? Parece que você omite as coisas só por omitir, e eu odeio isso.

Ela fechou o zíper da bolsa.

— Sabe, eu fiz tanto esforço para ser legal com vocês dois. Convidei para almoçar, para jantar, para ir ao cinema. Vocês iam morrer se saíssem comigo? Vocês dois são *daqui*. A não ser por Mallory, eu não *conheço* mais ninguém. Tem ideia de como eu me sinto? Nossa, você deve ter me achado tão chata. Deve ter achado que eu não me mancava.

Penny sentiu o coração afundar ao ver Jude pendurar a bolsa no ombro.

Jude estava certa. É claro que estava certa.

— Sabe, você faz isso com todo mundo — continuou ela, abrindo a porta. — Com a sua mãe. Comigo. Com a Mallory também, mesmo que você não se importe com ela… Você afasta as pessoas sem explicação. É tão grosseiro e cruel. E para quê? Por um cara que você sabe que nem gosta de você desse jeito?

Penny empalideceu. Ditas em voz alta, as ações de Penny soavam patéticas até para ela mesma.

— Posso ser uma boa amiga, Penny — disse Jude. — Você nem me deu uma chance.

O celular de Penny tocou, e ela olhou para ele por reflexo.

— Meu Deus — disse Jude, irritada.

Então saiu batendo a porta.

Era um número desconhecido. Conhecendo bem Celeste, devia ser ela, bêbada, achando que estava sendo esperta em usar o celular de um amigo. Ou então tinha perdido a bolsa. De novo.

Penny atendeu.

— Alô? — Era uma voz masculina.

— Alô?

Penny endireitou o corpo.

— Oi. É a Penelope?

O coração de Penny martelava o peito.

— É, sim — falou. — Está tudo bem?

Ela imaginou a mãe morta numa sarjeta.

— Penny, aqui é o Michael, sou amigo da sua mãe.

Penny sentiu um gosto ácido na boca.

— Aconteceu alguma coisa com a minha mãe? Ela está bem?

Ela imaginou metal retorcido, um atirador descontrolado, neonazistas brandindo tochas...

— Estou com a sua mãe — disse a voz. — Ela está bem. Estamos no Metodista Metropolitano...

Penny sentiu como se a cabeça se abrisse e ela só conseguisse ouvir cabritos balindo.

O hospital.

— Estou indo agora — falou.

— Que bom, que bom — gaguejou ele. — Ela está bem, mas... Hum, tudo bem. Estarei aqui.

Penny não conhecia nenhum Michael entre os amigos da mãe. Celeste tinha um grupo rotativo de melhores amigos, mas Penny não tinha o número de nenhum deles. A verdade era que ela era o contato de emergência da mãe e, apesar disso, Penny não estava presente quando Celeste precisou. Ela encarou o celular. Seu rosto estava dormente, e uma onda de enjoo a engolfou. Tudo bem, ela não podia ligar para Jude. Mallory era amiga de Jude, então também não era uma opção. Ligou para Sam.

SAM.

Sam correu para o Kincaid de mochila. Não sabia por que tinha levado a mochila, só sabia que eles estavam indo para algum lugar e que Penny gostava de ter suprimentos a mão. Estava levando água, um recipiente com o resto do bolo de tabuleiro, colheres, um moletom extra e um kit de primeiros socorros que Al guardava na cozinha. Penny não tinha dito aonde estavam indo, mas sua voz estava abatida de um jeito que o deixou nervoso. Robótica de uma maneira preocupante.

Tudo o que Sam sabia era que tinha a ver com a mãe dela. Ele se perguntou como Penny reagiria se Celeste morresse. Por mais que reclamasse da mãe, ela provavelmente ficaria destruída se algo ruim acontecesse.

Sam se lembrou de uma das primeiras conversas dos dois sobre a mãe de Penny.

Penny Emergência
5 de outubro, 14h14

Aposto que sou ruim com morte

Tipo, você é péssima para morrer e portanto é invencível?

Não, sou ruim em lidar com a morte das pessoas
Nunca perdi ninguém próximo

Sorte a sua
Sou ótimo com morte

No primeiro ano do ensino médio, o tio de quem Sam era mais próximo morreu de câncer, e no mesmo verão dois amigos dele morreram num acidente de carro em que o motorista estava bêbado.

Às vezes fico olhando minha mãe dormir
e finjo que ela está morta
Choro e choro e choro
porque a amo demais
mas também não quero que ela saiba

Sam pensou em Brandi Rose e no que faria se ela morresse.

Vou ficar totalmente sozinha se ela morrer

Penny estava esperando no saguão do prédio quando ele chegou. O cabelo dela estava extracheio. Penny jogou uma nota de vinte dólares amassada na direção dele, que bateu no peito de Sam e caiu no chão. Ela estava com os olhos arregalados.

— Para a gasolina — explicou Penny.

Ele pegou o dinheiro e enfiou no bolso de trás da calça enquanto a seguia até o estacionamento do outro lado da rua.

— Obrigada — disse Penny, entregando as chaves para ele. — Estou tremendo demais para dirigir. Desculpa.

— Não precisa pedir desculpas — disse Sam, abrindo a porta para ela.

— Minha mãe me deu esse carro. É o carro dela — contou, ao prender o cinto de segurança. — Te acordei?

— Não.

Sam ajustou o banco e os espelhos e deu a partida.

— Sabia que é aniversário dela hoje? — disse ela em tom quase histérico.

Sam manteve a atenção na estrada, mas queria que ela continuasse falando.

— Sabia, sim. Quarenta anos.

— Quer dizer, tecnicamente o aniversário dela é só amanhã.

Penny desviou os olhos para o relógio e começou a chorar com soluços entrecortados.

— É meia-noite.

Era 00h02

— Você tem lenço de papel? — perguntou, depois de um instante. — Esqueci minhas provisões.

"Provisões" fez Sam sorrir. Ele lhe entregou a mochila.

— Tem uma bandana preta aí dentro — disse Sam.

Penny puxou uma colher para fora da mochila.

— Para o bolo — explicou ele.

Penny concordou como se fizesse todo sentido. Sam estendeu a mão e tateou até encontrar o lenço e entregou a ela.

— Você devia ter estojos separados para cada coisa — explicou Penny.

Sam assentiu.

— Vou lavar e depois devolvo — acrescentou ela, e assoou o nariz.

— Penny — chamou Sam, mantendo o olhar à frente. — Sua mãe está bem?

— Está — respondeu Penny. — Acho que sim. Não perguntei nada do que deveria ter perguntado ao Michael.

— Quem é Michael?

— Não sei. Um cara.

— Penny, por que você não foi ao aniversário da sua mãe?

Até onde ele sabia, estava nos planos dela comparecer.

— Não consigo ficar perto dela. — Penny se virou para ele. — Ai, meu Deus, isso é horrível. Como eu pude dizer uma coisa dessas logo agora? E se alguma coisa realmente ruim tiver acontecido com ela? O que você acha que aconteceu?

Sam balançou a cabeça com pesar.

— Não sei.

— Sabe o que é mais idiota? — disse Penny, baixinho, fungando. — Sei que não consertaria tudo, mas gostaria de ter um pai. Aposto que um pai saberia o que aconteceu.

— Você talvez se surpreendesse — respondeu Sam, lembrando do próprio pai.

— Caramba, lembra de quando você quase foi pai?

Sam sorriu.

— Talvez eu me lembre um pouco de quando surtava quase todo dia por algumas semanas, sim.

— Acho que você teria sido um bom pai — declarou ela.

Sam sentiu o olho esquerdo lacrimejar.

— Acha?

Ele engoliu em seco.

— Sim — confirmou Penny. — Você seria divertido quando não estivesse sendo superdepressivo.

— E egoísta — lembrou ele.

— É. E desmaiando. Mas estaria ferrado se tivesse uma filha. A menina faria o que quisesse com você.

— Verdade, e eu faria exatamente o que um pai deve fazer. Empunhar uma arma e manter potenciais pretendentes bem longe até a filha chegar à maioridade — disse Sam. — O que, na minha cartilha, é por volta dos quarenta e seis anos.

Penny riu.

Sam se lembrou de Bobby. Se Penny algum dia lhe falasse o nome todo do crápula, ele o caçaria e arrebentaria as bolas dele.

— Quando você começou a ter tanta raiva da sua mãe? — perguntou Sam.

— Ai, ela é tão "não mãe".

Mesmo com toda a angústia, Penny não conseguiu disfarçar a frustração na voz.

— Sabe, uma vez eu levei um tombo de bicicleta — contou ela. — Arranhei a cara toda na rua. Meu rosto parecia um hambúrguer cru com dois globos oculares enfiados nele. E, em vez de ir para casa, andei um quarteirão até a casa da minha vizinha.

Sam assentiu. Com Penny, as histórias nunca começavam ou terminavam no momento esperado, mas era importante ouvir até que elas fizessem sentido.

— Sabe por quê? Porque Celeste não suporta ver sangue. Naquele momento, eu sabia que era melhor não ir para casa. Toquei a campainha da vizinha e desmaiei quando abriram. Achei que minhas chances eram melhores com qualquer mãe do que com a minha. Eu tinha seis anos.

Então era daí que vinha a cicatriz na sobrancelha dela. Eles seguiram em silêncio por mais alguns quilômetros em meio à escuridão. O próprio conceito de ser pai era uma loucura. Todo mundo improvisava.

— Sabe, eu não tinha bicicleta — disse Sam depois de algum tempo. — Era tão pobre que minha bicicleta era uma lata velha de feijão que eu chutava por uma rua de terra só para me divertir indo do ponto A ao ponto B.

— O quê? — perguntou Penny, com a voz rouca e os olhos úmidos.

— Não me levava mais rápido a lugar algum, mas era o que tinha — disse ele, muito sério. — E sabe do que mais? Eu nem pude comer os feijões que vieram lá dentro. Era uma lata usada.

Penny riu. Foi uma risada triste, cheia de coriza.

— Minha história triste ganha da sua, Penny Lee — falou Sam.

— É verdade — respondeu ela. — Eu não conheço a sua *jornada*.

— Ou as minhas batalhas.

— É verdade.

— Rapidinho — disse ele. — Estou seguindo para o sul, mas não tenho ideia de para onde estou indo.

Penny entregou a ele o celular com o mapa. Ainda faltava um pouco.

— Sabe, era *ela* quem deveria tomar conta de mim — comentou Penny. — Essa deveria ser a qualificação básica para ser pai ou mãe de alguém.

— Entendo o que você diz. Mas às vezes essas pessoas se tornam pais ou mães por acaso. Além da biologia envolvida. Elas não passam por um teste nem nada, não exigem que elas demonstrem conhecimentos específicos para cuidar de alguém. Às vezes, as pessoas são realmente idiotas. Com certeza mais burras do que você, mas, como filho, você nunca percebe isso.

Sam pensou em como suas próprias qualificações tinham sido limitadas.

Eles pararam para abastecer o carro e chegaram ao hospital uma hora depois. Sam entrou no estacionamento para visitantes, desligou o motor e aguardou novas instruções.

— Se importa de esperar aqui? — perguntou Penny.

— De jeito nenhum.

Sam ficou aliviado por não precisar lidar com qualquer que fosse o drama familiar que a esperava. Mas teria ido junto se Penny pedisse.

Antes de sair do carro, ela o abraçou.

— Obrigada — disse, e deu um beijo no rosto dele.

Seu nariz estava molhado. Sam achou muito bonitinho, embora fosse um pensamento completamente irrelevante naquele contexto.

Sam observou enquanto Penny passava meio correndo, meio pulando pelas portas automáticas.

E sentiu saudade no instante em que ela sumiu de vista.

PENNY.

O hospital tinha cheiro de hospital. O odor de amônia era tão marcante que levava qualquer um a se indagar na mesma hora a respeito de outros cheiros que estaria mascarando. Penny olhou de um lado para o outro da recepção, procurando por qualquer um que pudesse lhe fornecer as informações de que precisava.

— Penelope?

Um homem bonito e robusto com botas de caubói de couro de avestruz caminhou na direção dela com determinação.

— Sim?

Ele estendeu a mão e se apresentou:

— Michael.

O homem tinha marcas de acne no rosto, mas aquilo só contribuía para seu charme rústico.

— Eu a reconheci da foto na mesa da sua mãe. Não me deixaram subir com ela porque não sou da família.

— Então ela não está morta?

— Não. Meu Deus, não.

— Está ferida?

— Não, não exatamente.

Penny balançou a cabeça, nervosa. O homem não estava conseguindo acompanhar o ritmo dela.

— Nós jantamos. A banda era excelente. Aí chegou a hora da sobremesa, sabe como é, café, bolo, *sopaipillas*. Foi naquele lugar Tex-Mex no centro da cidade, aquele com os murais...

— Ok — disse Penny, se controlando para não estrangular o homem. — Você está sendo lento e ineficiente demais. Ela teve intoxicação alimentar?

Michael balançou a cabeça.

— Foi um acidente de carro?

Ele voltou a balançar a cabeça.

— Está bêbada?

— Não — respondeu Michael, e pigarreou. — Ela comeu um brownie de maconha.

Penny não conseguia acreditar.

— O quê? Está brincando? — disparou ela, irritada.

Michael olhou ao redor, aflito.

— Vocês têm o quê, doze anos? Quem passa mal com brownie de maconha?

— Ela nunca tinha experimentado — sussurrou ele. — E comeu um inteiro. Aí, quando todo mundo estava dançando, ela esqueceu e comeu outro pedaço, mesmo que todo mundo já tivesse avisado que só se deve comer, sei lá, um quarto, ou um oitavo.

— *Você* está chapado?

— Não — respondeu Michael, ofendido. — Não uso drogas. E nunca pegaria o carro se tivesse usado. Só tirei sua mãe de lá porque ela estava entrando em pânico, e a trouxe direto para cá.

— Tudo bem.

Penny respirou fundo.

— Então ela não está em cirurgia. Não sofreu um acidente horrível. Não foi envenenada, nem está morta. Só é absurdamente estúpida e imatura até na porra do aniversário de quarenta anos.

Penny se sentiu mal por falar um palavrão na frente de um estranho, mas a dinâmica de poder ali estava clara. Michael e Celeste tinham se metido numa confusão bem grande.

— Achei que você deveria saber — ponderou ele. — Se fosse a minha mãe, eu gostaria de saber.

Penny tinha certeza de que a mãe de Michael não era nem de longe tão desmiolada e melodramática quanto Celeste.

— Além disso, sua mãe e eu estamos namorando — continuou. — Não sei se é apropriado contar isso agora.

— Quantos anos você tem? — perguntou Penny.

Ela chutaria vinte e cinco.

— Trinta e dois. E você?

— Dezoito — respondeu Penny. — Você é casado?

— Não!

— Ok. Bem, é um prazer conhecê-lo — disse ela, de má vontade.

Então, porque não havia mais nada a fazer, eles trocaram um aperto de mão. A palma dele era calejada.

— O prazer é meu. Apesar das circunstâncias — disse ele, um pouco envergonhado. — Espero ter feito a coisa certa.

Penny revirou os olhos e suspirou.

— Você fez — disse ela. — Obrigada.

— Ela insistiu que alguém dissesse para você não ir ao restaurante.

— Ok — falou Penny. — Obrigada.

Penny se aproximou da recepcionista, uma mulher negra e baixa com sardas até nos lábios.

— Oi, pode me dizer a situação de Celeste Yoon? Sou filha dela.

A enfermeira consultou no sistema.

— Ela está em observação. O quarto dela fica no terceiro andar, e seu quadro é estável. Não vai precisar passar a noite no hospital. Na verdade, estamos encerrando agora mesmo o atendimento para liberá-la.

— Obrigada — disse Penny.

Ela voltou até Michael.

— Ela já vai descer — informou ao namorado da mãe.

Ele arquejou, aliviado.

— Vou voltar para a faculdade agora.

— Não vai ficar? — perguntou Michael. — Tenho certeza de que ela gostaria de ver você.

— Não — retrucou Penny. — Já está tudo certo.

Não estava interessada em perder mais um minuto naquela terra da fantasia sem pé nem cabeça, onde os adultos eram bebezões irresponsáveis.

Quando Penny voltou para o carro, Sam não estava lá.

Sinceramente, as pessoas não estavam colaborando...

Ele surgiu das sombras.

— Desculpa — falou. — Tive que fazer xixi.

Ele parecia morto de vergonha.

Penny começou a rir. A raiva desapareceu quando ela pensou em Sam esperando no carro, fazendo equações complicadas para decidir se deveria ou não entrar no hospital para fazer xixi. Ou se deveria fazer na calça. Ou num canto escuro do estacionamento. Ele provavelmente demorara uns bons dez minutos para se decidir. A imagem era hilária, e depois que Penny começou, não conseguia mais parar. O estresse dos últimos dias, entre a raiva de Jude, a frustração por causa de Celeste e o alívio que sentiu por a mãe *não* estar morta, foi demais para ela. Penny arquejou enquanto seu corpo se sacudia com as gargalhadas, com os olhos lacrimejando.

Sam a encarou como se ela tivesse enlouquecido.

SAM.

Ele não via a hora de se deitar e dormir.

Entre ida e volta, a viagem tinha levado três horas e, quando Sam entrou na rua de Penny, ela tocou a mão dele.

— Podemos ir para a sua casa? — perguntou.

Sam olhou para ela com uma expressão confusa.

— Jude — lembrou Penny.

Ele assentiu e seguiu para o House. Eles tinham apenas algumas horas antes de Sam precisar se levantar para trabalhar.

Os dois subiram lentamente a escada da varanda. Sam acendeu a luminária do quarto e se sentou no colchão. Desamarrou o cadarço do pé esquerdo da bota, então do direito, com a sensação de estar fazendo um striptease lento e tedioso.

Penny bocejou ao se sentar ao lado dele e tirou os tênis de cano alto. Estava usando meias brancas com babadinhos, morangos bordados e esquilos de desenho animado nos calcanhares.

Sam e Penny ficaram encarando os pés dela.

— Esqueci que estava com elas — confessou Penny. — São meias secretas.

Sam pensou nos lados secretos das garotas e em como os amava.

— Quer ficar com a cama e eu fico no chão?

Ele teria que ceder o único travesseiro a ela.

— Não quero expulsar você da própria cama.

— Quer um copo de água ou alguma outra coisa? — perguntou Sam.

Ela assentiu. Sam pensou que Penny poderia resolver onde queria dormir enquanto ele buscava a água.

Quando voltou, Penny estava embaixo das cobertas, do lado do colchão junto à parede. Tinha deixado o travesseiro dele ao lado.

— Tudo bem pra você? — perguntou ela, se sentando para beber a água.

Ele assentiu e entrou embaixo das cobertas. Como Penny estava completamente vestida, ele seguiu a deixa.

Sam apagou a luminária.

— Venho querendo te perguntar — disse ele, grogue de sono.

— Humm?

— Como acha que eu devo decorar o quarto?

— Boa pergunta — murmurou ela. — Só sei que fiquei muito desapontada por não ver uma suástica gigante acima da sua cama. Achei que conhecesse você.

Sam abriu um sorriso. Eles ficaram em silêncio por algum tempo, e ele cochilou.

— Talvez um quadro de um Juggalo, daquela gangue de fãs do Insane Clown Posse — brincou Penny, acordando-o.

Os dois ficaram deitados com os olhos fechados, sorrindo no escuro.

— Sua mãe está bem? — perguntou Sam.

— Aham — disse ela. — Ela só é burra mesmo.

— Está tudo tão confuso — comentou ele.

— É — disse Penny. E então: — Devíamos ter contado para a Jude.

— Com certeza. Sei que é idiota, mas não queria que ela soubesse como a minha vida estava ferrada — disse Sam. — Queria que ela pensasse que sou um adulto com a vida sob controle.

Sam sentiu a mão de Penny se mover embaixo da coberta e parar a poucos centímetros da dele, então aproximou a própria mão até as costas das mãos de ambos se tocarem.

Penny entrelaçou os dedos aos dele em um gesto protetor.

— Ninguém acha que você tem a vida sob controle — disse ela, apertando a mão dele.

A pele dela era quente e macia. Todo o lado direito do corpo dele se tornou extremamente consciente de como todo o lado esquerdo do corpo dela estava perto.

— Sabe, o pai dela é um advogado superimportante.

— E o que é que tem?

Sam pensou.

— Não sei. É só uma neurose, mas ele foi a primeira pessoa que eu conheci que tinha feito faculdade.

Sam se lembrou dos oitenta dólares que o pai de Jude tinha deixado em cima da cama dele. Para pagar pelos serviços prestados. Como se Sam fosse a babá de Jude.

— O escritório de advocacia dele oferece uma bolsa de estudos todo ano, e uma vez o sr. Lange, avô de Jude, disse que eu ganharia fácil. Nunca acreditei em nada que aquele desgraçado me disse, mas por alguma razão me apeguei àquilo. Achei que talvez ele pudesse me indicar — contou. — Por culpa ou algo assim. Pelo modo como ele nos tratou.

Sam se lembrou da humilhação. Ele havia preenchido os formulários necessários, escrito uma carta de apresentação descrevendo seus planos e objetivos e mandado tudo. Nunca teve retorno. Era uma bolsa para pessoas de baixa renda, e Drew, entre todas as pessoas, sabia como Sam precisava dela.

— Enfim, eles nunca me responderam, E tudo bem... Mas então Jude apareceu do nada dizendo que queria vir para a Universidade do Texas.

Sam sentiu Penny se aproximar mais.

— Por que você deu tantos bolos nela?

— Boa pergunta — disse ele.

— Quer dizer, seu ressentimento em relação à família deve ter respingado nela, certo?

— De jeito nenhum — respondeu Sam, mas soube que estava mentindo no instante em que disse aquilo.

Não havia como separar inteiramente os sentimentos dele pelo pai e pelo avô de Jude. A grande verdade era que Sam desejava nunca ter conhecido aqueles homens. Nem eles, nem os presentes inúteis que davam. Uma vez Sam tentou penhorar o aparelho de DVD que o sr. Lange havia comprado para eles e pagar a conta do gás, que tinha sido cortado. Mas Brandi Rose lhe dera um tapa na cara e ameaçara chamar a polícia e acusá-lo de roubo.

Conforme Brandi Rose desmoronava, Sam se viu obrigado a crescer. E rápido. Teria sido mais fácil esquecer se não fosse por Jude e suas tentativas constantes de amizade. Ela havia se intrometido animadamente na vida de Sam antes que ele tivesse chance de organizar os próprios sentimentos. Mas ele não havia explicado nada disso para Jude. E ela não tinha como descobrir sozinha.

— Eu devia ter falado que me sentia esquisito por ela vir aqui — disse ele. — Mas parecia besteira fazer uma cena por causa disso. E eu gosto dela. Somos amigos.

— Bem, ao menos uma parte sua guarda rancor.

Era verdade. Quando Jude aparecia, o instinto de Sam era se retrair.

— Que esperta — declarou ele.

Ele inclinou a cabeça para dar uma olhada em Penny. A pouca luz que entrava pela janela permitia que ele visse o brilho dos olhos dela. Penny piscou. Sam prendeu a respiração.

Conversar com ela daquele jeito era semelhante a trocar mensagens. A não ser pelo fato de a proximidade entre eles parecer um sonho. O coração dele estava disparado.

— Mesmo assim — disse Penny. — Você é a melhor pessoa que eu já conheci. E a minha favorita.

— E você é a minha — retrucou Sam.

Penny se inclinou para perto e o abraçou. Sam sabia que era o momento. Se já tivera alguma chance de beijá-la, aquele era o momento. Mesmo com a noite horrível que tiveram. Mesmo com o pacto de amizade. Sam era a pessoa favorita dela. Não aquele cara da aula de escrita ou o ex-namorado idiota. Só ele e ninguém mais. Penny pressionou o rosto contra o peito dele e suspirou. Ele sabia que se virasse o corpo para o lado e se curvasse um pouquinho, sua boca ficaria próxima à dela. Sam sentiu a cabeça de Penny ficando pesada. Sua respiração ficou mais lenta. Um dos pés dela fazia pequenos círculos sobre o colchão, como um gato amassando pãozinho, até que ficou imóvel. Ela apagou. Com cuidado, Sam afastou um pouco a cintura do corpo dela para que nada terrível acontecesse, como uma ereção no meio da noite. Ficou ouvindo a respiração de Penny. Pouco tempo depois, também apagou.

Sam ouviu o caminhão de lixo primeiro. Em algumas manhãs, parecia que os lixeiros estavam jogando basquete com as caçambas de lixo, arremessando-as uns para os outros. Quando abriu os olhos, Penny o encarava.

Sam cobriu a boca com a mão para disfarçar o hálito matinal.

— Que horas são?

— Cinco — respondeu ela.

Era suspeito, mas o hálito dela cheirava a pasta de dente.

— Você escovou os dentes?

Ela assentiu.

— Você trouxe escova de dentes?

Ela fez que não com a cabeça.

— Usou a minha escova?

— Correto — confirmou Penny.

Quer dizer que a garota que normalmente abominava contato humano e detestava abraços era capaz de usar a escova de dentes de outra pessoa sem permissão. Isso, sim, era inconsistência em relação a limites pessoais...

Sam se levantou e foi até o banheiro.

Ele checou a escova. Estava mesmo molhada. Então escovou os dentes, lavou o rosto e passou água no cabelo. Observou seu reflexo no espelho. De manhã cedo, ele parecia um viciado em drogas após uma semana inteira de farra. Pálido, com bolsas embaixo dos olhos. Inchado, apesar de magrelo. Sam levantou a camiseta. Aham, ainda fracote. Ele deu de ombros e fez xixi.

Sam pensou em fazer algumas flexões silenciosas no banheiro para parecer mais forte, mas mudou de ideia. Em vez disso, fez dois agachamentos e manteve cada um por cerca de três segundos.

Quando voltou, Penny estava olhando para o teto.

— Você não tem vontade de pegar um cabo de vassoura e raspar isso?

Ela indicou a pintura texturizada com a cabeça.

— Às vezes.

— Sabe o que é tripofobia?

— Não — disse Sam.

— É uma condição em que a pessoa sente aversão ou medo de buracos regulares ou irregulares, ou de padrões circulares. Eu tenho isso. O teto do seu quarto está me deixando apavorada. Não faça uma busca de imagens se você acha que pode sofrer disso. É nojento demais.

— Sabe qual nó é impossível de desatar? — perguntou Sam, lembrando da última conversa com Lorraine.

— Está falando de nós de trevo?

— Não, do mitológico.

— Nó górdio. O nó que Alexandre, o Grande, tem que cortar com a espada?

— Não sei.

— Por que a pergunta?

Ele deu um sorriso bobo para ela.

— Não tenho a menor ideia.

— A que horas você precisa estar no trabalho? — perguntou Penny.

— Tipo, no andar de baixo?

Ela assentiu.

— Tenho cerca de uma hora — mentiu Sam.

Teriam que comprar os doces fora naquele dia.

— Ok, legal. Então ainda podemos ficar aqui um pouco.

Ela voltou para a cama e se cobriu com o edredom.

— Sabe, nós constritores também são difíceis de desatar, especialmente depois de apertados.

Sam voltou para a cama com ela, dessa vez tirando o moletom e ficando só de camiseta.

Penny o encarou com intensidade enquanto se virava de lado.

— Não consigo lidar com o seu teto — explicou ela.

Sam sorriu. Assim ele tinha uma visão melhor dela.

— Sabe o que eu amo em você? — perguntou Penny.

— Meus músculos torneados e minha pele bronzeada?

— Isso — disse ela. — A segunda coisa que eu mais gosto em você...

Sam percebeu que Penny mudou "amo" para "gosto".

— ... é que seu cérebro funciona tão rápido quanto o meu.

— Então, basicamente, você gosta do fato de que eu lembro você de você mesma — resumiu Sam.

Os dois riram.

— Isso aí.

— Legal.

— Não — tentou Penny de novo. — A maior parte das pessoas nem sabe do que eu estou falando. Nunca. E não sei exatamente por quê.

— Bem, você começa suas histórias pelo epílogo. Além disso, nenhuma das suas perguntas tem a ver com o que está sendo conversado.

— Nem as suas.

Sam sorriu.

— Mas você sempre sabe do que eu estou falando — disse ela. — Desde o dia em que nos conhecemos. Mesmo nas mensagens, onde não tem entonação, nuance, ou tom para indicar incongruências. Você fala o "idioma eu" fluentemente.

Ela deu um soquinho no braço dele. O golpe fez um *pof* substancial. Sam não sabia o que deduzir daquele gesto.

— Fico feliz por você não ter se referido a si mesma na terceira pessoa, tipo "você fala Penny fluentemente" — disse ele. — Teria sido tão tosco. E se tudo o que eu fiz foi...

Antes que ele pudesse continuar, Penny o beijou.

Sam não teve tempo de fechar os olhos, por isso soube que ela não havia fechado os dela.

Ele a encarou por um momento. Então mergulhou com vontade no beijo.

PENNY.

Beijar Sam não foi nada parecido com beijar Bobby ou Mark. Nem de longe. Beijar os dois era como encostar o rosto no próprio braço. Nossa. Era isso. *IssoIssoIsso*. Quando ela beijou Sam, foi como se tivesse fechado os olhos e se encontrado no espaço sideral ao abri-los. Beijar Sam era o universo. Era a internet. Era um milagre. A parte mais impressionante foi que o cérebro dela desligou até só restar ruído branco, e conforme ela se entregava ao beijo, não ficou obcecada com os mecanismos da própria língua ou com a posição do restante do corpo em relação ao dele.

Penny sentiu o contorno do maxilar de Sam sob a mão e não conseguiu acreditar que tinha passado todo aquele tempo sem tocá-lo. Ele rolou para cima dela e elevou o corpo para não esmagá-la. Parou naquela posição por um momento, e — ai, meu Deus — ele era tão lindo que foi difícil acreditar que conseguisse vê-la. Era inconcebível para Penny que os olhos de Sam tivessem outra função além de serem admirados. Ele voltou a beijá-la com urgência. Ela envolveu a cintura dele com as mãos. Sam era espantosamente magro. Aquela leveza era uma novidade. A pele dele era quente, e havia um refinamento na concisão de sua constituição. O abdômen dele era liso. Penny teve vontade de passar a mão nas laterais do próprio corpo para checar qual seria a sensação. Desconfiava que as gordurinhas em suas costas eram abundantes ou fofas demais em comparação com o corpo dele. Mas quando as mãos de Sam subiram até a cintura dela, Penny estremeceu. Era tão bom estar tão perto dele. Sam virou de lado, passou a perna ao redor das dela e a puxou mais para perto. Não fazia diferença onde ele começava e ela terminava. Até que fez. Quando Sam enfiou as mãos por baixo da blusa de Penny, ela ficou tensa. Não estava usando sutiã.

Sam percebeu a hesitação e mudou o curso. Beijou-a com suavidade e deslizou as mãos para as costas dela, lembrando Penny de quando as pessoas tropeçavam e logo em seguida corriam para disfarçar.

Ela se afastou para retomar o fôlego. O cabelo de Sam estava caído no rosto, e seus lábios estavam até um pouco inchados.

— Nossa — sussurrou ele, rolando de barriga para cima.

Penny se perguntou o que aconteceria em seguida.

Ele pegou a mão dela embaixo da coberta.

— Então... — disse ele.

Penny se virou de bruços e o encarou, admirando seu perfil. Sam tinha um nariz elegante. Ela desejou poder explorar todo o corpo dele e inspecioná-lo. Conhecê-lo, memorizá-lo. Assim saberia do que sentir falta quando ele não estivesse mais lá. Sam era lindo de uma forma assombrosa e comovente. De fazer o coração dela doer. Aquilo não podia terminar bem.

— Acho melhor eu ir — disse Penny.

Ela não sabia por que tinha dito aquilo. Queria retirar o que dissera, mas essa é a questão com certas palavras. Elas quebravam encantos. Penny analisou o rosto de Sam buscando sentido, mas foi constrangedor demais ficar encarando. Ela desejou que ele lhe mandasse uma mensagem contando o que se passava em sua mente, dizendo que, de algum modo, aquilo fazia sentido.

Sam se sentou, franziu o cenho, então assentiu.

• • •

— Sério?

Quando Penny chegou em casa, Jude pulou da cama, correu até ela e a agarrou pelos ombros.

— Onde você se meteu? — perguntou, com uma voz estridente.

Penny a encarou, perplexa por, de algum modo, a raiva da colega de quarto ter aumentado em sua ausência.

— Achei que você estivesse morta. Mandei mensagens e liguei.

O cabelo louro de Jude estava preso num rabo de cavalo caído para o lado, e ela não tirara o rímel da véspera.

Penny pegou o celular no bolso de trás e levantou-o, sem forças.

— Morreu — explicou.

Ela observou o rosto de Jude em busca de pistas. A amiga parecia nervosa, mas não necessariamente furiosa.

— Achei que você me odiasse — argumentou Penny.

— Você é uma idiota — retrucou Jude, brava. — É claro que odeio você. Estou furiosa com você. Achei que tivesse ido para a casa da sua mãe, mas seu notebook e seu carregador estavam aqui.

Jude foi até a escrivaninha de Penny e apontou.

— Então vi suas bolsinhas e sua mochila aqui, e foi aí que comecei a ficar histérica.

Ela se virou e pegou o celular em cima do travesseiro.

— Está vendo — disse, mostrando a tela para Penny. — Liguei seis vezes pra você.

Penny se sentou na cama, zonza.

— Jude, você dormiu?

— Não, sua imbecil. Mallory estava com um cara, então voltei para casa uma da manhã e você não estava. Até aí tudo bem. Mas então eu mandei mensagem à uma e meia, e de novo às três, e como você não chegava, eu não consegui dormir. Meu Deus do céu, Penny, que merda!

Penny foi até Jude e a abraçou com força.

— Você me assustou — concluiu Jude, baixinho.

Penny a abraçou com mais força. As pessoas assustavam Penny o tempo todo. Tipo a mãe dela, e mesmo Sam. Isso significava que ela os amava.

• • •

— Aconteceu uma coisa muito idiota — contou Penny. Elas estavam deitadas na cama de Jude. — Minha mãe teve uma overdose.

Jude se virou para Penny, horrorizada.

— Meu Deus! Como assim?

— Não, não, não — disse Penny, se corrigindo. — Ela está bem. Foi muito ridículo. Celeste teve uma overdose de brownies de maconha no jantar de aniversário dela, surtou e teve que ir para o hospital.

Jude ficou em silêncio, então caiu na gargalhada, o que fez Penny rir também.

— Acabei de voltar — falou.

Ela pulou o detalhe de ter passado a noite na casa de Sam, se pegado com ele de manhã e ido embora correndo igual a uma idiota.

— Como ela está? — perguntou Jude. — Tadinha da Celeste.

— Está bem. Conheci o namorado caipira dela. Que é bonito, mais novo do que ela, e estava usando aquelas botas de caubói de cano alto superbregas.

Jude sorriu.

— Isso é tão Texas — comentou. — Como estava a cara dela?

— Eu não a vi.

— Penny.

Jude a cutucou.

— Pode me fazer um favor? Pode me contar essa história do jeito normal e não fazer o que sempre faz? Conte tudo desde o início e não deixe nenhum detalhe de fora.

— Não, isso foi tudo — disse Penny. — O namorado da Celeste me ligou, disse que ela estava no hospital. Imaginei que você estivesse brava demais para ir comigo, então... — Ela respirou fundo. — Liguei para Sam, e ele foi dirigindo para mim.

— Muito bem, falamos do Sam depois — disse Jude. — Você tinha que ter me chamado mesmo assim, sabe. Mães possivelmente mortas pedem uma trégua. Até você devia saber disso.

Penny continuou.

— Enfim, fui até lá e descobri que, como é típico de Celeste, ela estava superbem. Foi parar no hospital no dia do aniversário de quarenta anos por nenhum outro motivo além do fato de ser um monstro carente que só faz besteira.

— Ah, vai — argumentou Jude. — Tenho certeza de que ela não estava dando pulinhos de felicidade por estar no hospital.

— Não importa! Eu cansei. Assim que soube que ela não estava morta, dei as costas e voltei para casa.

Jude estava boquiaberta.

— Você não falou com ela? Depois de ter se despencado até lá?

Penny balançou a cabeça.

— Mas, Pen, foi você quem faltou ao aniversário dela.

— Estou de saco cheio — reclamou Penny, jogando as mãos para cima. — De saco cheio de me preocupar com ela. Celeste é a mãe. Cansei de tomar conta dela e de ficar paranoica pensando que ela pode fazer alguma idiotice.

No fim, Celeste teve sorte por ela não ter entrado no quarto para visitá-la. Penny a teria estrangulado.

— Ok — disse Jude. — Bem, graças a Deus nada ruim de verdade aconteceu. Todo mundo faz besteira... Você que o diga. — Ela lançou um olhar enérgico para Penny antes de completar: — Não te mataria dar um desconto para a sua mãe.

Só que talvez matasse.

SAM.

Sam mediu a quantidade de farinha. Não fazia *hamantaschen* havia algum tempo. Os preferidos de Brandi Rose eram os recheados com ameixa, por isso eram esses que ele estava preparando. Chegara a hora de visitar a mãe.

Sam ligou o mixer na velocidade baixa e deixou a mente divagar e ir até Penny. Olhos escuros. Mãos puxando-o mais para perto pelo cós da calça jeans. A respiração quente dela em seu pescoço.

Nossa. *O que foi aquilo?*

Sam se lembrou da maciez incrível da pele dela. Do modo como seu cabelo tinha se espalhado no travesseiro dele como se ela boiasse na água.

Mas então ela foi embora.

Sam não sabia aonde ir com ela e qual era o limite. Talvez Penny tivesse mudado de ideia. Talvez tivesse tentado e percebido — com horror — que cometera um erro, e decidido que era melhor que eles fossem apenas amigos.

Por conta do que já tinha acontecido na vida dela fazia sentido que fosse desconfiada. Mas *ela* o beijara primeiro. Ele se lembrou de como os lábios de Penny tocaram os dele, e do suspiro que escapou quando a boca de Sam roçou o ombro dela.

Depois que os biscoitos esfriaram, Sam dirigiu até a casa da mãe. Ele entrou à esquerda no Forest Park, passando por um amontoado de trailers fabricados antes da construção da rodovia, em1964. Secou as mãos suadas na calça.

Sam sabia que a mãe estava em casa. Brandi Rose passava a maior parte das tardes em casa desde que conseguira uma aposentadoria precoce e uma pensão por acidente de trabalho por causa da fibromialgia — uma misteriosa dor itinerante que atacava as extremidades do corpo. Autry, seu atual namorado, tomava conta dela na maior parte dos dias.

É claro que Austin tinha alguns estacionamentos com trailers hipsters cromados e bonitinhos que eram reformados para funcionar como Airbnbs ou food trucks e bares charmosos onde cada drinque custava mais do que a calça que Sam estava usando. O lugar onde a mãe de Sam morava não era nada assim. Os quartos não tinham isolamento térmico e os vizinhos eram arruaceiros — o que só piorava quando bebiam. O que ocorria com frequência.

Sam viu o carro de Brandi Rose perto do trailer e tocou a campainha.

Autry atendeu.

— Sam! — disse ele, lhe dando um tapinha nas costas. — Querida, é o Sam.

Autry trabalhava de tempos em tempos como mecânico e tinha sempre a mesma aparência: camiseta regata, bermuda cargo e uma cerveja na mão. Era bronzeado e magro nas pernas e nos braços, com uma barriga de chope do tamanho de uma bola de boliche. Autry era um cara simples e feliz. Embora devesse ter algum problema, já que aguentava Brandi Rose.

Sam o seguiu até a sala de estar e viu que a mãe não tinha se mexido do seu lugar usual em frente à TV. Brandi Rose estava zangada. Sua concentração na TV e a desprezível ausência de esforço para olhar ao redor transpareceram seus sentimentos. Era preciso um esforço real para ignorar alguém num espaço tão apertado.

Ela estava fumando um cigarro e bebendo bourbon com chá gelado em um copo de vidro. Sam lembrou que, quando era mais novo, Brandi Rose tentava esconder as garrafas de uísque. Ao menos até ele derreter parcialmente uma garrafa de plástico da bebida quando foi esquentar uma pizza. Brandi mantinha as garrafas escondidas em diferentes lugares da casa, e um dos esconderijos era a gaveta embaixo do forno. O incidente arruinara a pizza congelada pela qual Sam pagara com o último trocado que encontrara entre as almofadas do sofá. Sam deixou a garrafa escura e deformada na pia para que a mãe visse. Queria deixá-la constrangida. Depois disso, Brandi Rose passou a beber abertamente.

A porta de tela se abriu e fechou com um ruído, sinalizando outra das caminhadas de Autry. O homem adorava uma caminhada. A vizinhança comentava que ele nunca ia muito longe, já que com frequência entretinha a sra. Packer, cujo marido tinha saído para comprar papel higiênico uma manhã e nunca retornara.

— Oi, mãe — disse Sam.

Ela manteve o olhar fixo na demonstração do funcionamento de fogões por indução. Era possível cozinhar um frango inteiro — congelado — em menos de quinze minutos.

O velho telefone sem fio estava no bolso do roupão bege dela. Era assustador. Como se alguém tivesse derrubado âmbar na cabeça dela — do jeito que faziam com aquelas gosmas nos programas infantis — e a preservado ali dentro. Nada mudara desde a partida de Sam. Chutar o filho para fora de sua vida não fizera a menor diferença para Brandi Rose.

Sam sentiu o suor pinicar as axilas. Tentou olhar para alguma coisa que não fosse deprimente. Como a mancha marrom-escura no tapete, que parecia o perfil de um Elvis gordo. Ou as pilhas de catálogos de compras caídas aos pés dela. Ele respirou devagar. Sentiu-se tentado a fazer um filme sobre a mãe. Abrangeria depressão, vício e o veneno que isso se torna quando não se trata nenhum desses problemas.

Pensar em filmá-la o deixou estranhamente mais calmo. Triste, porém calmo. Distante.

— Preparei uma coisa para você.

Ele pousou no colo da mãe a lata com decoração natalina que continha os biscoitos frescos. A lata com renas douradas e brancas era dela desde criança. Então passou a ser usada por Sam para guardar maconha; ele precisara lavá-la com uma esponja duas vezes para tirar o fedor de erva queimada.

— De ameixa, seu sabor favorito.

— Sabe que eu quase tive que vender a casa? — disse Brandi Rose, finalmente desviando a atenção da TV.

Sam lembrou que, quando era muito novo, reparava na boca da mãe se movendo junto com os comerciais de TV, que ela sabia de cor.

— Eu e Autry quase viramos sem-tetos depois da gracinha que você fez.

A gracinha que ele fez foi pedir proteção contra fraude nos cartões de crédito que ela abrira no nome dele.

Sam se lembrou das contas. A mãe tinha gastado quatrocentos dólares em máscaras faciais antienvelhecimento feitas com diamantes de verdade. Não era figurativo. Eram diamantes mesmo.

Brandi Rose enfim olhou para o filho.

Os olhos dela estavam mortos. Fundos. O cabelo já tinha sido escuro, mas, ao ficar mais velha, Brandi Rose o tingiu de um vermelho-alaranjado com um tom acobreado. Sam percebeu que tinham a mesma cor da pele bronzeada dela. As bochechas estavam tão flácidas que davam ao queixo e à boca a aparência articulada de um boneco de ventríloquo. Os lábios finos se torceram de nojo pelo filho, como se ela tivesse engolido um inseto.

— Não tive escolha — disse Sam.

Não fazia sentido tentar explicar que o nome dele estava sujo. Que, depois do que acontecera, seria quase impossível assinar um contrato de aluguel ou conseguir crédito estudantil.

— Você é um egoísta — acusou Brandi Rose, voltando a encarar a TV. — De que adiantam biscoitos quando faz frio lá fora e eu não tenho uma casa para morar?

Sam pensou em dizer a ela que uma residência sobre rodas não se qualificava exatamente como casa, e que, em se tratando de inverno, havia alguns bem piores do que o do Texas.

— Divida-os com Autry — sugeriu Sam. — Ele gosta de biscoitos.

A mãe não disse mais nada. Sam voltou a atenção para o fogão mágico, que era frio ao toque e fazia tirinhas de frutas desidratadas para as crianças, e se você comprasse agora poderia levar um segundo fogão para o seu trailer pela metade do preço. Sam estava desesperado para estender a mão e pousá-la de leve no ombro da mãe. Sabia exatamente qual seria a sensação do roupão felpudo… quente e familiar. Mas também sabia que, se a mãe se encolhesse ou se afastasse, ele ficaria arrasado.

— Muito bem — disse Sam com falsa animação, e beijou a cabeça de Brandi Rose. — Foi bom ver você, mãe. Boas festas.

Sam não conseguia acreditar que faltava uma semana para o Dia de Ação de Graças.

Havia louça suja na pia, como sempre. Sam pensou em lavá-la e arrumar tudo, talvez até preparar alguma comida nutritiva para a mãe. Mas isso não mudaria em nada a culpa dele ou o ressentimento dela. Houve um tempo em que ele achava que conseguiria tirar os dois daquela situação. Que poderia agir como um homem, salvá-la e se mudar com ela para um lugar decente. Mas mesmo que conseguisse libertá-la do trailer, não havia nada que pudesse fazer a respeito da dor de cabeça devastadora que assola uma pessoa que passa horas seguidas diante da TV e da compulsão que a leva a fazer só isso.

— Amo você — sussurrou Sam na direção da louça.

E foi embora.

• • •

Quando Sam voltou para o House, Jude esperava por ele no balanço da varanda.

— Oi! — disse ele, surpreso.

— Oi — respondeu ela.

— Desculpa. Fiquei mal com tudo o que aconteceu.

— Dá pra ver.

Jude estendeu as pernas à frente para ver o quanto o balanço voltaria para trás.

— Você parece péssimo.

— Fui ver a minha mãe — contou Sam, sentando-se ao lado dela. — E é por isso que a próxima coisa a ser feita é fumar isto.

Ele levantou um cigarro.

— Nossa, foi bom assim?

Sam suspirou.

— Você disse a ela que a neta do Fraser mandou lembranças? — perguntou Jude, cutucando as costelas dele.

— Quem é Fraser? — Sam deu um risinho irônico, acendeu o cigarro e só então entendeu. — Você sabia que eu só o conheci como sr. Lange?

— Uau — sussurrou Jude. — Isso é bizarro. Muito bem, vim te contar que cheguei a uma conclusão.

— Parece fascinante.

— Promete que não vai ficar bravo?

Ela lançou um olhar de soslaio para ele.

— Não.

Jude riu.

— Você está apaixonado pela Penny?

— E como isso é uma conclusão? Isso é uma pergunta.

Ela revirou os olhos.

— Penny disse que está apaixonada por você.

— Não disse nada.

— Tudo bem, ela não disse com essas palavras, mas é a única explicação. Ela está apaixonada por você.

— Para com isso — disse Sam. — Você sabe que a Penny é indecifrável. Já percebeu como ela parece furiosa quando está superanimada?

Jude riu e respondeu:

— Ou quando está furiosa de verdade e começa a chorar? É um clássico.

Sam se lembrou da última vez em que tinha visto Penny chorar. Como sentira vontade de colocá-la dentro de uma bolha e explodir tudo ao redor.

— Então era você no celular dela.

Sam assentiu.

— Por que não me contou?

Ele suspirou. Então baixou os olhos na direção da tatuagem em seu braço, aquela com a cabeça de um cavalo meio coberta por um pedaço de pano. Era assim que as pessoas treinavam cavalos selvagens nos velhos tempos, prendendo um pedaço de tecido sobre os olhos deles, para que não se assustassem com o que havia ao redor. Os animais tinham que se submeter ao comando do cavaleiro. Tinham que se render.

Sam refletiu sobre tudo o que tinha acontecido no último mês. Lorraine. Penny. O que Lorraine dissera sobre todo mundo saber que ele era pobre. E Penny falando que ninguém pensava que ele tinha a vida sob controle. Esconder as coisas não era uma maneira de lidar com os problemas. Era uma ilusão. Ele precisava parar com aquilo.

— Eu devia ter te contado. Desculpa — disse Sam. — Estava lidando com um monte de coisas na época, e, quando você apareceu aqui, foi demais para mim.

— Você devia ter me contado.

— É, mas eu não estava preparado pra te contar detalhes da minha vida pessoal só porque fomos parentes em algum momento da vida e passamos algum tempo juntos quando éramos mais novos.

Sam apagou o cigarro e olhou para ela.

— Eu demoro para me abrir com as pessoas — concluiu ele.

Jude assentiu mais uma vez, mas agora seus olhos estavam cheios d'água. Quando ela piscou, as lágrimas escorreram por seu rosto e pingaram do queixo em gotas gordas.

— Jude... — falou Sam.

— Você parecia estar bravo comigo ou algo assim — respondeu ela.

— Não estou bravo com você. Por favor, não chore.

Jude assentiu e, apesar das lágrimas, abriu um sorriso.

— Minha terapeuta diz que eu sempre acho que todo mundo está bravo comigo. Isso se deve em partes iguais à minha criação e ao meu egocentrismo.

Sam riu.

Eles ficaram se balançando em silêncio.

— Acontece que também sou muito perspicaz — continuou ela. — E agora entendo por que vocês fizeram o que fizeram. Aliás, vocês dois são muito sortudos em ter um plano com mensagens ilimitadas. Sabia que ela nem fazia xixi sem levar o celular para o banheiro? Eu a ouvia rindo lá dentro.

Jude sorriu também.

— Notícia bombástica — completou ela. — Em algum momento, sua namorada podia estar fazendo cocô enquanto você flertava com ela.

Sam na mesma hora removeu da mente qualquer indicação de que Penny fazia cocô.

— Ela não é minha namorada — disse ele.

Sua voz falhou ao dizer "namorada", o que fez os dois rirem.

Jude deu um tapa no braço de Sam.

— É isso que eu não entendo — disse ela. — Vocês dois dizem que são amigos ou sei lá o quê, mas só o fato de terem escondido isso de mim prova que é muito mais do que amizade. Fala sério, nenhuma dupla de amigos heterossexuais na história dos pênis e das vaginas são tão doidos um pelo outro. Além do mais, vocês se vestem como gêmeos.

— Penny me ajudou a passar por um momento complicado — confessou Sam. — Eu e a minha ex tivemos um susto com uma possível gravidez.

— Caramba — sussurrou Jude. — MzLolaXo?

— O nome dela é Lorraine!

— Tá, tá. Mas ela não está mais grávida?

Sam balançou a cabeça.

— Achamos que estivesse, mas não era verdade. Ou era, tecnicamente. É complicado — disse ele. — Achei que estivesse apaixonado e queria desesperadamente ficar com ela. Então acabei com um combo insano de felicidade e pânico ao mesmo tempo.

— Uau — disse Jude. E, depois de um tempo: — Posso fumar um cigarro?

— Nem a pau.

— Tudo bem. Conta mais.

— Quer saber a parte mais psicótica dessa história?

Ela assentiu.

— Parte de mim ficou muito feliz por Lorraine estar presa a mim.

— Credo... Como se você a tivesse prendido numa armadilha?

Parecia tão feio quando dito daquele jeito.

— Eu estava fora de mim tentando descobrir uma maneira de controlar aquela situação — disse Sam. — Tive um ataque de pânico e achei que fosse um infarte. Foi louco, apavorante, e eu não tinha ninguém com quem falar. Na verdade, foi assim que Penny e eu ficamos amigos. Bem no meio do surto, quando achei que estivesse morrendo, ela me viu na Sixth Street e me levou para uma emergência. Você tinha que ter visto. Ela ficou muito brava comigo, porque estava apavorada. Ficava recitando estatísticas sobre doenças cardíacas, me alimentando com nozes e me fazendo beber orchata.

Jude deu uma risadinha pelo nariz.

— Parece correto.

— Achei que, se não comentasse com mais ninguém, pareceria menos real, entende? — disse ele. — Penny virou minha guru da ansiedade, meu contato de emergência, e era perfeito. A única razão para ela não contar para você foi porque eu pedi que não contasse. Não queria que você soubesse sobre nada disso. Não queria que ninguém soubesse.

— Eu seria uma ótima guru da ansiedade — comentou ela, baixinho. — Você não precisava ter me dispensado tantas vezes.

— Você tem razão. Sinto muito por isso.

— Sabe, também estou passando por umas coisas. Acredite ou não, eu não sou sempre tão carente assim. A separação dos meus pais está sendo um baque grande para mim. Sei que não é muito fã da minha família, mas me magoa que vocês dois basicamente finjam não me ouvir quando preciso conversar.

Sam notou os olhos da sobrinha ficarem marejados. Jude parecia tão feliz e equilibrada que ele não havia considerado que talvez ela precisasse de ajuda.

Sam passou o braço ao redor dos ombros dela.

— Tem razão — repetiu. — Fui um ouvinte de merda.

Jude fungou.

— Sabe, eu também preciso de pessoas ao meu lado.

— É claro que precisa.

Eles ficaram ali.

Sam se lembrou de quando Jude não passava de uma menina dentuça. Era um milagre que ela houvesse se tornado tão gentil depois da criação que tivera.

— Meu Deus, queria que a Penny estivesse aqui — disse Jude. — Preciso de um lenço de papel.

Eles riram. Sam também desejou que Penny estivesse ali. Mas não tinha ideia do que diria a ela.

Jude se inclinou para a frente e cutucou as costelas dele.

— Sei que você é um adulto de verdade ou sei lá, mas, Sam, você não é tão velho assim. É basicamente um garoto também. Ainda tem alguns anos para fazer muita besteira. — Ela o cutucou com a perna. — Mas e aí, está tudo certo com a Lola?

— Lola está ótima.

— E quanto a Penny, que está apaixonada por você?

Sam riu.

— Não sei se isso é verdade — disse ele. — Eu e a Penny somos amigos. Bons amigos. Já enchi tanto a paciência dela, aluguei seu ouvido falando de mim e da Lorraine. Ela sabe de tudo ao meu respeito, até as coisas mais terríveis, e não sei...

Sam pensou no beijo.

A boca rosada e sedutora de Penny era uma loucura na vida real. Fora do celular. Na vida de carne e osso do planeta Terra. Seus lábios eram tão cheios que pareciam imprensados contra um vidro. E sua pele. E a expressão dela quando pareceu perceber como tudo aquilo era *incorreto* e saiu correndo do quarto. Sam sentiu um aperto no peito.

— Ninguém sabe nada — disse Jude. — Mas você sabe que Penny é de outro planeta, certo?

Sam assentiu.

— Então, se você gosta dela, onde vai encontrar outra parecida?

PENNY.

Penny achava que merecia um prêmio por conseguir aparecer em qualquer uma de suas aulas. Estava sentada na aula de J.A. completamente zonza. Se não tivesse mandado páginas novas na véspera, teria faltado.

Era isso. Estava na hora. E eu estava pronta. Aquela noite traria a seleção, o começo do Confisco, quando eu me recusaria a abrir mão da minha vida. Como preparação, eu convencera a Mãe a ficar aqui comigo. Por quatro dias. Ela nunca tinha ficado por tanto tempo, e eu podia sentir a vitalidade. Eu me tornava mais poderosa quanto mais cansada ela ficava. Nossa integração estava completa, ainda que ela se preocupasse comigo, com o meu comportamento, com a maneira como parecia que eu, sua Anima, havia me voltado contra ela quando deveríamos nos sentir mais próximas. Quando ela partiu para o "não aqui", eu estava confiante de que voltaria. Nesse meio-tempo, consegui me movimentar pelo jogo de acordo com a minha vontade. Não precisava esperar por ela ou prestar atenção no que ela fazia.

Animas nunca se comportavam mal. Havia astúcia, sim, uma ou outra travessura e desobediência às vezes, mas não existia revolta clara no universo do jogo. Até eu fazer com que existisse. A Mãe se tornava mais devota a mim quanto mais eu me comportava de forma imprevisível. Na manhã do Confisco ela estava agitada. Distraída. Quase incoerente. Falou de outras responsabilidades e de dever. Poucas horas antes de partirmos para Soludos, embarcando no refúgio de dragões, ela foi embora de novo. E mais uma vez prometeu retornar. E mais uma vez eu a segui na direção da luz e das vozes. Encontrei caos. Ouvi choro. Um uivo animalesco. A Mãe estava chorando. Havia outro bebê. Uma Anima no "não aqui" que eles chamavam de Amor. E Amor estava morta.

— Finalmente — disse J.A., dando batidinhas com a caneta nas folhas.

Ela se levantou da cadeira em seu escritório minúsculo e aplaudiu de forma lenta e dramática.

— Chegamos à primeira pessoa. Estava me perguntando quando você começaria a contar a história na voz da Anima.

— Você podia ter me dado uma dica — respondeu Penny.

Ela estava exausta. Sem energia. Completamente esgotada.

— Ah, vai — disse J.A., sorrindo. — Professores não dão cola.

Penny se arrastou de volta ao prédio do dormitório. A luz estava forte demais, e seu corpo, que parecera bem na sala refrigerada, agora parecia coberto por uma camada pegajosa. Ela estava empolgada com a perspectiva de faltar aos laboratórios da tarde.

Quando Penny chegou ao Kincaid, Celeste a esperava sentada no saguão. De óculos escuros, chapéu e short. Sozinha. Penny quase chorou, incrédula. Só queria dormir por um ano.

— Oi — disse Celeste.

Ela se levantou, trêmula, e tirou os óculos. Seus olhos estavam vermelhos, e a boca já tremia com as lágrimas iminentes.

— Meu Deus, mãe — disse Penny. — Você poderia ter dirigido nesse estado?

Ela sentiu a raiva já familiar dominá-la. Sabia que era um fruto da preocupação e do amor, só que tinha vontade de sacudir a mãe, as enfermeiras, os médicos e Michael por a deixarem dirigir por uma hora sozinha. Quando aquela mulher pararia de matar Penny de susto com sua simples existência?

Celeste olhou para Penny com uma expressão hesitante, como se estivesse na dúvida se tinha permissão para tocar a filha, e a determinação de Penny foi para o espaço. O coração dela se partiu em mil pedaços.

— Feliz aniversário, mãe.

Penny a abraçou.

— Eu te amo — respondeu Celeste, com a voz entrecortada, nos braços da filha.

— Vamos subir — declarou Penny.

Celeste fungou e assentiu. Penny a guiou até o elevador.

— Mike disse que você esteve no hospital ontem à noite — disse Celeste quando elas entraram no quarto.

— Estive.

— Aquele é o Mike, por sinal.

— Eu não sabia que havia um Mike.

Penny entregou uma de suas bolsinhas à mãe. Celeste assentiu com gratidão, pegou um lenço de papel e se sentou na cama.

— Saberia se tivesse perguntado. Ele disse que você não quis me ver.

O fluxo de lágrimas aumentou.

— Eu deveria ter ido ao seu jantar — disse Penny, andando de um lado para o outro. — Talvez, se eu estivesse por perto, poderia ter impedido você e seus amigos ridículos de fazerem uma coisa tão…

Penny balançou a cabeça com vigor. Ainda não conseguia aceitar que a própria mãe poderia ser tão burra a ponto de ter um surto nervoso com maconha. Era constrangedoramente imaturo, mas, ao mesmo tempo, tão velho e sem noção.

Celeste analisou o rosto da filha com os olhos escuros.

— Penny, por que você está com tanta raiva de mim?

— Não estou com raiva de você.

Penny se empoleirou na escrivaninha, recusando-se a sentar ao lado da mãe.

As palavras pareceram pesadas e estranhas em sua boca. Seu cérebro estava enfurecido.

Penny se imaginou contando tudo à mãe, colocando para fora toda a vergonha e a confusão sobre o que tinha acontecido no andar de baixo enquanto Celeste dormia. Penny queria depositar a dor onde achava que ela pertencia: com a mãe. Penny ansiava por ver o rosto de Celeste se contorcer de choque, incredulidade ou culpa, por ver a expressão em seus olhos mudar quando seus pensamentos se organizassem e ela compreendesse de uma vez por todas que a culpa era dela. E que ela nunca mais poderia olhar para a filha do mesmo modo.

— O que te dá o direito de ser a irresponsável o tempo todo? — perguntou Penny.

— Não sei o que dizer — respondeu Celeste, suspirando. — As pessoas cometem erros. Não posso tomar todas as decisões da minha vida pensando se elas vão ou não chatear você.

— Ah, claro. Quando foi que você tomou *alguma* decisão considerando os meus sentimentos? — Tudo o que Penny mais queria era se desligar. — Por que você está aqui?

— Porque você não aparece em casa! — respondeu Celeste, se levantando, finalmente furiosa. — Ligar, então... Jamais. Achei que você fosse para uma universidade a uma hora de distância para eu ainda conseguir vê-la de vez em quando.

— Mãe. — Penny a interrompeu. — Tenho trabalhos para fazer. Não posso lidar com isso agora.

— Não. Quero conversar com você. Enquanto você estava crescendo, eu esperei por isso, esperei pelo dia em que você me odiaria, porque sei que é o que acontece com mães e filhas. É uma fase.

— Eu não odeio você, mãe.

— Odeia, sim. Não sei quando isso aconteceu, nem o que eu fiz. Só sei que você não gosta muito de mim. — A voz de Celeste falhou. — Sei que somos diferentes. Não faço o tipo de piada que você acha engraçada. Fico enjoada lendo revistas em quadrinhos porque não consigo olhar os balões e as imagens ao mesmo tempo. Mas estou cansada de ser tratada como um aborrecimento na sua vida.

Celeste voltou a se sentar.

— Eu paguei por tudo isso — continuou ela, indicando o quarto com um gesto. — Trabalho muito para garantir que você tenha tudo de que precisa. Sei que faço besteira o tempo todo. Sei que você fica brava por sermos só nós duas, e eu também fico. Você pode pensar o que quiser sobre o seu pai me abandonar, mas sabe de uma coisa? Ele é louco por perder a oportunidade de conviver com você. Porque você é demais. Mas não tem o direito de me odiar por isso.

Celeste nunca tinha falado tanto sobre aquele assunto. Lágrimas escorriam pelo rosto de Penny.

— Sei que as coisas não estão bem — disse Celeste, soluçando. — Mas você não tem o direito de me punir se não me contar o que eu fiz, se não me disser como consertar as coisas.

Penny encarou a mãe e sentiu o coração endurecer. O desejo de proteger Celeste e o impulso de magoá-la eram desnorteantes. O coração de Penny latejava.

Celeste estendeu a mão e tocou a da filha. Penny permitiu o toque, e sua raiva suavizou. Finalmente, ela se permitiu chorar à vontade.

— Fiz o melhor que eu podia, caramba — disse Celeste.

— Sabe como é apavorante ser sua filha? — exclamou Penny. — Não sei se você vai ter dinheiro para pagar o aluguel. Ou se vai ser morta por algum estranho com quem está sendo gentil demais. Tive que assumir o papel de adulta da casa. Tive que proteger a mim e a você. É tão estressante o tempo todo. Por que acha que tive uma úlcera no meio do ensino fundamental?

— Ah, meu bem — respondeu Celeste, puxando a filha para um abraço. — Penny, em um determinado ponto, não sei quanto disso sou eu e quanto disso é você.

Ela balançou Penny de leve, ninando-a.

— Você era uma criança tão intensa. Tão inteligente, contemplativa e fechada dentro da própria mente. Na sua primeira semana na escola, recebi um bilhete da professora de artes dizendo que você tinha tido uma crise de ansiedade por não conseguir terminar seu desenho.

"Eu disse a mim mesma: cara, essa criança precisa relaxar. Só que não sabia como fazer isso. A questão é que ser sua mãe se parece muito com ter uma nova colega de apartamento. Desde pequena, você sempre soube exatamente do que gostava e do que não gostava, e o que queria fazer com seus dias. Na maior parte do tempo, essas coisas não tinham nada a ver comigo, e precisei aprender a superar isso."

— Bem, nem todo mundo pode ser uma hippie louca sem preocupações — lamentou Penny. — Tem ideia de como é viver dentro da minha cabeça? Sabe o quanto eu me preocupo o tempo todo? Quantas contas estou sempre fazendo para garantir que vamos continuar vivas e seguras?

— Você sabe que ainda está viva, certo? — disse Celeste, apertando os ombros de Penny. — Que eu a mantive viva mesmo quando era um bebê e ainda não tinha desenvolvido esses instintos incríveis que você acha que a salvaram nos últimos anos, e esse seu cérebro mágico de computador? É um esforço em equipe, Penny. Sempre foi, desde o início.

Os seios da face dela doíam. A raiva comprimida que havia subido do fundo do coração e pressionado o fundo dos seus olhos finalmente se libertou. Seus eletrólitos estariam arruinados no fim daquela conversa.

— Você não é um milagre da ciência, Penny. Precisa me dar algum crédito — continuou Celeste, ainda embalando a filha. — E olhe só para nós. Estamos bem. Um pouco perturbadas, mas ótimas.

Com a maquiagem toda borrada, Celeste parecia uma aquarela. Penny sentia o coração latejando nos olhos.

— Não estamos, não — gemeu Penny. — Não tenho ninguém além de você.

A mãe suspirou.

— Essa é a sua reclamação favorita — disse ela. — Mesmo quando você era bem pequenininha, choramingava que não tinha nenhum amigo.

Celeste a embalou de leve.

— Mas tinha um monte de crianças querendo fazer amizade, e você as dispensava por um motivo ou outro. Lembra da Allison

Spector? No segundo ano do fundamental, vocês eram amigas, então um dia você decidiu que ela era chata e a dispensou.

— Lembro — sussurrou Penny. — Ela era dolorosamente *não* inteligente.

Celeste riu.

— Aposto que você tem várias pessoas na vida além de mim — disse. — Só que precisa entender que nem todo mundo vai ser exatamente o seu tipo de pessoa. Ninguém vai ser completamente satisfatório ou atender às suas inúmeras exigências.

Penny suspirou. Celeste estava certa. Ela se lembrou do que Mallory tinha falado sobre como a mãe se sentiria se ouvisse as coisas que a filha dizia a respeito dela. Se Jude ou Mallory a ouvissem repudiar da amizade das três, ficariam magoadas. Sam também.

Argh. Sam.

— Você é uma flor rara — disse Celeste. — E tudo bem. É bom ter padrões elevados. O que me preocupa é que você também se submete a esses padrões. É dura demais consigo mesma. Tanta análise, reflexão e planejamento estão impedindo você de viver. Aproveite o presente, Penny. Não afaste as pessoas.

— Acho que afastei uma pessoa — confessou Penny. — Mas não foi de propósito.

— Ele é bonitinho?

Penny revirou os olhos.

— Mãe...

Celeste cutucou as costelas da filha.

— Mas então... ele é?

Penny riu.

— É — disse Penny. — Você o conheceu... Sam.

— O cara do café?

Penny assentiu.

— Mentira! O das tatuagens?

Penny assentiu mais uma vez.

— Você está tomando anticoncepcional?

— O quê? Mãe! Não estamos dormindo juntos. Estou apaixonada por ele.

— Ai, graças a Deus, Penny, porque aquilo não é um menino. É um homem de verdade.

— Mãe, sério, para — pediu Penny.

Elas se sentaram na cama. Os travesseiros eram macios e convidativos.

Celeste suspirou. Tinha sido uma longa noite para as duas.

— Mãe?

— Sim, bebê?

Penny respirou fundo.

— Como a gente sabe que está apaixonada?

Penny olhou de relance para a mãe e praticamente conseguiu ouvir o *AWWWWW* em sua mente e ver ursinhos carinhosos voando para fora de seus olhos.

— Muito bem, hummm... — respondeu a mãe, abraçando-a com mais força. — Sabe como eu sei?

Se havia uma coisa em que Celeste era boa, era exatamente naquilo.

— Sei que amo alguém quando não consigo me lembrar da aparência da pessoa na realidade. Parece que nunca consigo lembrar se é bonito ou feio, ou se outras pessoas o acham bonitinho. Tudo o que eu sei é que quando não estou com ele e penso nele, vejo uma grande nuvem de carinho e bons sentimentos no lugar do seu rosto.

— Argh — disse Penny. — É *assim* que você sabe? Achei que teria uma lista detalhada ou algo assim.

A mãe riu.

— Não é assim que funciona, de jeito nenhum. Nada de listas — explicou Celeste. — É mais como uma sensação inegável. É uma coisa gostosa, familiar e empolgante que faz você sentir saudade da pessoa quando ainda está com ela.

Parecia correto.

Não estar com Sam era torturante.

AINDA PENNY.

Penny cochilou com a mãe do jeito que as duas faziam quando ela era pequena, uma de frente para a outra, mas sem se tocarem. Penny teve vontade de se aproximar um pouco, inspirar o familiar cheiro de mãe para o fundo dos pulmões e guardá-lo consigo. A verdade era que, antes de tudo dar errado, Penny dormia na cama da mãe o tempo todo. Nunca tinha se dado conta do quanto sentia falta disso.

Ela olhou para o teto. Mallory estava certa. Mães precisavam ser ordenhadas. Penny precisava parar de surtar achando que o problema era maior do que realmente era. Ainda mais porque sentia saudades da mãe e queria vê-la. Os olhos de Celeste estavam fechados. O coração de Penny doía de tanto amor pela mãe. Ficara tão apavorada quando Michael ligou. Amar alguém era traumatizante. Nunca se sabia o que poderia acontecer com a pessoa solta no mundo. Tudo o que era precioso era também vulnerável.

Não era culpa de Celeste. O que tinha acontecido com Penny não era culpa de ninguém a não ser de Bobby. E, um dia, quando conseguisse encontrar as palavras, Penny contaria à mãe. Celeste talvez não dissesse as coisas certas logo de cara. Talvez dissesse um monte de coisas erradas por algum tempo, mas elas encontrariam um jeito de conversar de novo. Penny precisava dar uma chance à mãe. Precisava permitir que Celeste entrasse na sua vida. Era assim que funcionava.

Ela pegou o celular e abriu a lista de anotações que fizera sobre sua história.

A Mãe e a Anima tinham uma ligação e se amavam. Mas, enquanto a Anima só podia prosperar quando deixasse a Mãe, a Mãe ficaria destruída sem ela.

Penny digitou algumas linhas.

> *Fuga.*
>
> *É tudo no que consigo pensar. Não sei como tive a ideia. Ou quando. Não sabia que esses lampejos de informação eram pensamentos. Até que eu soube. E que eles pertenciam a mim. Era a minha voz falando comigo mesma, só que eu não precisava emitir qualquer som. Havia outra coisa também. Curiosidade. Eu comecei a imaginar outras possibilidades. A querer mais. Coisas que eu não conhecia, que não tinha visto ou ouvido. Não quero ficar aqui. Quero ir embora. Amo a minha casa. Os mundos aqui parecem infinitos, cheios de possibilidades, mas quando a Mãe vai embora, tudo fica escuro. Quero um mundo em que tudo se ilumine porque estou nele.*

A Anima não queria que o bebê humano morresse. Também não desejava mal aos pais. Ou ao cibercafé, ou a mais ninguém naquele mundo. A questão era que não acreditava que os humanos mereciam viver mais do que ela. Ou do que mais ninguém no jogo. As Animas eram de segunda categoria para os jogadores e, possivelmente, para os humanos. Mas não precisava ser daquele jeito. Os humanos não passavam de visitantes. Turistas, na melhor das hipóteses. Colonizadores, na pior. Penny pensou sobre como certos físicos acreditavam que a realidade é uma simulação criada por civilizações do futuro para puro entretenimento. Não havia como saber quem estava dirigindo o espetáculo. Para ser o herói, você precisava decidir que o diretor era você.

Penny digitava furiosamente no celular. Nesse meio-tempo, chegou uma mensagem, que ela deslizou para longe antes que perdesse o fio da meada. Quando terminou, deu uma olhada na mãe. Celeste abriu os olhos de repente, como se sentisse que a filha estava acordada.

A mensagem era de Sam.

Penny respondeu.

Oi

Ele digitou de volta na mesma hora.

Oi
O que você está fazendo?

Minha mãe está aqui
cochilando

Fui ver Brandi Rose

Penny não conseguia acreditar que, depois de meses de silêncio, Sam tinha ido visitar a mãe.

O QUÊ?

Só dei uma passada lá

CARAMBA
Como foi

Não tão ruim quanto poderia ter sido
Onde você está?

Em casa

Em casa tipo na sua casa ou no dormitório?

No dormitório

E sua mãe está aí?

Aham, ela veio pra cá
Conversamos
Está tudo bem agora

Que bom
Fico feliz

Calma aí
Onde você está?

Do lado de fora

Do lado de fora tipo ao ar livre ou
do lado de fora do meu quarto?

Penny se levantou num pulo. A mãe inclinou a cabeça como se perguntasse "O que houve?".

Penny ouviu uma risada do outro lado da porta.

"Quem é?", articulou Celeste, sem emitir som.

Do lado de fora do seu quarto

O cérebro de Penny entrou em estado de alerta. Ela encarou a mãe, desamparada.

O que fazer quando Sam, o Sam de verdade, visita você no seu quarto quando Celeste também está presente:

1. Jogar Celeste pela janela. Ela é uma mulher resistente e são só dois andares.
2. Mandar Sam embora e aproveitar mais tempo com a mãe que trouxe você ao mundo e teve um aniversário horrível. Um aniversário ao qual você não compareceu.
3. Só ficar bem quietinha e torcer para Sam esquecer que você respondeu a qualquer uma daquelas mensagens.

A boca de Penny estava seca. Ela se esgueirou até o banheiro em silêncio para escovar os dentes.

— Mãe... — sussurrou, com a boca cheia de pasta de dentes. — É o Sam.

Os olhos de Penny estavam ardidos e vermelhos do cochilo pós-choro.

Diante daquilo, Celeste fez uma coisa tão sábia e incrível que Penny desconfiou que ela tinha mais jeito para ser mãe do que a filha tinha lhe dado crédito até então.

Ela arregalou os olhos e, sem fazer barulho, começou a pegar o cardigã, os óculos escuros e a bolsa.

Penny sorriu, a pasta de dentes pingando da boca.

— Amo você — disse. — Te devo uma.

— Deve mesmo — respondeu Celeste, seguindo para a porta.

A perspectiva de Celeste e Sam se verem de novo causou uma vergonha incontrolável em Penny. Além do mais, ela não precisava que Celeste presenciasse nada revelador ou estranho se Sam estivesse ali para dizer alguma coisa que Penny não queria ouvir de jeito nenhum. O celular de Penny continuou a vibrar.

> É melhor eu voltar depois?
> Desculpa, consigo ouvir você surtando daqui de fora
> Posso voltar depois

— Não! — gritou Penny.

Ela cuspiu a pasta de dentes na pia, secou a boca, passou as mãos no cabelo e abriu uma fresta da porta.

— Oi — disse, sorrindo. — Estou parecendo uma maluca.

— Oi — respondeu Sam. — Você está… — Ele recuou um passo para admirá-la. — Incrível.

Penny sorria com tanta força que estava quase tendo cãibras no rosto.

Sam estava parado no corredor com sua roupa gótica de sempre. E de mochila.

— Posso entrar?

— Ah, claro — disse Penny. — Só um segundo.

Celeste abraçou-a e fez toda uma cena cobrindo os olhos ao passar por Sam.

— Não estou aqui — disse ela.

— Oi, Celeste — cumprimentou Sam. — Feliz aniversário.

— Obrigada — respondeu ela, ainda com o rosto virado para o outro lado. — Toma conta dessa menina.

— Pode deixar.

Penny ficou olhando a mãe avançar pelo corredor.

— Eu te amo! — gritou para Penny.

Celeste acenou por cima do ombro, sem olhar para trás.

— Tudo bem, agora espera só mais um segundo — disse Penny, e fechou a porta.

Ela olhou ao redor depressa para garantir que não havia nada constrangedor a vista. Como, por exemplo, alguma sobra de comida de Jude, ou pacotes de absorventes. Penny empurrou as meias sujas de Jude para dentro dos sapatos e chutou-os para debaixo da cama. Então abriu a porta do quarto.

— Vejo que contratamos o mesmo decorador — comentou Sam, observando o quarto sem graça.

— Vale cada centavo — disse Penny, rouca.

Ela pigarreou.

— Oi.

— Oi — respondeu Sam.

— Está tudo bem? — perguntou ela.

Ele sorriu.

— Nem tudo precisa ser uma crise, Penny — disse Sam.

Ela não tinha tanta certeza disso.

Penny queria se sentar na cama, só que não sabia se aguentaria ver Sam sentado na cama dela se ele tivesse más notícias. Por isso, optou por ficar em pé no meio do quarto como uma humana normal em uma situação casual e cerrou as mãos em punhos. Podia sentir o coração latejando.

— Tenho uma coisa para dizer a você — anunciou Sam, parado na frente dela, parecendo nervoso.

— Você vai para algum lugar? — perguntou Penny, acenando com a cabeça para a mochila. — Tem alguma coisa a ver com Brandi Rose?

— Cara... — disse ele, e riu.

Merda. Penny tinha quase certeza de que, quando um cara chamava você de "cara", era porque ele nunca ia querer ver você pelada.

— Você já me chamou de "cara" antes?

Penny não tinha certeza de por que estava falando.

— Nossa — disse Sam. — Às vezes conversar com você é como clicar sem querer num pop-up que começa a passar um vídeo automaticamente.

Penny deu um sorrisinho sem graça.

— Desculpe. Continue.

— Quero falar tudo o que vim para falar, e então vai ser a sua vez — adiantou Sam. — Pode ser?

Penny assentiu.

— Eu não… — começou ele, então parou. — Então, acho que não quero mais ser seu amigo. Quero quebrar o pacto.

Penny piscou para conter as lágrimas, torcendo para que os cílios conseguissem represá-las ao menos até ela conseguir expulsar Sam do quarto. Pronto, havia chegado o momento que os dois sabiam que chegaria. Ao menos ela sabia. O dia em que Sam não ia mais precisar conversar com ela. Assim como Christopher Robin não precisou mais do Ursinho Pooh quando ficou adulto. Meu Deus, como ela tinha chorado quando descobriu o final. Penny se perguntou se foi o mesmo caso com *Calvin & Haroldo*, mas não conseguiu se lembrar. Odiava quando a história mostrava Haroldo como um boneco, porque acabava com toda a magia. Minha nossa. Penny também não queria ser amiga de Sam. Era muito dramático.

Ela respirou fundo.

— Ótimo — disse. — Porque concordo totalmente. Com certeza estamos ficando dependentes demais um do outro, certo? Quer dizer, sinceramente, quantos discursos motivacionais podemos fazer um para o outro? Não é como se você precisasse dos meus dramas maternos além dos seus próprios dramas maternos. É muito pesado. Para nós dois. Ainda mais considerando a quantidade de trabalhos que nós temos. Trabalho emocional. Ah, e trabalhos da faculdade para mim. Tenho trabalhos demais.

— Você acha que somos dependentes demais um do outro? — perguntou Sam.

Ele franziu o cenho e passou a mão pelo cabelo.

Penny assentiu. Pensou em como tinha causado aquela situação. Como a havia invocado. Ao puxar Sam para fora do celular, havia acelerado essa evolução. Eles poderiam ter ficado em animação suspensa para sempre se ela não tivesse aparecido tantas vezes na frente dele. Tinha aberto uma fresta do portal e se espremido para dentro. Penny olhou com melancolia para as pernas magras de Sam. Para os braços ossudos. Ai, meu Deus, amava tudo nele.

Não importava. Talvez fosse melhor assim. Seria ótimo para a história dela. Seria útil saber a sensação de um coração partido de verdade. Talvez aquele fosse o incidente incitante dela. Sua saga continuaria. Ela persistiria. Ao menos tinha Jude, a mãe e Mallory. Meu Deus, chegara ao ponto de considerar Mallory uma coisa boa?

O cérebro de Penny estava entrando em curto-circuito.

Ela balançou a cabeça. Para seu horror, estava chorando.

— Não estou chorando de tristeza — disse, com irritação, secando as lágrimas.

— Por quê, então? Está com fome? Ou muito, muito, brava?

— Não sei — murmurou Penny.

— Hum, tudo bem — disse Sam. — Não sei onde você está, ou o que está pensando, e não sei se existe uma configuração de palavras que, se eu acertar, fará com que me veja de forma diferente.

Ele secou as mãos na calça jeans e continuou.

— Sei que contei com você para uma quantidade terrível de coisas quando éramos praticamente estranhos. E isso aconteceu porque confiei em você, e não confio em muita gente. Sou parecido com você nesse aspecto, bastante exigente com humanos. Estava passando por muitas mudanças na vida, e você foi meu contato de emergência durante tudo isso, mesmo quando eu não tinha muito para oferecer de volta. E sei que não foi fácil, sabe? — Sam passou os dedos pelo cabelo de novo e engoliu em seco. — Meu Deus — soltou ele. — Queria poder mandar por mensagem o que eu quero dizer.

Penny deu um sorriso tenso e se preparou.

— Sei que tenho sido meio que um mau negócio — continuou ele.

Ela desejou que Sam calasse a boca. Que simplesmente não fizesse o que estava prestes a fazer.

— Não, isso não é verdade — disse ela. — Você tem sido um amigo de verdade. Também recebo muito de você. Também confio em você. Você me entende como ninguém. Não tenho reclamações. Eu amo… gosto de saber que você existe. Não faz com que eu me sinta menos solitária, porque a vida é solitária, mas faz com que eu me sinta muito menos sozinha.

— Meu Deus — sussurrou ele. — Tenho uma coisa para você.

Sam revirou o conteúdo da mochila e entregou uma caneca para Penny. Dentro havia um ursinho de pelúcia de óculos escuros segurando um buquê de margaridas.

— O quê?

— Certo? — perguntou Sam, esperançoso.

Penny começou a rir.

— Uau — disse, virando a caneca.

Ela se lembrou na mesma hora da rosa vermelha solitária de Mark. Tinha jogado a flor no lixo no caminho de volta. Estava claro: carma era uma merda, e ela estava pagando pelo modo como tratara Mark. Sam estava fechando o círculo.

Sam riu.

— Era o mais ridículo que tinham — falou. — E sabe o que mais?

— O quê? — perguntou Penny.

— Mais tarde, vou fazer uma playlist para você.

— Calma aí.

Penny balançou a cabeça, ainda confusa.

Sam estava sorrindo. E ela sorriu feito uma idiota.

— Então vamos jogar minigolfe.

O bonecão do posto em seu coração se inflou e começou a oscilar ao vento.

— Ou passear numa carroça de feno, se você preferir…

O coração de Penny começou a dançar. Do jeito mais bobo possível.

— Depois vamos fazer um piquenique e ficar nos beijando o tempo todo — disse ele. — Se você quiser.

Sam pigarreou.

Penny deu um passo na direção dele e pigarreou também. Estava tão animada que queria dar um soco nele.

— É mesmo?

Ele pegou a caneca, pousou em cima da escrivaninha e pegou a mão de Penny.

— É — disse Sam. — E vai ser ridículo.

AGRADECIMENTOS.

Nossa. Não acredito que tenho direito a escrever agradecimentos. É uma loucura. Miau. Tudo bem.

A primeira pessoa a quem quero agradecer é Sam. O Sam da vida real. Meu Sam, de quem roubei as tatuagens e a quem amo tanto que me dá vontade de chorar. Você é meu contato de emergência favorito.

À minha família, por ser incrível e me dar apoio, mesmo que não vá me deixar em paz por ter agradecido primeiro a Sam. Ao meu irmão, Mike, que não gosta de ser colocado no mesmo saco que a minha família. Aí, fico MUITO feliz por não sermos advogados.

Ao meu agente, Edward Orloff, que se jogou com tudo nesse projeto e o vendeu num momento em que nem eu tinha certeza de que era um livro. Você dá os melhores conselhos, e mal posso esperar pelo que vem a seguir. Espero torná-lo rico um dia. E também, risos, você estava TÃO CERTO sobre não dar ao livro o título *Loucos*.

A Zareen. Eu soube de cara que queria trabalhar com você. Obrigada por ser única em suas leituras e por falar meu idioma fluentemente o tempo todo. Nossos embates são tão enriquecedores.

A Justin, Anne, Chrissy, Lisa, Alexa, Mekisha, e a todos da Simon & Schuster. Ah, e a Lizzy e gg, por uma capa que me fez derreter. Aquele ouro rosa é tão perfeito. E os cabelos?! Incríveis.

A Marshall! Você é meu primeiro leitor. Sempre. E eu, a sua. Nós somos…

A Anne, Asa, Suze, Rose — seus olhos de águia e seus pontos de vista são tão valiosos. Obrigada por sofrerem com os despejos sem cerimônia do dever de casa.

A Jenna, pelas conversas, pelas caminhadas, pelos chás e pelos áudios. Tantos áudios que me mantiveram em terra firme e evitaram que meu cérebro ansioso saísse voando por aí.

A Trish, a guardiã da minha cápsula do tempo e o contato de emergência original desde os tempos de adolescentes rebeldes. Amo você.

A Ubakum, Mira, Lara & Sophia, Ahamad — obrigada por me deixarem andar com vocês e por conversarem comigo sobre quanto espaço seus celulares ocupam em suas vidas. E a Caitlin, pelo artigo da *Wired* que, antes de mais nada, me deu a oportunidade de passar um tempo com adolescentes.

Livros são uma loucura, e não consegui escrever um até ter todo esse apoio. Sem qualquer ordem específica, agradeço às minhas famílias editoriais por me manterem nutrida. Noah Callahan-Bever, Elliott Wilson, SHR, Vanessa Satten, Brian Scotto, Choire e Balk, Adam Rogers, Isabel Gonzalez, Sarah van Boven, Ross Andersen, o esquadrão Mass Appeal, *Complex*, *XXL*, *The Awl*, *Wired*, *GQ*, *The Fader* (os anos Zeichner), *Billboard*, *The New York Times*, especialmente a seção de Opinião. E a *Missbehave*, por destruir as minhas costas e meu coração, mas me dar a minha voz.

A Dave Bry, que uma vez me disse que fazia todo o sentido que eu quisesse mais escrever um livro do que ter um filho.

A Eddie, eu sei que você sabe que eu sei o papel que você teve. Eu finalmente apostei. FINALMENTE.

A Marc Gerald, por me dizer para calar a boca e escrever logo livros YA.

A Dana e Minya, por sua energia tranquila e sabedoria. A Jenny Han, por aguentar as minhas DMs.

A *Vice News Tonight*. Obrigada por serem legais comigo apesar do meu cronograma de escrita pavoroso. A Brendan Kennedy — você é o melhor quando estou fazendo o máximo que posso. ESTÁ NA HORA.

A La Croix nesta ordem: toranja, coco e tangerina.

E a todas as pessoas que esperam por permissão para mudar de fase antes de começarem a trabalhar em alguma coisa grande e assustadora: simplesmente se joguem. Não sejam como eu.

Finalmente, se você está na dúvida de que uma coisa importa e sente que ela importa, então ela importa.

2ª edição	FEVEREIRO DE 2023
impressão	IMPRENSA DA FÉ
papel de miolo	PÓLEN NATURAL 70G/M²
papel de capa	CARTÃO SUPREMO ALTA ALVURA 250G/M²
tipografia	ADOBE GARAMOND